JN003819

新潮文庫

ナッシング・マン

キャサリン・ライアン・ハワード
高山祥子訳

新潮社版

11826

ジョンとクレアに
どちらかを優先するのは公平ではないから、
二人で分け合ってもらわなければならない

ナッシング・マン

主要登場人物

ジム・ドイル……………………警備員
ノリーン…………………………ジムの妻
ケイティ…………………………ジムとノリーンの娘
カレン……………………………ドイル家の隣人
デリク……………………………カレンの夫
イヴ・ブラック…………………コーク県に住む女性
ロス………………………………イヴの父親。薬品関係の会社勤務
ディアドリ………………………〃　母親。イラストレーター
アンナ……………………………〃　妹
コレット（ナニー）……………〃　父方の祖母
ジョナサン・エグリン…………作家。大学教授
バーナデット・オブライエン…出版社アイヴィー・プレスの編集者
ネル・ウィアー…………………法心理学准教授
スティーヴ・オライリー………ジムの上司
アリス・オサリヴァン…………ナッシング・マンの被害者
クリスティン・キアナン………〃
リンダ・オニール………………〃
マリー・ミーラ…………………〃
マーティン・コナリー…………〃
エド・ヒーリー…………………アイルランド警察の刑事

ジムは巡回中だった。顔を上げ、目をあちこちに配り、両手の親指をベルトに引っかけている。ベルトにはさまざまな道具——携帯電話、無線機、大ぶりの懐中電灯——が留めてあり、その重さでベルトが腰のあたりまで下がって、普通よりも大股《おおまた》で歩かざるをえない。彼はそれを気に入っていた。一日が終わって帰宅して、ベルトをはずさなければならないとき、その感覚を恋しく思った。

店は三十分前に開いたばかりで、まだ客よりも店員のほうが多かった。ジムは住宅設備用品の売り場を回り、そこから女性用服飾品を抜けて食料雑貨の売り場へ行った。とりあえず、そこでは動きがあると期待できた。まもなくスーツを着た二十代の男性たちが何人か、職場のチームビルディングの課題に取り組むような熱心さで、オーツミルクのパックやラップ包装されたスーパーフード・サラダを求めて、通路の角を曲がって突進してくるだろう。

こちらが注視しているのを感じているはずだと承知しながら、ジムは早足で通り過ぎていく彼らの顔を、わざとのぞきこむようにして見た。

彼は、この店と、その先に広がるショッピング・モールをつないでいる出入り口へ向かい、数分ほど、そこで人々の出入りを見ていた。カートが定位置にきちんと並んでいるのを確かめた。セロハンで包まれた花束の入っている容器の脇《わき》で足を止め、ちょっと頭を下げて息を吸い、花の香りと、かすかに薬品のようなにおいも嗅《か》ぎ取った。容器の一つが水漏れしているらしく、下の床が濡《ぬ》れていた。ジムはベルトから無線機を取って言った。「生花売り場で清掃が必要だ。容器が水漏れしている可能性。どうぞ」

彼が待っていると、パチパチいう雑音と、退屈そうな口調の返答が聞こえた。

「了解、ジム」

朝のこの時間帯、彼は秘《ひそ》かに新聞の見出しを読むのが好きだった。彼は次に、それをしにいった。だが新聞売り場に到達する前に、視界の端で、右手の四・五メートルほど離れたグリーティング・カードの回転ラックの陰に誰かが隠れるのが見えた。

ジムは、傍から見てわかるような反応はしなかった。それまでどおりに歩き続け、カードのほうをうかがえるように、新聞の陳列棚の向こう側まで歩いていった。適当に一紙を手に取り、胸の前に広げた。一瞬、その第一面を見てから、ゆっくり視線を上げた。

女性だ。朝のこの時間、この場によく馴染《なじ》んでいる。トレンチ・コートを着ているが、ボタンは留めていない。片腕の肘《ひじ》を曲げて、大きな革の鞄《かばん》を下げている。おしゃれだが機能的な靴。困ったような表情。出社途中の若い勤め人が、オフィスに行って仕事をする前に、果てしない〝やるべきこと〟リストの一つを消そうとしている――あるいはそのように見せようとしている。女性の左脇に、何かがはさまれていた。ジムは、それが本かもしれないと考えた。

店じゅうに低く流れているBGMを遮ってピンポンという音が鳴り、姿の見えない声が、マリッサという名前の誰かを生花売り場へ呼んだ。「マリッサ、生花売り場へお願いします。マリッサ、生花売り場へ」

女性は一枚のカードを手に取り、それがそれまで見たなかで最高に興味深いものでもあるかのように見詰めた。

ジムは新聞を高く掲げた。もし今の位置で女性が彼を見たら、白髪頭と染《し》みのある手は見えても、シャツのポケットにぶら下がっている、警備員という真っ赤な文字のある身分証は見えない。

本が女性の脇の下から床へ滑り落ちて、音を立てた。女性は手を下に伸ばし——

『ナッシング・マン』

光沢のある黒いカバーに、どぎつい黄色で、そう印刷されていた。

女性がかがみこんで本を拾ったとき、本の背にも同じ文字が見えた。

突然、ジムの耳の奥にものすごい勢いで血が流れこみ、頭の中が無意味な雑音でいっぱいになった。その中に、歌に近いような一定のリズムが聞き取れた。

ナッシング・マン、ナッシング・マン、ナッシング・マン。

そのとき彼は、女性が自分を見詰めているという事実、たぶん自分は女性を見詰めているように見えるという事実を、ぼんやりと意識した。でも、その本から視線を引き離せなかった。彼はその場に立ち尽くし、どんどん音量が大きくなっていく〝歌〟以外、何も聞こえなかった。その歌は、今にも大音量で鳴り響くサイレンのようになりそうだった。

ナッシング・マン、ナッシング・マン、ナッシング・マン。

　女性は彼を見て眉《まゆ》をひそめ、レジのほうへ移動した。

　ジムは、女性が本当に本の代金を支払うかどうか確認しにいったりはしなかった。普通の状況だったら、そうしたかもしれない。でもそうはせず、彼は振り向いて反対側へ、文房具や、子どもの玩具《おもちゃ》と書籍の小さな売り場のある通路へと向かった。

小説だろうと、彼は心の中でつぶやいた。そうに決まってる。

でも、そうではなかったら？

探す必要もなかった。三つの棚のすべてを使って、その本が陳列されていた。すべての本がこちらを向いていた。邪悪なコーラスを、彼に向かって叫んでいた。

彼を指さしている。

彼を非難している。

昨日はなかったと、ジムは確信できた。夜のうちに届いたにちがいない。もしかしたら今週刊行されたばかりの、新しい本なのかもしれない。彼は著者の名前を見ようとして近づいた――

イヴ・ブラック。

ジムにとって、それはピンクのパジャマを着て階段の上に立ち、暗がりを見下ろして、不安げに〝パパ？〟と言った十二歳の少女だった。

いいや。ありえない。

だがそうだ。カバーに、そのように書いてある。

『ナッシング・マン　生き残った者による真実を求める調査』

ジムは体じゅうに熱が広がるのを感じた。頰が火照《ほて》った。その本に手を伸ばしたいという強い思いと、そうさせまいとする〝爬虫類《はちゅうるい》脳〟、これらの相反する力がせめぎあって両手が震えた。

やめろと自分に言いながら、彼は手を伸ばして、棚から本の一冊を取った。

硬いカバーは滑らかで、光沢があった。指先でタイトルをなぞると、文字が浮き上がっているのがわかった。

ナッシング・マン。

彼のもう一つの名前。

新聞が彼に与えた名前。

彼を指すとは、誰も知らない名前。

ジムは両手で本を持ち、ひっくり返して裏を見た。

〝彼は夜、彼女の家に侵入してきた。そして彼が出ていったとき、生き残っているのは彼女だけだった……。ナッシング・マンの最悪にして最後の犯行の唯一《ゆいいつ》の生存者、イヴ・ブラックが、コーク市を震撼《しんかん》させた怪物の物語を掘り下げる。答えを求め——彼を探し求めて〟

これだけ時間が経《た》ったあとで……。

あの忌々《いまいま》しい小娘。
ジムは本を開いた。骨の折れるような音とともに、本の背が割れた。

ナッシング・マン

生き残った者による真実を求める調査

イヴ・ブラック 著

THE NOTHING MAN

A Survivor's Search for the Truth

EVE BLACK

Iveagh Press

First published in the UK and Ireland by Iveagh Press Ltd, 2019

Copyright © 2019 by Eve Black

IVEAGH PRESS IRELAND LTD
42 Dawson Street
Dublin 2
Republic of Ireland

Material covered in *The Nothing Man* was featured in the article 'The Girl Who' first published by the *Irish Times.*

The author and publishers have made all reasonable efforts to contact copyright-holders for permission, and apologise for any omissions or errors in the form of credits given. Corrections may be made to future printings.

The right of Eve Black to be identified as author of this work has been asserted in accordance with Section 77 of the Copyright, Designs and Patent Act 1988

A CIP record for this book is available from the British Library

ISBN: 987-0-570-34514

アンナに
そしてわたしたちがその名前を忘れてしまいがちな、
あるいは名前をまったく知られることのない、すべての被害者たちに

被害者たち

アリス・オサリヴァン、四十二歳
二〇〇〇年一月十四日の早朝、コーク県カリガライン、バリーズ・レーンの自宅で身体的暴行を受けた。

クリスティン・キアナン、二十三歳
二〇〇〇年七月十四日の夜、コーク市のブラックロック・ロードにあるコヴェントト・コートの自宅で性的暴行を受けた。

リンダ・オニール、三十四歳
二〇〇一年四月十一日未明、コーク県ファーモイ郊外の自宅で、身体的および性的暴行を受けた。

マリー・ミーラ、二十八歳とマーティン・コナリー、三十歳

二〇〇一年六月三日未明、コーク市のメアリーボロ・ロードにあるウェストパークの自宅で殺害された。

ロス・ブラック、四十二歳とディアドリ・ブラック、三十九歳とアンナ・ブラック、七歳

二〇〇一年十月四日未明、コーク県パッシージ・ウェストの自宅で殺害された。

著者は唯一《ゆいいつ》の生存者だった。

当時、彼女は十二歳だった。

情報源についてのメモ

どんな物語にも三つの側面があるという。あなたの物語、わたしの物語、そして真実だ。執筆のとき、ナッシング・マンはまだ彼の物語を語っていなかった。筆記録、報告書、録画テープと対面のインタビューが、わたしたちが厳然たる事実に近づける精一杯で、わたしはこの本を書くための情報源として、これらだけを利用した。できるかぎり他者の物語を語る努力をした――彼の被害者の物語や、彼を止めようとした男性の物語を――それも、なるべく精確に。でもこれは、わたしの物語でもある。わたしはそれを、自分に対してと同じぐらい、あなたに対しても語ろうと力を尽くした。それが、わたしたちが最も真実に近づけることだと考えている。

イントロダクション　あの女の子

誰かと知り会ったとき、わたしはたぶんイヴリンと名乗り、「よろしくね」と言うだろう。差し出されたあなたの手を握るためにグラスを反対の手に持ち替えるが、動きがぎこちなく、白ワインをこぼして、あなたにも自分にも飛沫《しぶき》をかけてしまうことになる。わたしは謝り、困惑して頬を赤らめるかもしれない。あなたは手を振って、いいえ、かまわない、大丈夫だと言うが、その日のためにドライ・クリーニングしたのかもしれないシャツをちらりと見て、こっそり汚れの程度を確認するのを、わたしは見逃さない。何をしているのかと訊《き》かれて、わたしは会話が続いて残念なのか、ほっとしたのかわからない。わたしは、「ああ、あれこれね」と答え、あなたに同じ質問をする。あなたが答え、わたしはふうんと、曖昧《あいまい》に興味を示す相槌《あいづち》を打つ。それから、沈黙がある。勢いを失ってしまう。どちらかが、最後に残っていた切り札を出す。

「ええと、あなたはどのような関係で……？」わたしたちは順番に、会合の主催者との社会的つながりを説明し、関係を探り合う。たぶん、何かが見つかる。ダブリンは小さなところだ。わたしたちはほかの話題も探す。今夜の出席者、みんなが夢中になっているポッドキャスト、ブレグジット。部屋は居心地悪いほど暖かく、騒がしくて、見知らぬ人がすれちがうさいに体が触れる。でもわたしが落ち着かない本当の理由、うなじが熱くなるほどの怒りを感じる理由は、いつ何時にもあなたが気づき、眉《まゆ》をひそめ、小首を傾《かし》げてわたしを見る、初めてきちんとわたしを見て、「待って、あなたはあの女の子じゃない……？」と言う可能性があるということだ。

　これがいつも、あたらしく誰かと出会うときにわたしが恐れることだ。なぜならば、たしかにわたしは、その人物だから。

　わたしは、あの女の子なのだ。

　男がうちに押し入って、母と父と、当時七歳で永遠にその歳《とし》のままの妹アンナを殺したとき、わたしは十二歳だった。わたしは奇妙な、よくわからない音を聞き、のちにそれが、男が母を強姦《ごうかん》して殺し、妹を窒息死させる音だったと知ることになる。わたしは階段の下に、暴行を受けて血まみれになった父の体がよじれた状態で転がっているのを見た。きっと父は襲われたが生き延びて、電話で通報するために、キッチンに行こうとしていたのだろう。わたしは膀胱《ぼうこう》のおかげ、こっそり寝室に持ちこんでべッドに入る一時間前に飲んだ缶入りのクラブ・オレンジのおかげで生き残った。侵入者が階段をのぼってくる数分前に、わたしはトイレに行きたくて目が覚めた。それが始まったとき、わたしはそこに隠れていた。鍵《かぎ》はお粗末なもので、逃げる方法はなかった。もし男がその気になったら、ドアは蹴《け》破《やぶ》られて、わたしもまた殺されていただろう。でもなぜか、男はそうしなかった。

　うちはこの男が襲った最後の家族だが、最初ではなかった。うちは、二年のあいだで五件目だった。マスコミは、警察は彼について何も《ナッシング》わかっていないといって、男にナッシング・マンというあだ名をつけた。ある夜、道路脇《わき》でヘッドライトに照らされた姿が一瞬目撃されただけで、あとは誰も、男の行き来を見ていない。男は覆面をしていて、生存者が有効な身体的特徴を描写できないように、被害者の顔を直接懐中電灯で照らすこともあった。コンドームを使い、採取できるような髪の毛も指紋も残さない。犯行には凶器――ナイフ、のちに銃――を持参し、あとに残していったことがあるのは被害者を拘束するのに使った青いブレードタイプのロープだけ。ロープからは何も明らかにならなかった。男は耳障《みみざわ》りな奇妙な声で喋《しゃべ》り、本当の声の手がかりはない。犯行場所はアイルランドの南端にある最大の県、コーク県内に限られていたが、その中で移動し、コーク市から四十キロメートル近く離れたファーモイのような印象的な場所もあれば、郊外のブラックロックということもあった。

　約二十年後、彼は捕まらないままで、わたしは家族を、切断した後でも存在すると感じられる手足のように、恋しく思う。人生に彼らがいないこと、彼らの悲劇的な運命、彼らが味わったにちがいない痛みなどを、常に耳の中に聞き、口の中に味わい、肌に感じる。それはどんな場所でも常に存在し、けっして追い払えない。時間がこの傷を癒《い》やすことはなく、むしろ悪化させ、おおもとの傷の周囲が壊死《えし》しつつある。わたしは三十歳になった今、自分が失ったものについて、実際に失った十二歳のときよりもはるかによく理解する。その責任を負う怪物はまだどこかにいて、自由にしており、身元もわからない。もしかしたら、男はその間ずっと家族と過ごしていたのかもしれない。その可能性――その見込み――を考えると激しい怒りに駆られ、耐えられないほどになることもある。最悪の場合は、自分も殺してほしかったとさえ思う。

　でもあなたとは、クリスマス・パーティーで会ったばかり。あるいは結婚式で。本の出版記念パーティーで。あなたのことは知らないけれど、もし今わたしがあなたの質問に対して、こうしたことを声に出して言ったら、あなたが途方にくれるのはわかっている。それで、あの女の子って……？　わたしは困ったふりをする。あの女の子って、なんですか？　ところでその飲み物、何杯目ですか？

わたしはこれが得意だ。なにしろたくさん練習してきた。あなたは思いちがいをしたと思うだろう。会話は他の話題に変わる。

なるべく早く、わたしも場所を変える。

事件の直後、わたしは祖父母の中で唯一《ゆいいつ》存命だった人物——父の母親であるコレット——に、アイルランドの大西洋岸にある、スパニッシュ・ポイントという土地に連れていかれた。わたしたちは、最後まで居残っていた数少ない季節滞在者たちが出発のために荷造りをしている十月の半ばにそこに着き、祖母によると大飢饉《だいききん》の前からそこにあったという、のろを塗った小さな小屋に住み始めた。真っ赤なドアは、わたしたちが行くにあたって塗り直されたもので、わたしはそれを見るたびに、淡い色の寝室の壁を滴《したた》り落ちる鮮血を思い出した。

三週間も滞在していてから、わたしは葬儀があったにちがいないと気づいた。

小屋は海岸沿いの道路と、果てしなく広大な、波の渦巻く海とのあいだの、狭い土地に押しつけられるようにして建っていて、風が何千キロかぶりにぶちあたる障害物に対して荒々しく吹きつけた。その立地は、見るからに不安定だった。夜、ベッドに寝て波の轟音《ごうおん》を聞いていて、次の波が襲い掛かってきて小屋をつぶし、引いていく力でわたしたちの残骸《ざんがい》も運び去られるのではないかと心配になった。

そこがスパニッシュ・ポイントと呼ばれるのは、一五八八年にスペイン艦隊の船が二隻《せき》、岬に衝突して難破したせいだというのも、事態を悪化させた。地元の言い伝えでは、溺死《できし》しなかった船員たちは処刑されて、ツアマ・ナ・スペイニーチ、いわゆる〝スペイン墓地〟と呼ばれる共同墓地に埋められたそうだ。ときおり、冬の何ヵ月かの夜が早く訪れる時期に、わたしは暗くなっていく浜辺に立って、そうした男たちの幽霊が海から現われるのを想像した。彼らはエジプトのミイラとハリウッドの海賊を混ぜたような風貌《ふうぼう》で、必ずまっすぐわたしに向かって来た。

スパニッシュ・ポイントでの暮らしは、このうえなく単調なものだった。テレビもコンピュータもなくて、家の中で新聞紙を見た記憶もない。祖母のことを、わたしはナニーと呼んでいた。ナニーは朝のうち二時間ラジオを聞くが、伝統的なアイルランド音楽のかかる局だけで、合間にニュースがさしはさまれることはけっしてなかった。固定電話はあったが、それが鳴ると必ずわたしは別の部屋か、天候が許せば外へやられ、相手が誰であれ、ナニーは押し殺した声で話をした。最初の数週間か何ヵ月かは、電話は頻繁に鳴ったが、その後はめったに鳴らなかった。やがてそれが鳴るのは非常に珍しいことになって、突然呼び出し音が鳴ると祖母もわたしも飛び上がり、パニックを起こしてお互いを見た。まるで、わたしたちは火災や警報器の存在を知りもしないのに、火災警報器が鳴ったかのようだった。

　最初の年は、毎日がほとんど同じだった。どれほど時間があろうとも、なんらかの作業に時間を費やして感情を封じこめ、悲しみが表面に浮かび上がることのないようにした。食事の度に、準備と飲食と片づけの段階があった。トーストと卵だけの簡単な朝食でさえ、わたしたちがそのつもりになれば、一時間に引き延ばせた。午前中はナニーが仕事と呼ぶ、掃除や洗濯のようなことをした。昼食後、わたしたちは浜辺で長い散歩をし、夕食のために腹を空《す》かせて家に戻る。夜、ナニーは火を灯《とも》し、二人で黙って座って、炎が消えるまで読書をする。それから二人でドアに錠がかかっていることを二回重ねて確認し、ベッドに入る。

　そこで初めて、わたしは自室で暗闇《くらやみ》の中に一人きりになり、上掛けの下に横たわり、ようやく力を抜くことができた。それを認められた。寂しさ、悲しみ、混乱。わたしは降伏し、それは大きな波となって襲いかかってきてわたしを飲みこむ。日中に何があろうと、ナニーがどんなにわたしの気を逸《そ》らそうとしてくれようと、一日の終わりにわたしを待っているのはこれだった。わたしは一晩も欠かすことなく、毎晩泣きながら眠り、泥だらけの墓所でのたうちまわる腐りかけた死体の夢を見た。たいてい、その死体はアンナだった。外に出ようとしている。わたしのところに戻ってこようとしている。

　うちで起きたことについて、話し合うことはなかった。ナニーは、三人の名前さえ口にしなかった。でもときどき、眠っているあいだに小声でつぶやくのを聞いたし、一度などは、ナニーが母の古い写真の入った箱を見ているところへ、偶然立ち入ってしまったことがある。ナニーの頬は涙で濡《ぬ》れていた。起きたことについて、わたしにはたくさん疑問があった。なぜわたしたちに、あんなことが起きたのか。でも訊けなかった。ナニーを困らせたくなかった。ナニーとわたしが小屋に閉じこもっているのは、わたしの家族を殺した男がまだどこかに自由の身でいて、一人を殺し損ねたのを知っているからだろうと思った。薄明の中、眠りと覚醒《かくせい》のあいだの曖昧な瞬間に、男がわたしのベッドのすぐ側に立っているのを見ることがあった。男はホラー映画の殺人鬼のように、錯乱していて血まみれで、荒々しい。ナイフで刺されてからようやく目覚め、現実ではなかったとわかることもあった。

　一週間に一度、わたしたちは最寄りの町に行って、図書館の本を交換し、食料の買い出しをした。（それからナニーの言う〝伝言《メッセージ》〟を受け取ることもした――大学で、ほかの誰もしていないのに気づくまでは、わたしもこれをしていた）こうした遠出をするとき、ナニーはわたしが視界から出ることを許さず、もし誰かに聞かれたら、名前を略さずに言えと命じた。イヴではなく、イヴリンだ。そののち、一年経ってから中等学校に通い始めたとき、書類にはナニーの旧姓が記され、わたしはさらなる指示を受けた。両親は交通事故で亡《な》くなり、わたしは一人っ子だということにして、それも訊かれた場合にだけ口にすること。自分から言ったりはするなと、ナニーは言った。これは大切な規範となり、わたしは今でもこれを守っている。

わたしは何も訊かなかった。とにかく普通にして、同い年のほかの女の子たちの中に溶けこみたかった。自分の心の状態——胸の中に大きな生々しい傷が口を開けていて、体はそれを隠すための薄い殻に過ぎない——は永遠に続くもので、それを認めたりしたら事態が悪化するばかりだと思っていた。自分は大丈夫、何もかも大丈夫だというふりをするのがとてもうまくなったが、いつ液体がこぼれるかわからない表面張力のような緊張感があった。

中等学校に通うあいだずっとそれを通し、中等学校終了試験を終え、アイルランド国立大学ゴールウェイ校の四年間も同様にした。大学でビジネスを専攻したのは、内容がすでにわかっているものだったからだ。わたしは文章を読んだり書いたりするのが好きで、願書を出す夜、長いあいだ〝芸術〟や〝文学〟や〝創作的文芸〟といった学科の上にカーソルを合わせて座っていた。でもまちがっても、トラウマや悲しみや暴力などを話し合うセミナー室に囚《とら》われたりするわけにはいかない。それも他人の目のあるところでなど、もってのほかだ。そんなことになったら、おしまいだ。データベースや数式のほうが安全に見えたし、実際そのとおりだった。

もう、生き返った死体やナイフを振り回す殺人鬼の夢は見なかったが、人混みの中に妹の顔、妹の代わり、今ごろどんなふうになっていたかという想像に見合うような姿を探して苦しむようになった――わたしの唯一のデータ点である、十六歳のときの自分に似たひとを探すのだが、候補者が見つかったことはなかった。

「おもしろいか？」

ジムは勢いよく本を閉じ、そのさいに出た音が雷鳴ほど大きく感じられた。相手を当惑させるような、お得意の偉そうな表情をして、腕を組んで棚にもたれている。

ジムの頭の中はエコールームのようになって、悲鳴が鳴り響いていた。〝男がうちに押し入って、母と父と、当時七歳で永遠にその歳のままの妹アンナを殺した……わたしは十二歳だった……鍵はお粗末なもので……でもなぜか、男はそうしなかった〟彼はそれらを抑えこみ、ようやく言葉を見つけた。「わたしの好みじゃない」本を棚に戻しながら、深く息を吸い、唇を舐《な》めた。

本のつややかな黒いカバーに、彼の指先が染《し》みを残した。

「そうか？」スティーヴは眉を上げた。「信じられないな、ジム。夢中になっているように見えたぞ」

スティーヴは二十六歳で、光沢のあるスーツを着て、毎朝（後退しつつある）髪の生え際《ぎわ》にジェルの小塊をつけて職場にやってきて、なぜか自分はひとかどの人間でジムは何者でもないと信じこんでいる。この男と一緒に働いていて最も苦労するのは、それを正してやりたいという衝動を抑えることだった。

ジムは体の向きを変えて、まっすぐにスティーヴと向き合った。相手の姿勢を真似《まね》して、腕を組み、軽く棚にもたれた。必ず相手を不安にさせられる、単純なトリックだ。まったく表情のない顔つきを作って、スティーヴの目を見詰めた。

「何か用事だったのかな、スティーヴ？」

彼より若い男は、体重を移し替えた。

「ああ。あんたがここに仕事をしにきているということを思い出させたかった。ここは図書館じゃない」彼は手を伸ばして、ジムが棚に戻したばかりの本を取り出した。「『ナッシング・マン』？　何をしてたんだ、ジム？　栄光の日々を思い出していたのか？　待てよ、そうじゃない――あんたはどこかの机で仕事してたんじゃなかったか？　実際に犯人を追いかけたりなど、させてもらえなかったんだろう」

スティーヴは本を、ちょうど真ん中あたりで開いた。ほかとはちがう紙質のページだった。厚みがあってつややかな白いページに、写真が掲載されている。

スティーヴから見て左側のページには、大きな一戸建ての家と、幼い子どもたちがクリスマス・ツリーの横でポーズを取っている家族の写真があった。

反対側には、鉛筆画。

あの鉛筆画だ。

スティーヴはページを叩《たた》いた。「ああ、ああ。この話は聞いたことがある」

ジムは絵を上下逆さまに見ていたが、見るまでもなく、完璧《かんぺき》に覚えていた。肉づきのいい丸顔に、落ちくぼんだ小さな半眼気味の目。分厚いニット帽のようなものを、眉毛が隠れるくらい深くかぶっている。顔は少し傾いていて、画家に名前を呼ばれ、それに応《こた》えてそちらに顔を向ける途中のように、かすかに左側を向いている。

本の中で、その絵は、小さな段落の上のページ三分の二を占めていた。おそらく文章は、二〇〇〇年一月十四日の早朝、コーク県カリガライン近くのバリーズ・レーンにあったオサリヴァン一家が所有する家の横をたまたま車で通り、ヘッドライトで道端を歩いていたこの男を捉《とら》えた目撃者の証言に基づいているとかなんとか、説明しているのだろう。これが唯一の、いまだ捕まっていないナッシング・マンと呼ばれる殺人犯の目撃例だった。

ジムは、そのために手を尽くした。

あの夜、暗闇の中で待っているあいだ、彼は、もし車が近づいてきたら何か前触れがあるはず、車の光で道路が照らされるよりずっと前に、エンジン音が聞こえるはずだと考えていた。だがクレア・バーディンという、フランス在住なのにクリスマスのために帰省していたアイルランド人女性の運転する車は、どこからともなく現われた。いきなり湾曲した道路の向こうから来た車に不意を突かれ、ジムは何も考えず、まっすぐ光を見た。いま振り返ると、ジムは冷たい微風を感じたように思う。そして一瞬で道路の端の暗闇に身を引いた。緊張し、決然として、全身が興奮で震えていた。

バーディンがあの夜すぐさま最寄りの警察署に行って似顔絵画家に会ったのだとしても、その絵は非常に精確に描けていた。だが彼女がそうしたのは六ヵ月後、姉だか妹だかの結婚式のためにコークに行き、たまたま事件についてのニュース記事を読んで、おかしなものを見た夜と日付と場所が一致するのに気づいたときだった。それなのにこんなに精確に描けているとは、すばらしい。ジムは初めてこの絵を新聞で見た朝以降、毎日地元のプールで長時間泳ぎ、顔の肉が引き締まって、顎《あご》の線がはっきりし、頬がこけるまでそれを続けた。

でも、目と耳。それらは体重や年齢で変化はしない——特に、目だ。手術をしたとしても、それが収まっている顔の骨の構造は変えられず、目とほかの部位との離れ具合も変わらない。

クレア・バーディンは、そのあたりをとても精確に捉えていた。

いま現在に意識を戻すと、スティーヴが絵を見て眉をひそめていた。

「仕事に戻れ、ジム」スティーヴは本を閉じ、脇の下にはさんだ。「わたしは休憩に入る。戻ってきたとき、まだサボっているんじゃないぞ」

いったん本の存在を知ったら、ジムはほかのことを何も考えられなかった。周囲に火の輪があって、刻々と近づいてきて、今にも体に燃え移りそうだ。彼の衣類。肌。命。もし燃え移ったら、灰だけが残り、秘密がすべて露呈することになる。

火を消さなければならない。今すぐに。

だが、これは本当はなんなのだろう？　この本はなんなのか？　なぜ彼女はこれを書いた？　なぜ今？　何も変わっていない。誰も彼を逮捕しにこなかった。もし本当に、彼を探し求める調査についての本ならば、すでに結末はわかっている。ネタばれ注意、彼女は彼を見つけられませんでした。

でも、それでは充分ではない。イヴ・ブラックがこれらのページを何で埋めたのか、十八年前に彼が階段の上に立っている彼女を見たとき以来、彼女は何をしていたのか、あの夜について彼女が世間に何を公表しているのかを、ジムは知る必要があった。

レジの女性の一人に大丈夫かと訊かれたとき——顔が赤くて汗っぽいわよ、具合が悪いんじゃない？——彼はチャンスだと思った。無線でスティーヴに、病気なので家に帰ると言い、スティーヴが何か言い返してくる前に無線を切った。タイム・カードを打ち、ショッピング・モールの従業員用の駐車場にある自分の車へと急いだ。

だがジムは自宅へ向かわなかった。街の中へ、車を進めた。

パトリック・ストリートに、ウォーターストーンズの支店があった。ずいぶん前に一度か二度入ったことがあるだけだが、そこは大きな書店で、裏側のポール・ストリートまでつながっているのを知っていた。

ジムは何も危険ではないと思ったが、それでも、よけいな注意を引く必要はない。自分が働いている店であの本を買いはしないし、店主が客のことを覚えていて、何を買ったかまで把握されるような小さな店で買うつもりもなかった。オンラインで買えばデジタルの痕跡《こんせき》が残るし、時間がかかり過ぎる。

ジムは本が、今すぐ必要だった。

彼はポール・ストリートに面した立体駐車場に車を入れ、書店の裏口へ歩いていった。コートを着て、制服を隠していた。中に入ってドアを閉めると、外の喧騒《けんそう》はなくなり、書店ならではの静けさに包まれた。

見える範囲には三、四人の客がいて、そのほかに、隅のほうで棚に本をならべているTシャツの男性がいた。全体として、静かすぎるくらいだった。ラジオさえ、かかっていなかった。

ジムはゆっくりだが迷いのない足取りで、反対側の、店の正面へと進んだ。ごく普通の客に見えるようにした。あちこちで適当に本を手にして、それを眺め、裏表紙を読み、また戻す。足を止めて、特別に推薦されている本を眺める。〝お買い得〟と記されている特売の箱の中の本を、ざっと見る。

正面のドアのすぐ近くに、『ナッシング・マン』が見つかった。

専用のテーブルが用意されていた。その上にそれぞれ数冊が積まれた山がいくつもできていて、半円を描くように並べられている。中央に一冊、小さなアクリルの台の上に立ててあった。手書きのカードには、〝コークで最も有名な犯罪の、生存者による物語〟とある。

ジムは一冊取り上げて、そのカバーに手のひらをおいてみた。中のページが彼にとって、彼の未来にとってどんな意味があるのかを感じ取ろうとするかのように。

この中に、彼がおこなった悪事、これまでずっと封じこめてきた事柄のすべてが書かれているのだろうか？『ナッシング・マン』はたしかに脅威だが、それを読み、

栄光の日々をふたたび経験するというのは……眩暈《めまい》がするような歓《よろこ》びへの期待も生じた。

「それは、今日入荷したばかりです」テーブルの向こう側、ジムから一メートルほど離れたところで、男性が微笑《ほほえ》んでいた。四十代半ばぐらいで、カジュアルな服装で、ケヴィンと書かれた名札をつけている。「読み応えがありますよ。耐えられれば、ですがね。すべてがここで起きたことだなんて、とても考えられない」

「読んだんですか？」ジムは訊いた。

「二ヵ月前にね。新刊見本を送ってくれたので」

「それで？　犯人は見つかるんですか？」

「いいえ。そうだな、見つかるとも、見つからないとも言える。ほら、難しいんですよ……」

いや、難しくはない。ジムはここにいて、まだ自由の身で、まだ身元は割れていない。彼はケヴィンにもっと説明を求めたかったが、すでに、賢明だと思う範囲を超えた会話をしてしまった。学校の制服を着た十代の女の子が二人、大声でお喋りをし、笑いながら、ドアを押し開けて入ってきて、ケヴィンの注意を逸らした。ジムはその隙《すき》に、本を一冊持ってその場を離れた。

レジは店の中央にあった。そこへ行く途中で、ジムは『ナッシング・マン』と同じ大きさの本を取った。その表紙は、色とりどりの浜辺の小屋の列の上に、青空が広がっているというものだった。彼はまた、レジ横の棚から最初に目についた〝お誕生日おめでとう〟と書いてあるグリーティング・カードも取った。

レジ係は女性だった。若くて芸術家風の、大学生のような女性で、バーコードをスキャンするさい、いちいちタイトルを興味たっぷりに見た。

「統一性のない選択ね」女性は顔をしかめて言った。

よけいなお世話だと、ジムはわめきたかった。

彼は言った。「ああ、彼女がどんなものが好きかわからなくてね。妻だよ。誕生日なんだ」

「それで……」レジ係は自分の前にある二冊の対照的な本の表紙を見た。「保険をかけて二冊選んだというの？」

「そんなところだ」

「もしよかったら、本を選ぶのを――」

「これでいい、ありがとう」

ジムは入ってきたときと同じ道筋で店を出るつもりだったが、今では店の奥にケヴィンがいて棚の本を直していたので、踵《きびす》を返し、正面の出入り口へ向かった。

そこのドアを押して外に出たとき、店のショーウィンドーいっぱいに『ナッシング・マン』が並んでいるのが見えた。

本の後ろには、古い新聞記事の切り抜きが、赤いフェルト張りの板にピン留めされていた。

〈ブラックロックでの恐怖の事件〉

〈〃ナッシング・マン〃を追う、警察の特殊作戦〉

〈パッシージ・ウェストでの殺人事件で一家四人が死亡〉

最後の記事はまちがっている。パッシージ・ウェストの家の内部に関する情報が、現場そのものと同じくらい混乱していた、事件直後の朝の誤報だ。

あの家では、三人しか死ななかった。

そして今、それが問題になっている。

駐車場に戻り、ジムは車の中に座ってドアに鍵をかけた。エレベーターや支払い機、すなわち徒歩で通りかかる者たちから離れるように、わざといちばん奥の隅に車をとめていた。彼は二冊目に買った浜辺の小屋が表紙にある本を袋から出し、そのカバーをはずした。それから『ナッシング・マン』についても同じようにし、二枚のカバーを取り換えて、それぞれに本当の中身とはちがう、〝まちがった〟カバーがかかっているようにした。

念のためだ。

ジムは自分のものになった『ナッシング・マン』を開き、スティーヴに遮られた場所まで、ページをめくっていった。

座席の上で体を動かし、落ち着いて座り直して、読み進めた。

毎週末、祝日や夏休みなどに、長い一日を終えたあとで自分のベッドに落ち着くのと同じように、わたしはスパニッシュ・ポイントに帰って、ナニーとの生活に戻った。ナニーの血色が悪くなり、体が小さくなり、声が震えるようになったことなどに気づいても、考えないと決めたほかの物事と一緒に、それらも脇に除《の》けておいた。

　ナニーは二〇一〇年の聖母被昇天の祝日に、眠っているあいだに亡くなった。八十四歳だった。朝、彼女を見て、額の皮膚の温度で助けを呼んでももう遅いことを悟ったのを覚えている。それからの何週間かについては、ぼんやりとした断片的な事柄しか覚えていない。

　わたしは両親と妹のことを、本当の意味で能動的に悲しんでいなかった。痛みを理解し、その先へ進む、あるいはそれを迂回《うかい》したり、ともに歩んだりする道を見つけられるようなやり方で悲しんではいなかった。このとき、初めてわたしは全員を思って悲しんだ。まるでわたしの人生の土台である地殻構造プレートが動き、大きく口を開けて、深く恐ろしい割れ目ができ、安定していたはずのものがすべて飲みこまれていくようだった。立っているのはわたしだけ、残されたのはわたしだけで、しかも足元は不安定だった。そして問題だったのは、そのころわたしはふりをするのがとてもうまくなっていて、誰にもそれを気づかれないことだった。

わたしは大学を首席で卒業して学位を取った。大学の友人がそのときはボーイフレンドになっていたが、わたしは彼との関係をきちんと追いかけることができず、彼は事実上わたしのことを何も知らなかった。縦のブラインドに埃《ほこり》のたまっている、明るすぎるオフィスでの、終わることがないように思える話し合いに出席し、次々と書類がテーブルの向こうから差し出され、わたしは手元の作業には快活過ぎるように思える小さい色鮮やかなステッカーの横に名前を書く。わたしが唯一の残された人間だったから、わたしのものでなかった物件の所有者になろうというのだ。

わたしはすべてを下に下に押しやって、無感覚という領域に安全に封じこめた。

わたしは二十一歳だった。

大学が終わったとき、わたしは目的を失った。学習というのは一連の小さな課題の連続で、モグラ叩きゲームのように、一つが終わればすぐに別のものが現われる。教室に行く。課題を終わらせる。試験のために勉強する。四年間、わたしはとにかく前に進み続け、片足をもういっぽうの足の前に出し、すぐに次のことを始めた。だが何をするべきか考える以外にすることがなくなってしまった今、それができないことを知った。暗黒の六ヵ月間で、わたしは訳がわからなくなり、かつてそうだった——あるいはそうであるふりをしていた、鈍い泥人形のような人間になっていった。恋人を、そして数少ない友だちとあまりにも多くの体重を、この順番で失った。わたしは正しく北を見つけられない磁石の針だった。真実はというと、本気でそれを見つけようともしていなかった。見るのをやめ、聞き流し、倒れてしまうほうがはるかに簡単だった。それに、家族がまったく残されていないというのに、いったいどこに向かえばよかったのだろう？

コークのナニーの家をすぐに売ったので、わたしは当面、経済的に困ることはなかった。それでクラスメートたちが海外での刺激的な仕事に就いたり卒業後の進路を決めたりしている傍らで、わたしはマウントジョイ・スクエアのはずれの汚いワンルームのアパートメントを借りた。本当に小規模な生活をしたので、隣人さえわたしを知らなかった。夜は目を覚ましたまま横になっていて、昼間は夢中歩行していた。何時間もどのように過ごしていたのかさえわからず、ただ時間が過ぎて、あとで振り返ってもそこには何も見えず、記憶さえなかった。

何ヵ月もそんな調子でいたあと、わたしはもはや、悲しみよりも重要な何かが頭の中の回路を壊し始めているのを否定できなくなり、なんとか腰を上げて医師に会い、そこからセラピストのところに行かされたが、わたしはその女性セラピストに、自分がそこにいる本当の理由、自分が何者で、どんな経験をしたかを、どうしても話すことができなかった。毎週、彼女が処方箋《しょほうせん》を書いてくれるのに必要なだけ、話をした。薬に効果があるのかどうかわからなかったが、それと同時に、効果があることが怖くもあった。どん底のように感じられるものが、まだ半分程度のものだと判明するのは嫌だった。それでわたしはセラピーを受け続け、薬を飲み続け、何か別のことを別のように感じるのを待った。

　そしてようやく、物事が変わり始めた。

夜眠れるようになり、日々に焦点を合わせられるようになった。そのせいで、日中アパートメントにいるのが落ち着かなくなったが、しなければならないことは何もなく、会うべきひとも行くべき場所もなかった。それで、わたしは歩き始めた。何キロも何キロも、ダブリン湾に沿った道を歩いた。普通は朝の八時ごろに出発し、街へ流れこむ労働者たちとは逆方向に、その群れから抜け出すまで進み、太陽が出て、自分の足元近くまで光を投げかけるころに自由を噛《か》みしめる。定番のルートは町から北側へ出て、水際をクロンターフまで行くというものだったが、ときにはハウス・ヘッドまで足を延ばし、一度などは川を渡って南方向へ、ダン・レアリーに着くまで何時間も歩き続け、そこで46Aのバスの座席に倒れこみ、ずっと眠って戻ったこともあった。

だが調子の悪い日は同じようにはできず、雨がちの日にそうするつもりもなかった。わたしは雨の日の代替案、アパートメントから出るには出るが、乾いていて暖かい場所でできるようなことを探し始めた。そこで図書館を選んだ。見つけられたなかで最大の図書館は、街の中心にあった。絶えず利用者が出入りするから匿名性《とくめいせい》を保てたし、まったく姿を見られないわけではなくても、認識されずに動けた。最初は隅に隠れて、何度も同じページを目で追っていた。雨が窓に打ちつけ、利用者の息で窓が曇った。やがてわたしは、小道具として選んだ本がどんなものでもそれに夢中になり、それを読みふけった。集中力が続くようになったのに気づいた。その後まもなく、本を借りて家に持ち帰り、夜読むか、散歩に持っていきさえするようになった。それから料理だった。簡単な、健康にいい料理を一から作った。当時はそれに気づかなかったが、癒やしの一助となるような、単純で静かな生活だ。わたしはずっと、隠れて暮らしているだけだと思っていたのだが。

霧がすっかり晴れたのがいつだったのか、正確にはわからないが、とにかく晴れた。霧が晴れたとき、わたしはノートと尖《とが》った鉛筆を一箱買った。次に何をするか、承知していた。チャンスに賭《か》けるのだ。

　こうした文章を以前に読んだことがあると思うのなら、本当にそうかもしれない。もしそうだったら、わたしが次に何をしたか、あなたはもう知っている。

二〇一四年九月、わたしはダブリンのセント・ジョンズ大学の、クリエイティヴ・ライティングの修士課程に通い始めた。セント・ジョンズを選んだのは、あちらが受け入れると言ってくれたからというのもあるが、そのキャンパスがすでに恐ろしい犯罪と関連があったせいでもあった。数年前、一年生の女性五人が、夜間に街のパブやクラブに外出したあと、大学の寮に帰る途中の、大運河《グランド・カナル》沿いにある小道で姿を消した。それぞれが意識を失った状態で黒い水の中に溺《おぼ》れるように放置され、実際、溺死《できし》した。ナッシング・マンはしばらく見出しになったかもしれないが、カナル・キラー（ハワードの第二長篇 *The Liar's Girl* に登場する連続殺人犯）は一つの産業になり、事件後何年も経《た》っていた当時でさえも、ドキュメンタリーやブログや――最新のものでいうと――ポッドキャストを生んでいた。（カナル・キラー本人以外にはわからないことだが、物語はまもなく続きが出るのかもしれない。セント・ジョンズに関連する殺人があらたに三件あり、わたしがこの本を書いているあいだに未遂事件が一件あった）ここはアイルランドで唯一の、すでに怪物を抱えている大学で、しかもそれはわたしの怪物よりも悪名高かった。わたしは気づかれずにいられるかもしれない。〝あそこにいた、あの女の子〟にならずに済むかもしれない。

わたしは書きたかった。ずっとそう思っていた。何を、どうやって、誰のために書くのかはわからなかったが、暗闇から自分を引きずり出して以来、どんどんその思いが強くなり、ここで、ついに決心をした。どうやってという部分を学習して、実行しよう。小説を書くつもりだった。わたしの痛みをすべて——匿名で——注ぎこめるような、暗くて複雑な小説だ。この行為には危険も含まれていたが、わたしは以前より強くなり、もう一度ふりをする準備もできた。それがフィクションというものではないか？　ふりをするというのが？

わたしたちの課程の指導者である、デビュー作『エッセンシャリスト』がブッカー賞の一次選考を通った有名な小説家、ジョナサン・エグリンによると、そうではなかった。彼は最初の授業で、それを話した。フィクションが有効なのは、それが格子《こうし》のようであり、絶対的な真実を繰り返し垣間見《かいまみ》せるような構造であるときだけだと言った。どんな形態を取るにせよ、それがわたしたちの目指すものだと。それから彼は、最初の数週間から数ヵ月かけて、とても系統的にわたしたちの鎧《よろい》、仮面、注意深く取り繕った個性を削り取り、ついにはわたしたちが裸になり、ページに直接血が滴り落ちるまでにした。

わたしは可能な限り抵抗した。男がうちに押し入って、母と父と、当時七歳で永遠にその歳のままの妹アンナを殺したとき、わたしは十二歳だったという言葉を仮想のページに書くか、あるいは実際のページにインクを使って書くかしただけで、立っているために確保しているわずかな足場は崩れ去るだろうと確信していた。それによってできた深い割れ目に落ちたら、戻ることはできない。だからわたしは、愛し合う幸せな家族についての短篇を書いた。それを創《つく》り出すという行為に癒やされた。書くときはいつでも、そこへ戻っていって彼らと会い、前回以降に何があったのかを聞く。ラップトップを使う時間は、わたしがそこを訪問する時間だった。

そうこうするうちに、締切りを忘れる日が来た。ある日の午後、まともに胸に銃弾を撃ちこまれるかのように、それに気づいた。翌朝いちばんに、課題として、二千語の新しい作品を提出しなければならなかった。わたしはそれを、その瞬間まで忘れていた。夜遅くまで図書館にこもったが、気がつくと点滅するカーソルを呆然《ぼうぜん》と見詰めていた。どうあがいても、言葉が出てこなかった。暗く湿っぽい道路を歩いて帰宅して、寝室に座り、なす術《すべ》もなく何も書かれていない画面を見詰めた。

時計の針が真夜中を過ぎ、コンピュータの画面に表示されている日付が新しくなった。三月二十一日。アンナの誕生日だ。彼女が二十一歳になったはずの日。

　思いがけず、わたしの中から言葉があふれ出した。彼女について書いて、出来上がってから名前を変えようと決めた。あまりいい案ではなかったが、そのときは窮地から抜け出すこと、空白のページ、その恐ろしい空っぽの状態から逃げ出すことしか考えられなかった。わたしはキーボードを打ち始めた。〝男がうちに押し入って、母と父と、当時七歳で永遠にその歳のままの妹アンナを殺したとき、わたしは十二歳だった……〟

　エグリンは騙《だま》されなかった。それは出来がよく、外科用メスのように鋭くて、それまでのわたしの作品からは想像できないものだった。早朝の灰色の光の中で彼にそれを送信した半時間後、エグリンから、すぐに彼の部屋に来るようにという電子メールが届いた。教養学部の建物の廊下を彼の部屋に向かって歩きながら、わたしはすべてを否定する心構えをした。でも彼は、それが真実かどうか訊《き》きもしなかった。すでに、真実であると知っていたのだ。

　その代わり、彼はそれを発表するべきだと言った。

　わたしは言葉を失い、そんなことはあり得ないと、どうやって説明すればいいのかわからなかったのを覚えている。すると彼は、とても穏やかに言った。「でも、イヴ、それで彼を捕まえられるかもしれないんだよ」

　これで、すべてが変わった。

　崖《がけ》から飛び降りるような気分だった。この作品が発表されるはずの日の前夜、わたしはアンナが、子どものころに想像したスペイン艦隊の船員のように海から這《は》い出してくる夢を見た。彼女はバンシー（アイルランドに伝わる人の死を告げる妖精）のようだった。腐敗した指でわたしをつかみ、乱れた金髪には海藻がからまっていて、わたしが自分自身を守り損ねたといって責め立てた。でもわたしは、自分を守ることはすなわち彼を守ることでもあると気づいていた。みんなを取り戻すことはできない。でももしかしたら、みんなを奪った男に罪の代償を払わせることはできるかもしれない。

　わたしの作品は二〇一五年五月一日、午前四時に〈アイリッシュ・タイムズ〉のウエブサイトで発表され、その日の朝、印刷版にも載った。終業時間までに、わたしのことは正式に、一気に広まった。まずソーシャル・メディアから始まって、いくつかの影響力のあるアカウントがリンクを貼《は》り、それをフォローしている人々が共有し始めた。イギリスの大判新聞に取り上げられ、アメリカの月刊誌にも載った。ナッシング・マンの最悪にして最後の犯罪を生き延びたあの女の子に何があったのか、誰もがずっと気にしていたかのようだった。そしてそれが少しわかったら、もっと情報を欲しがった。

大胆な記者たちがセント・ジョンズ大学の学生ポータルを通してわたしの連絡先を見つけ、ラジオやテレビの番組への出演依頼が来はじめた。何があったのかについて、番組内で直接話すなどとても無理だった——まだそれができるほど健康ではなかった——が、わたしは何かしたかった。エグリンがアイヴィー・プレス（Iveaghと書き、ivyのように発音する）の、彼を担当している女性編集者を紹介してくれて、この女性から、最初の短い作品に書き足して本にするように勧められた。そのようにしたら、刊行してくれるという。それが今、あなたが手にしているこの本だ。

ほんの数週間前は、家族に起きたことに関する本を書くと承諾するなど、まったく考えられなかった。でも〝あの女の子〟が広く知れわたったとき、とある重要なことがわたしにも起きた。

何時間かのうちに、わたしの作品に関する記事がオンラインに出始めた。クラスメートたちが、それらにつながるリンクを送ってきた。みんな、仲間の一人が書いたものによってこんな騒ぎが起きたことに興奮し、物語の裏にある痛みにはまったく気づいていなかった。最初、わたしはそれらを無視していた。ナッシング・マンの事件については、何も読まなかった。読むのを断固として避けた。あの夜のあと何年も、わたしは彼がうちの家族にしたことの概要以上は聞かず、わかっているだけで充分にひどかった。ぼやけているものを明確にしたくなかった。ふたたび見ていないことにするわけにはいかないと、わかっていたからだ。

でもやがて、好奇心に勝てなくなった。わたしはリンクをクリックし、つながった先の記事を読むというよりは、絶えず画面をスクロールしながら文章を眺めるという行為を始めた。

四番目か五番目の記事の中にある一つの語句を目にして、わたしははっと動きを止めた。

〝ロープとナイフが、ソファーのクッションの下にあった〟

わたしはその文章の最初に戻って、読み直した。事件の二週間前、すでに警察官がその集合住宅に来ていた。そこの居住者、一人暮らしの独身女性が、彼女の部屋のソファーのクッションの下に、ロープとナイフを発見したのだ。彼女は毎週決まった曜日に掃除機をかけることにしていて、その前の週にそんなものがなかったのは確かで、彼女の知る限り、以来ほかに誰もこの部屋に入っていなかった。彼女はすぐさま、その発見物について地元の署に通報した。警察官は、ナッシング・マンが事前の訪問をしたさいに、戻ってきて使うためにそれらをおいていったと考えるようになる。
耳の奥で鼓動が響いた。なぜならわたしも、かつて寝椅子《ねいす》のクッションの下にロープとナイフを見つけたからだ。

　でもわたしは、それを誰にも言わなかった。

　それはうちが襲われる少し前、何日か前だったかもしれない。母が買い物に行くあいだの三十分ほど、アンナの子守を言いつけられた。なんのためだったのか思い出せないが、アンナはとにかく居間にあるすべての椅子のクッションを、全部床に山積みにしなければならないゲームをすると言い張った。寝椅子に載っていた最後の一つを持ち上げたとき、ビスケットのかけらやなくなっていたヘアゴムやべたべたする銅貨と一緒に、ロープとナイフがあった。ロープは編んであるブレードタイプで青くて、光沢のある帯状の包装にきちんと収まっていた。ナイフはハードカバーの本くらいの長さで、フィッシャープライスの玩具を思わせる、太くて黄色いプラスティックの柄がついていた。刃は端にぎざぎざがあり、新品ではないかもしれないが、とてもきれいだった。ピカピカしていた。

　それらがなぜそこにあるのか、不思議にも思わなかった。母は寝椅子のクッションの下に何かを隠す癖があった——たいていは郵便物とか、父から隠しておきたい請求書などだったが、雑誌や編み物の型紙ということもあった——だから、そこにあるには奇妙なものだと考えながらも、特別おかしいとは思わなかった。ナイフは危険を生じる可能性のあるものだとわかるくらいの分別はあったので、クッションを戻し、アンナにゲームはお終《しま》いだと言った。

何週間か後、階段の下で傷つきゆがめられて横たわる父の手首と足首が同じ青いロープで縛られているのを見たとき、わたしの脳は、あの男は父のロープを使ったのだと理解した。ナッシング・マンが犯行に先駆けてうちに来て、それらのものをクッションの下においたとは、思いもしなかった。そうやって準備をしたうえで、また戻ってきてそれらを使っただなんて。事件のあと、一度警察官の事情聴取を受けた。そのさい、わたしはずっと泣き続け、詰まった喉《のど》から短い答えをようやく出すような状態だった。ロープのことは思い出さなかった。わたしは麻《ま》痺《ひ》し、ショック状態で、十二歳だった。二つの出来事に関連があるなどとは、考えもしなかった。ある時点で、そのことはすっかり忘れてしまった。

あれを止められたのかもしれない、避けられたのかもしれないと気づく——ロープとナイフのことを誰かに話しただけで、家族を救えたのかもしれないと考える——それはあまりにも重く、耐えられないことだった。その重圧に圧倒され、胸がつぶれ、ふたたび心が粉々に砕けた。今でもなお、これがわたしの経験した最もつらい痛みだ。なぜか、元々の喪失感よりもひどかった。必ずしも経験しなくてもよかったものだとわかっているからだ。

だが同時にもう一つ、もっと歓迎すべき新事実があった。これだけの時間が経ったあとで、ナッシング・マンの捜査に新しい手掛かりができたかもしれないのだ。

彼は、わたしの家族を殺した夜に初めてうちに侵入したのではなかった。彼はその前に、もしかしたら何度か侵入していた。そのとき、誰かが彼を見なかっただろうか？　わたしはナイフを描写できた。それが特別に特徴的な、決まった場所でしか買えないようなものだったらどうだろう？　それが彼を見つける手助けにならないだろうか？　二十年近く経った今でも、その可能性はあるだろうか？

わたしはほかに何を知っているだろう？　記憶の中の見えやすい場所に、じつは何か使える情報が隠されてはいないだろうか？　ほかの生存者、ほかの被害者は？　ＤＮＡのような法科学はどうなのか？　今では当時よりも進んでいて、常に進歩し続けている。今あえて立ち戻り、もう一度ナッシング・マンを探したらどうだろう？

今回、彼を見つけられたら？

わたしが見つけたら？

もう一度訊いてみて欲しい。〝あなたはあの女の子……?〟今回は――最近は――
真実を答えるから。いいえ、でもかつて、そうでした。
わたしはナッシング・マンから生き延びた女の子だった。
今わたしは、彼を捕まえようとしている女性だ。

第一章　暗闇《くらやみ》から

1　実話

二〇〇一年十月四日の出来事の前、犯罪はわたしたちの家の中に定期的にやってきたが、それは硬いプラスティックのケースにおさまった、二つのリールに巻かれた光沢ある黒いテープの上だけのことだった――それを持ちこんだのはわたしだった。

その前の年のクリスマス、わたしはVCR再生機内蔵のポータブル・テレビを、自分の部屋におけることになった。母は、テレビのチャンネルにはつながず、ビデオテープを見るだけという条件で、渋々これを認めてくれた。（わたしが自室でそのテレビを見ていれば、母が階下の居間にあるテレビで見ようとする番組に対してわたしがぐずぐず不平不満を言わなくなるというのも、きっともう一つの決め手だったはずだ）家にあるテクノロジーといったら、起動するのに三十分もかかるコンパック社のプレサリオ、動きの鈍いダイヤルアップ式のインターネット、そして父が仕事に使うファックス機という程度だったので、突然わたしの寝室におかれたテレビ画面は、裏庭に見知らぬ宇宙船があるぐらいの物珍しさだった。それをつけるたびに、装置そのものから力が発散されて、部屋全体にハム音が響き、果てしない可能性に満ちた興奮で空気分子の一つ一つが活性化された。その正面で、ベッドの上に座り、片手にリモコン、もういっぽうの手の届くところに何か甘いものをおいているというのが、最高に幸せな状態だった——見るべきものがなくなるまでは。

うちには、当時典型的な家庭にみられたＶＨＳのテープがあった。ディズニー映画、テレビから録画したもの、セールで買ったテレビ・ドラマ〈フレンズ〉の不揃《ふぞろ》いのシリーズが何本か。こうした作品にすぐに飽きて、わたしは父と話し合って取り決めをした。地元のビデオ・レンタル・ショップで両親の会員証を使ってビデオを借りていい、その代わり料金は自分で払い、期限内での返却にも責任を持つ。まもなくわたしは、毎週の予算——一週間の小遣い五ポンドのうちの三ポンド——を最大限に使うためには、新作は避けて、〝実話〟と手書きの文字で脅すように書いてある店の奥の棚を探す必要があると学習した。そこにある作品は、ケースにさまざまな傷が描かれていて、色は黒や濃紺で、不吉な赤いタイトル字から血が滴《したた》っていた。

それらは悪名高きアメリカの犯罪に基づいて制作されたアメリカのテレビ映画で、なぜかアイルランドではＶＨＳで借りることができた。作品としての質は低く、お粗末な対話劇で、およそ真実からは遠いものだった。わたしが最初にそれに出会ったのは二〇〇一年の春で、そのほとんどがすでに制作されてから十年は経《た》っていて、それよりもさらに古い事件を扱っていた。それでも新作映画を一晩借りるのと同じ料金で二本を一週間借りられたので、わたしはそれらを端から見始めた。すぐに夢中になった。

〈キリング・イン・ビバリーヒルズ〉は、両親を撃ち殺したメネンデス兄弟の物語だ。兄弟の言い分によれば父親の虐待《ぎゃくたい》から逃がれるための犯行だったが、検察は遺産を使うのが目的だったと主張した。〈アンブッシュ・イン・ウェーコー〉はテキサス州でのアメリカ政府の不手際《ふてぎわ》な包囲捜査を再現したものだ。この結果四人の連邦捜査官とブランチ・ダヴィディアンと呼ばれるカルト集団のメンバー七十六人が命を落とした。〈スモール・サクリファイシズ〉では、ファラ・フォーセットが有名な髪型でダイアン・ダウンズを演じていた。暗い田舎道に車を止めて自分の三人の幼い子どもたちを撃ち、そののち最寄りの病院へゆっくり車を走らせ、くしゃくしゃの髪の毛の見知らぬ人物にやられたと主張した女性だ。炎のような髪をした十代のドリュー・バリモアは〈エイミー・フィッシャー・ストーリー〉でタイトルにもなっている役を演じ、その十六歳の女の子には〝ロング・アイランド・ロリータ〟というあだ名がついていて当時のわたしはその意味をまったく理解できず、とにかくその子は三十五歳のジョーイ・ブッタフオコと恋愛関係になって彼の妻の頭部を撃って殺そうとした。

　でも〝お気に入り〟を挙げるとしたら、〈ヴィクティム・オブ・ビューティ：ドーン・スミスの物語〉だった。ドーンの十七歳の妹、シャリが、一九八五年五月の白昼、ラリー・ジーン・ベルによって自宅のドライヴウェーの端で誘拐され、殺害された。テレビ版には〈スター・トレック：ヴォイジャー〉のジェリ・ライアンが出演していて、シャリの失踪《しっそう》からベル逮捕までのあいだの二十八日間の、ベルのドーンへの執着――金髪で青い目の美人コンテスト出場者――に焦点が当てられていた。

　これらのＶＨＳの映画は、犯罪ものばかりではなかった。赤ん坊を連れた若い夫婦が、山中で雪のせいで車の中に閉じこめられて、生き延びるために洞穴に避難する話や、出生時にたまたま取りちがえられた二人の金髪の女の子が、十代になってそれを発見するという話などを、ぼんやりと覚えている。でも大半は犯罪もので、わたしがいちばん好きなのも犯罪ものだった。

　十二歳の女の子が見るのに適切だとはいえないが、ビデオ店のカウンターにいる退屈そうな十代の若者は気にもしなかったし、両親は、多分知らなかったと思う。うちのいつもの決まりでは、静かにしている限り、何をしていても質問されなかった。最近は、今どきの子どもたちが見る可能性のあるものを引き合いに出して、この問題を簡単に過小評価できるようになった。子どもたちは上掛けに隠せるくらいの小さな装置を手にしてベッドに入り、事実上なんでも見ることができる。いずれにしても、この実話に基づく犯罪ものを見る習慣がわたしになんらかの影響を及ぼしたかどうかという問題は、わたしが知らず知らず実話番組へのチケットを手にしていたと考えるなら、議論の分かれるところだろう。でもじつのところ、何も影響はなかったと思う。

　小さなテレビの画面に再現されるものはある程度事実に近くても、現実とはちがうとわかっていた。ここは世紀の変わり目にあるアイルランドだった。ここの警察官は銃を持ち歩かなかった。ここには常習的な連続殺人犯、ＦＢＩによると〝一ヵ月程度の期間で、それぞれ冷却期間を挟んで少なくとも三件の殺人を犯した人物〟と定義されるような人物はいなかった。ここでニュースになる殺人は、たいていはテロか暗黒街に関連していた。凶悪な誰かに無作為に狙《ねら》われるような危険性は、まったくないとは言わないまでも、とても低かった。（アイルランドの最も有名な未解決殺人事件、一九九六年にフランス人女性ソフィー・トスカン・ドゥ・プランティエが殺された事件を扱う、人気のポッドキャスト〈ウェスト・コーク〉の中で、司会者のジェニファー・フォードとサム・バンジーは、この事件以来ここでは殺人事件が起きていないので、地元の住人たちはこれを単に〝殺人事件〟と呼ぶと話した）それに、わたしは悪い男たちを避ける方法を知っていた。同じ教訓が、どの映画でも繰り返された。暗い道を一人で歩いて帰らないこと。見知らぬ人物の車に乗せてもらわないこと。いい子でいること。

わたしはいい子で、家族と一緒に家にいた。ドアは施錠され、カーテンは閉まっていた。安全だった。

両親について知っていることを、どのように知ったのだろうか？　最近、わたしはこの質問を友人たちに投げかけてみている。彼らの答えはたいてい二つに分類できる。親戚《しんせき》や両親の友人など、ほかのひとから聞くか、両親から直接聞くかだ。後者は時間が経つにつれて多く起きるようになる。つまり、歳《とし》を取るほど、それだけたくさん話を聞くということだ。友人たちには成人した兄弟たち、おじやおば、そしてすべての善きアイルランドのカトリックの家庭であるならばいとこたちもいるはずだ。彼らは生きているあいだに友だちを増やし、彼らの両親もまた同じで、子ども時代に隣に住んでいた女の子や、どこかの時代にどこかで一緒に働いていた男性まで、さまざまな人物が社会生活を彩《いろど》ることになる。友人の一人は、そのことについて考えたあと、彼女が両親の馴《な》れ初《そ》めや結婚前のことを知ったのは、ほとんどが、彼女の父親のことが好きでなかった母方の祖母が、一族の集まりでジントニックを飲み過ぎたときに口にした意地悪なコメントからだったと言った。

　でもわたしの両親はどちらも一人っ子で、両親とたった一人の妹はわたしが十二歳のときに死んだ。両親がどういうひとなのか、両親である以外にどんな側面があるかについて、まったく興味を持たない年齢だ。その後わたしに残された親族はたった一人、ナニーだけで、わたしたちがともに過ごした残りの年月に、彼女に両親について質問することはできなかった。寂しいことだが、わたしは両親がどんな人間だったのか、ほとんど知らない。

　母の名前はディアドリといった。背が低くて華奢《きゃしゃ》だった。アンナは、体つきは母に似ていた。母は結婚する前からずっと同じ髪型で、生来の明るい茶色の髪を肩の上で切りそろえてボブにしていた。イラストレーターとして働いていて、中等学校の授業に使うフランス語とドイツ語の教科書のシリーズに挿絵を描いていた。また、学期中は、カリガラインのカフェでウェイトレスもしていた。車で向かう途中でわたしたちを学校へ連れていき、帰りにわたしたちを拾う。帰りにはカフェで手に入れた何か――クリームたっぷりのケーキ、半分のバゲット、フルーツ・スコーン――が、助手席側の座席の下におかれていた。母は太陽が大好きで、ほんの少しでも陽光が雲の向こうから射《さ》しそうになると裏庭に出て、オイルを塗って肌を出し、寝椅子《ねいす》に座っていた。ケリー県のキローグリンという町で生まれ、大学には行かず、母が十代のころに亡《な》くなったという両親のことはほとんど話さなかった。中等学校ではボート競技の選手だったとのことで、いつか体力づくりのために再開したいとよく言っていたが、わたしたちはみんな、話をするだけで実際は何もしないとわかっていた。

　母はとても穏やかで、いつもリラックスしていて、うるさいことは言わなかった。アンナやわたしが駄々をこねても、困ったような顔をするだけで、わたしたちは疲れ果てるまで放っておかれた——癇癪《かんしゃく》をあおるような反応もなく、見守ってくれる観衆もいなくて、わたしたちはすぐにおとなしくなったものだった。母の親友はジョーンという女性で、中等学校からの友人だった。ジョーンは母が働いているカフェの経営者だった。母が、父を同伴せずに誰かと過ごすことは、あまりなかったと思う。希《まれ》にだが土曜日の夜、わたしたちをナニーに預けて出かけるときも二人一緒で、たいていは食事か何かの用事でほかの夫婦の家に行った。

　母は面白いひとで、いつもウィットの利《き》いた発言や痛烈な答えをし、生真面目《きまじめ》な父とは奇妙な組み合わせだった。母は写真をたくさん撮って、現像してもらっていたが、アルバムに整理するという大きな計画はそこで止まってしまった。わたしの手元には、光沢ある四×六サイズの写真で分厚く膨れ上がった封筒の入った箱がいくつも残された。そのどれにも日付や送り先などは書かれておらず、それらをなんとかしようという計画はこれまでのところ実現していない。写真のほとんどはアンナかわたしか、二人一緒の写真だ。

父の名前はロスだ。父はコーク市の北側にあるサンデイズ・ウェルと呼ばれる場所の出身だった。そこでは大きな家々が川を背にして建っていて、それらを所有している家庭は裕福だった。父が家を出て結婚したあと、ナニーはそこを売ってブラックロックに移った。父の父親はわたしが生まれる前に心不全で亡くなった。ときどきナニーがつぶやいたところによると、〝飲むのが好きだった〟そうだ。父は母と街のパブで出会い、十八ヵ月のうちに結婚した。二人が一緒に暮らしたのはパッシージ・ウェストの家だけだった。

父は背が高くて、身長が百八十センチ以上あり、母の写真によると二十代のころから禿《は》げていた。父の仕事についてはほとんど知らないが、薬品に関連したもので、リンガスキディに大きな工場があった。父は長時間働き、家庭生活の大半は不在だった。アンナとわたしが守るべきだと承知していた規則は、家の一階にある父の書斎には絶対に立ち入らないことだった。父のことを考えるとき、わたしが思い出すのはホールマーク社のカードや、クリスマスにデパートが配る面白みのないギフト・ガイドなどだ。父は典型的な父親として、そのモデルができたかもしれない。仕事に行くときは書類《しょるい》鞄《かばん》を持つ。イニシャルのついたハンカチーフを持ち歩いている。ウィスキーを好み、ゴルフを見て、車にはクラシック音楽のCDをおき、身に着けるのはすべて同じ色調、暗い茶色のツイードか紺色のニットだった。

　わたしの記事が出た数週間後、ここではミシェルと呼ぶことにする女性から電子メールを受け取った。彼女は長年父と一緒に働き、親しい友人だったという。彼女はわたしが知らなかった男性の思い出を千語近くも送ってよこした。おもしろくて積極的で、助言するのがうまかったという、父親の側面。ミシェルのために選んだ本をプレゼントし、彼女が興味を持つと思われる新聞記事を切り抜いて机においておく。ミシェルは今でも父のことが懐《なつ》かしくて、わたしと会いたいと言った。両親についての情報はぜひ欲しかったから、このチャンスに飛びつくべきだった。でも、わたしは彼女の電子メールの行間に、微妙で不穏な、蓋《ふた》を開けてはいけない何かを感じ取った。彼女の名前を聞いたことはなかった。それでそのメールを無視することにして、彼女から再度連絡が来ることはなかったが、彼女のおかげでそれまでは見たことのなかった角度から父を見るようになり、それをわたしはどうしたらいいかわからなかった。

わたしの知る範囲では、両親の結婚生活は堅実なものに見えた。口喧嘩《くちげんか》はしたが、派手に争うことはなかった。とはいえこれは、母が、何かに対して強く主張するほど興奮することがなかったからかもしれない。事態が白熱する前に、母は肩をすくめて引き下がった。両親はテレビで見る夫婦のように、しょっちゅうキスしたりハグしたり、十代の子たちのように色目を使い合うことはなかったが、わたしは大きくなってから、そんなことはほとんど誰もしていないと知る。父は人前で歩くとき母の手を握ったし、夜遅く、寝室の壁の向こうから優しく囁《ささや》き合う声が聞こえることも頻繁にあった。

十二歳のとき、大人の暮らしは果てしない冒険のように見える――というか、自分が大人になったときの暮らしがそうなるのだろうと思うものだ。この最後の数ヵ月、わたしは厚みのある硬い表紙のノートを持っていて、それに個人的な考えや意見、秘密、希望や夢を記録していた。そのノートの表には、母が居間に貼《は》った壁紙の使い残しの紙を貼り、色とりどりのゴムバンドを何本か、わたしだけがわかる順番でかけておき、留守中に誰かが読もうとしたらわかるようにしておいた。このアイディアはジュディ・ブルームの本からもらったと思う。そのページを今めくってみると、いくつかの人生を計画していた女の子がそこにいる。

（バズ・ラーマンの）〈ロミオ&ジュリエット〉みたいな大恋愛がしたかった。テレビで見るアメリカの番組みたいに、パーティーやチアリーディングに明け暮れ、おしゃれな服を着て学校に行くような十代の日々に憧《あこが》れた。プロのダンサーになりたかったし、南極で働く科学者もよかったし、友人の母親が若いときにやっていてすごく面白かったと聞いたから、クルーズ船の美容師というのもやってみたかった。だから両親を見て——生まれ育った街に住み、普通の仕事をしている、普通のひとたち——あまり感心しなかったのも無理はない。なぜ彼らは、たった一度のすばらしい貴重な人生に、何もしないのだろう？ なぜ、何かを必死に追い求めたりしないのだろう？ なぜ夢や冒険や願いや目標を持たないのだろう？

　わたしは両親の願望について何も知らなかった、それが問題だった。欠けているピースが見つからなければ、わたしの頭の中で両親が生きている人間として完全に形を成すのは難しい。でも最近になって、すでに手に入れていたから何も欲しがらなかったのではないか、わたしたち家族の生活が両親の夢だったのではないかと思い始めた。そう思いたいところだ。これから先、そう思うことに決めた。

その日記について本当に印象深いのは、そこに書かれていない事柄だ。わたしは両親についての不満を書くだけで、アンナについてはほとんど言及していない。

頭の中で思い描けるような、妹のはっきりした記憶はほとんどない。断片的な記憶や母の写真があるが、動いている映像はない。子どものころ、特に思春期にさしかかったころの五歳という差は大きい。アンナはわたしにとって苛立《いらだ》ちの素《もと》で、たいてい日々の端々で騒ぎ、何かを要求していた。助けて、何かを貸して、こっちを見て。こうしたことを要求するとき、アンナは両手を背後で握り合わせ、うなだれて近づいてくる。あまり見込みがないとわかっていながら、今回は特別に、わたしの態度がちがうと願いながら。

今あの子の姿を見ることができる。ピンクのヘアバンドで金髪をまとめ、鼻のまわりにそばかすが散り、靴底が光る仕掛けの、テープで留めるタイプの運動靴を履いている。片脚を反対の脚のうしろで折り、あからさまに期待するようにわたしを見上げている。わたしは過去に戻って、アンナに言いたい。なんでもあげる、わたしを独占していい、ほかのことは考えず、その後の人生ずっとアンナのしたいことをしていいよう、アンナを愛しているし、アンナの姉でいるのが嬉《うれ》しい。

じつはちがう、今のは取り消す。もし過去に戻れるなら、わたしはあの子を抱き上げて逃げて、安全なところで成長し、大人どうしとして友だちづきあいのできるような場所へ行く。でもわたしは子どもで、お互いにそうで、二人ともその後、何が起きるのか知らなかった。

　わたしはこんなことを覚えている。アンナの遊びは、大人のふりをすることだった。わたしがバービー人形に夢中になり、人形たちを使ってケンの浮気だとか誘拐されたスキッパーちゃんなどのソープオペラ風の物語を作っていた傍らで、アンナは乳母車やベビーカーを使い、ある記念すべきクリスマスにオムツの中に小さな茶色い染《し》みをつけられた出来事など、等身大の赤ん坊の話を好んだ。うちの居間には腰までの高さの間仕切りがあって、アンナはそれを壁から引っ張り出してその向こうに立ち、わたしたちは、銀行なり郵便局なり、あるいはコーヒー店なり、彼女がその日することにした店の客として列を作らなければならなかった。ある夏の日、わたしたちはバーベキューをし、アンナは父を彼女の店のシェフに雇った。店というのはくたびれたテラスのテーブルのまわりに椅子が三つ並べてあるだけなのだが、印刷されたメニューがあって、わたしの記憶ではとても気の利くウェイトレスがいた。（ちなみにシェフはバーガーを全部焦《こ》がして、明らかに修業のやり直しが必要だった）アンナのごっこ遊びの世界には王女さまや人魚やスーパーヒーローではなく、飛行機の搭乗員や会社員や図書館司書などが登場した。彼女は大人の世界を演じたがり、子どもでいるのを早くやめたいようだった。あとから考えると、彼女はいずれ経験できるはずのことばかりを、やろうとしていた。

　最後の夏、とてもはっきり覚えている出来事が二つあった。まず六月に、アンナが事故に遭った。彼女は友人の自転車に乗ってうちの近くの急な坂を下っていて、前輪が地面の穴にひっかかり、つんのめってハンドルの前に投げ出された。ヘルメットをかぶっていたが、擦り傷ができて血だらけになり、着地の仕方がまずかったせいで右手の薬指を脱臼《だっきゅう》した。脱臼を治す処置は全身麻酔でおこなうため、アンナは二晩病院に泊まらなければならなかった。いずれにしても彼女は小さな子どもだったが、その子が病院で、大きすぎるベッドにぽつんと寝ていて、とても小さくて途方に暮れたその姿を見て、わたしはショックを受けた。その数日、わたしは何時間もアンナにつきそい、本を読んだりカード・ゲームをしたり、ギプスからのぞいている小さな爪《つめ》にマニキュアを塗ってあげたりした。アンナが家に戻ってきたとき、わたしは自分のテレビを好きに使っていいと言い——一時的なことだと、数回警告はした——それで彼女はお気に入りのディズニー映画〈ラマになった王様〉と、父が早くよくなるようにと言って買い与えた〈トイ・ストーリー2〉を見た。アンナはわたしも一緒に見てくれと言い、病院のベッドにいる彼女の姿がまだ頭の中にあったので、わたしはこれを受け入れたが、ちょっとため息をついて仕方ないというふりをしてみせた。母がポップコーンとコーラの缶をトレーに載せて持ってきた。まるでわたしたちが、平穏な環境を邪魔立てされる危機に瀕《ひん》している野生動物でもあるかのように、注意深くそうっと部屋に入ってきた。

　当時のもう一つの鮮明な記憶、アンナのパーティーでは、わたしはこれほど態度がよくなかった。なぜか母は、学期末のご褒美《ほうび》に、アンナを、五、六人の友人たちと一緒に地元のマクドナルドに連れていくことにして、アンナはこれをパーティーと呼ぶことにした。店には子どもたちのパーティーのために特別な装飾のあるエリアがあって、キノコ形の椅子やひまわり形のテーブルが置かれていて、わたしは母に、つきそい及び世話役として同行するように頼まれたが、あのエリアに一緒に座るだなんてとんでもないと、はっきり断わった。何度もだ。これはアンナを悲しませた。今にして、振り返ればわかる。その話題になるたびに、わたしは夏の土曜日の午後には子どものパーティーに出席するより楽しいことがあると不満を言い、アンナは口をきゅっとすぼめて目を大きく見開いた。アンナはどうしてもわたしに同席してほしくて、わたしが行かないのではないかと本気で心配していた。最終的にわたしは行ったが、少し離れたテーブルでポテトフライをつまみ、何度も腕時計を見て、とてつもなく退屈しているふりをした。

　わたしが見たかぎりでは、アンナは楽しんでいた。彼女は学校の外で自分の友人とのつながりを作り始めたところで、あのパーティーでの彼女を思い出すと、彼女は友人たちの中心で微笑《ほほえ》み、笑い、手を伸ばしてチキンナゲットを小さなケチャップの容器に入れている。パーティーの成り行きにアンナが満足だったのはわかっている。アンナが母に、パーティーに来た女の子たちのあいだで評判がよかったと誇らしげに話しているのを聞いた。でもわたしは、あのときアンナのすぐ隣に座って、お姉さんらしく振舞ってやればよかったと思う。

　アンナについて本当に話したいのは、彼女がどんな十代の女の子になったか、その後どんな大人の女性になったかだ。彼女がどんな容貌《ようぼう》になり、どんな様子で、どんな人柄で、どこへ行き、何をしたか。彼女が大学で何を学んだか、それを元に何をしたかが知りたい。彼女のパートナーや子どもと会いたい。どんな服を着たか、家をどんなふうに飾ったか知りたいし、クリスマスの季節にワインのボトルを持ち寄ったり、彼女の子どもにプレゼントを持っていったりして、みんなで一緒に休暇を過ごしたい。

一緒に夜更《よふ》かしをして、銀行ごっこや自転車の事故や誕生日パーティーを回想したい。彼女がつつがなく、幸せで、いい人生を送っているという話を聞きたい。彼女の大人になった声を聞きたい。

でも彼のせいで、それができない。

2　ゲームをしよう

一九九九年十二月三十一日の最後の何分か、新しい千年間の始まりにさいし、珍しいことに楽観的思考と、Ｙ２Ｋに起因する空から飛行機が落ちてくるという恐怖とがないまぜになって、国じゅうが大騒ぎをしていたとき、わたしは片方にアンナが眠り、もういっぽうではナニーが静かにいびきをかいている状態で、居間の寝椅子に座っていた。両親はカリガライン・コート・ホテルのパーティーに出かけた。彼らとは翌朝起きるまで会わなかった。テレビには、ダブリン市からのコンサートの生中継が映っていた。もうすぐ花火が上がるはずだった。瞼《まぶた》が重かったが、花火を見るまで起きていると決意していた。コーラを飲むか、立ち上がってお茶を淹《い》れるかしたかもしれない。

ちょうど同じとき、車で二十分ほど、カリガライン・コート・ホテルからはほんの二分のところにある別の家の居間で、十六歳のトミー・オサリヴァンは、その家のテレビ画面で同じものを見ていた。

そこで、キッチンの電話が鳴り始めた。

最初トミーは電話からは何も聞こえないと思った。テレビの音、あるいは彼が面倒を見ている子どもたちの騒音で、何もかもがかき消されてしまった。彼の弟と妹、十二歳のデイヴィッドと十歳のナンシーと七歳のエメルがクリスマスの菓子と炭酸飲料で興奮し、テレビ画面の前の床で飛び跳ね、踊ったり手を叩《たた》いたり、取っ組み合ったりしているのだ。オサリヴァン家の固定電話はキッチンの冷蔵庫の横の壁に取りつけられていた。トミーは子どもたちにシイイと言い、二つの部屋を隔てるドアを引っ張って閉め、あらためて「もしもし？」と言った。

彼はのちにパチパチという雑音だったと表現する音と、それに続いて長いため息を聞いた。誰かが通話孔に息を強く吹きかけたような、気味の悪い音だった。それからトミーが耳にするのは、男の苛立ったようなしわがれた声、常習的チェーンスモーカーの傷ついた声帯を思わせるような声だった。その声で、こう聞こえた。「ゲームをしよう……」

特に変わった癖はなかったが、電話の相手の口調には、芝居がかった威《い》嚇《かく》のようなものが聞き取れた。トミーは若者向けのホラー映画〈スクリーム〉を思い出した。冒頭の場面で、ドリュー・バリモア演じる登場人物は家に一人でいて、最初は単なる悪ふざけのように思える電話を受ける。でもまもなく電話の相手は覆面をした殺人犯であることがわかり、その殺人犯は家に侵入して彼女を殺す。トミーは友人たちと一緒にハロウィンの夜にこの映画を見たので、まだ記憶に新しかった。今は大晦日《おおみそか》の夜で、トミーはその仲間内で唯一《ゆいいつ》、マイク・ヒッキーの家に行って両親の戸棚から盗み出した酒を飲み、ほかの夜なら絶対に警察官がやってくるような大音量で音楽を聞いていないメンバーだった。そうする代わりに、トミーは弟と妹の子守という任務を押しつけられて、彼の両親はうちの両親と同じ新年を迎えるパーティーに出かけていた。

この成り行きがまったく気に入らなかった彼は、さらに機嫌を悪くした。時計は刻々と真夜中に向かって進んでいて、大事な瞬間を見逃す、置き去りにされるという悲痛な思いが最高潮に達した。友人の誰かが今の自分をからかおうとしてよこしたのだと思いこみ、トミーは、「うるさい、ばかやろう」みたいなことをつぶやいて電話を切った。翌日、彼の友人たちは、そんな電話をかけたことを否定する。

二週間後、二〇〇〇年一月十四日の朝、トミーはピアノ曲の着信音で目覚めた。それは彼の初めての携帯電話だが、父親のお下がりの中古品で、新しい現金払いのSI

Mカードが入っていた。トミーは夏以来、カリガラインのスーパーバリューで土曜日に棚の商品補充や袋詰めなどの仕事をしていて、稼ぎから十ポンドをよけておいて、携帯電話の支払いに当てていた。それは充分すぎる額だった。彼が携帯電話を使うのは、やはり携帯電話を持っている友人たちとのメールのやり取りだけで、相手は片手で数えられる人数だった。母親は携帯電話を持っておらず、父親は仕事に使うだけだったから、小さな緑色の画面によるといま電話をかけてきているのは〝父さん〟だというので、彼は混乱した。時間を見て、さらに混乱した。まだ午前五時二分ではないか。

「トミー？」父親は壁のすぐ向こう側にいるはずなのに、その声は遠く聞こえた。

「部屋のドアは、錠がかかってるか？」

真夜中のような気がしていたし、深い眠りから無理やり起こされたばかりだ。トミーはとっさに、父親の頭がおかしくなったのかと思った。質問を繰り返してくれと頼んだ。

「部屋のドアは、錠がかかってるか？　確認しろ」

「父さん、いったい――」トミーは友人相手に気軽に使う悪態を口にしそうになったが、唇を嚙《か》んで飲みこんだ。「どうしたんだよ？」

「いいから確認しろ」

父親は様子が変だった。十代ならではの疲労感で、トミーは今にも瞼が閉じそうで、枕《まくら》に引き寄せられ、手足は重く、動きづらかった。すぐにでも眠りに戻りたかった。彼は呻《うめ》き声とともにベッドから出て、のそのそと寝室のドアへ向かった――なるほど、ドアは施錠されていた。

身を屈《かが》めて鍵穴《かぎあな》をのぞくと、光が見えた。鍵は抜かれていた。

「こちらのドアも錠がかかってる」父親が言った。「そして、お母さんがいない」

「なんのためにママは錠をかけたんだろう？　どこにいるの？」

父親はどちらの質問にも答えなかった。トミーは携帯電話を胸に当てて、叫んだ。

「ママ？」答えはない。もう一度、さっきより大きな声で。「ママ？」やはり何もない。彼は二度ドアを叩いた。それから弟のデイヴィッドの部屋の側の壁に近づき、そこを叩いた。

「わたしが外に行く」父親は言った。「窓から出る。予備の鍵で中に入る」

二人はこれで通話を終えた。

次にトミーが耳にしたのは、壁の向こうの不満そうな呻き声だった。デイヴィッドがようやく起きたのだ。トミーは弟をなだめてベッドから出させ、ドアを確認させた。

同じだった。施錠されていて、鍵は刺さっていない。

　トミーは窓辺へ行った。外は真っ暗だった。バリーズ・レーンの家々は敷地が広く、街灯はない。それでもたしかに二台の車の影が見えたので、母親は家にいるにちがいなかった。でも、何をしているのだろう？　彼はクリスマスを——特にクリスマス・イヴのことを思い出した。ここ二年ほど、ナンシーとエメルがサンタクロースが早く来ないかと興奮しすぎ、互いに煽《あお》り合い、両方とも一晩中ほとんど寝ずにいて、代わる代わる爪先《つまさき》だって居間へ行き、もうプレゼントが届いたかどうか確認するというような有様だった。母親は疲れ果て、腹を立てて、ついにドアに鍵をかけて二人を部屋に閉じこめることにした。また、それをしたのだろうか？　朝まで気づかれたくない、何かサプライズを計画していたのだろうか？　でもそれだったら、なぜ鍵まで取ったのだろう？　なぜ自分の寝室のドアまで施錠したのか？　なぜ彼の呼びかけに答えないのか？

　トミーが見ていると、砂利敷きのドライヴウェーに細く黄色い光が差し、窓の開く低い音が聞こえた。父親が外に出ようとしていた。その行為に一分ほどかかり、それから砂利を踏む音がして、人影が暗闇《くらやみ》の中で動き、トミーの部屋の窓をよぎった。トミーは玄関ドアの錠が開く音を期待して耳をそばだてたが、聞こえなかった。

その代わり、父親の叫び声が聞こえた。
父親はトミーに、警察を呼べと言っていた。

突如、携帯電話の着信音が車内の静けさを破り、ジムは驚いた。本のページに呼び起こされた記憶に気を取られていて、彼は何も考えずに電話に出た。

「あら」ノリーンの声がした。「出るとは思わなかった。メッセージを残そうと思っていたの。仕事中じゃないの？」

「なんの用だ、ノリーン？」

「ケイティが夕食に来るのよ」二人の娘は家を出て、カレッジ・ロードの大学に近い学生向けの下宿に移り住んだことになっているが、あいかわらず家に入り浸るつもりらしい。「だから、帰ってくる途中でセントラに寄って買い物してきてちょうだい」

ジムは膝《ひざ》の上の本を見た。「どうしておまえが買いにいけないんだ？」

「お金よ」ノリーンは静かに言った。

「金曜日にたくさん渡したじゃないか。あれはどうした？」

「請求書の支払いに使ったわ、ジム。あと、今までの食費ね。だって――」

「買ってくものを書き出して送れ」

ジムは通話を切り、携帯電話を助手席に放り出した。ノリーンがヒステリーを起こしているときに話を聞くのは嫌だった。頭痛が始まってしまう。

それに、本に戻りたかった。

そうか、イヴ・ブラックはナイフとロープを見つけていたのか。それは知らなかった。あの晩それらを取りにいったとき、まだそこにあったので、彼にわかる由《よし》はなかった。それで何か変わることはないが、興味深い新事実だ。そしてスパニッシュ・ポイント。そこに行ったことはなかったが、場所はわかる。これで疑問に答えが出た。彼はずっと、事件後に彼女がどこへ姿を消したのか不思議に思っていた。子ども時代の思い出は退屈だった。あの連中が何者だったかなど、どうでもいい。

だが嘘《うそ》は興味深かった。

あるいは、とりあえずイヴに好意的に解釈すれば、記憶違いか。

彼女は例の夜、あの夜の出来事を細かく描写するだろうか？　何を言うつもりだろう？　彼は途中を飛ばして確認したかった。

でも、じっくり味わいたいとも思った。

それを読むことで、何かが呼び覚まされた。感覚。あの感覚だ。連絡しなくなっていた親友の声のような感じだ。まったく覚えていなかったのに、いったん思い出すと、忘れていたのが信じられない。

とはいえ、いたしかたのないことだろう。彼は六十三歳だ。昔のように素早くは動けない。

もうエネルギーが足りない……あれをするには。

時刻は一時半だった。普段だったら仕事から帰るのは三時十五分ごろだから、放課後の混雑に巻きこまれながら郊外に出て店に寄るとして、あと四十五分ぐらいは大丈夫そうだ。

ジムの携帯電話が鳴った。ノリーンからのメッセージだった。

〝鶏《とり》むね肉、オーヴン・チップス、マッシュルーム、白ワイン〟

お願いねとか、ありがとうの言葉はない。それに白ワインなどは、なくてもいいだろう。いずれにしても、ジムは自分の十八歳の娘に火曜日の夜に酒を出すつもりはなかったし、ケイティだって欲しがらないはずだ。彼女は毎朝、スポーツジムに行くために夜明けに起きるのだから。

それにノリーンは、彼が金《かね》でできているとでも思っているのか？

ジムは携帯電話のタイマーをかけ、本に戻った。

その代わり、父親の叫び声が聞こえた。

父親はトミーに、警察を呼べと言っていた。

外見的には、オサリヴァン家はまったく特徴がない。アイルランドの田舎によくある、周囲に溶けこもうとする努力の感じられない、典型的なバンガローだ。道路から引っこんで建っている、汚い灰色の煉瓦《れんが》でできた、ずんぐりした長方形の箱。窓は高さがなさすぎて幅が広すぎるように見え、まるで、傾斜のある汚いスレートぶきの重たい屋根の重圧に負けて押しつぶされたようだ。〝オーロラ〟――この名前が玄関横の真鍮《しんちゅう》板に刻まれている――は、一九七八年の計画書によって建てられた。それ以来、唯一の刷新は悪徳建設業者によって作られた温室で、それが出来上がる前に業者はいなくなり、一年の十ヵ月は寒くてそこに座っていられず、フレンチ・ドアにはきちんと錠がかからない。

トミーの両親、アリスとシェーン・オサリヴァンは、二人とも十九歳だったときにブラーニーで、誕生日パーティーで出会った。アリスはもともとはクロナキルティ、シェーンはバンドンの出身だった。初めて会った晩、二人は共通の友人や知っている場所などを話し合い、なぜそれまで会わなかったのだろうと不思議がった。以来、二人一緒の人生は、思ったとおりに易々《やすやす》と進んだ。三年つきあってから結婚し、家を買った。一年も経《た》たないうちにアリスはトミーを妊娠した。シェーンは銀行に就職し、昇進を始めた。アリスが思っていたより一人多く、さらに三人の子どもに恵まれた。しばらく大変な時期があり、あわただしかったが、子どもたちが成長した今、アリスは少し息を吐《つ》く余裕ができたと感じていた。シェーンは三ヵ月前にダグラスの支店長になり、考える時間だけでなく、自由に使えるお金も少しできた。アリスは、少し前まで頼りにしていた児童手当を貯金し始めた。そして計画を立て始めた。海外で、理想を言えばフランスでの家族の休暇。子どもたちに自分の部屋を持たせるための増築。あの忌《い》まわしい温室の解体。

　まず彼と会ったのは、アリスだった。

二〇〇〇年一月十四日早朝、彼女は明るい白色光がまぶしくて目覚めた。それしか見えなかった。目を閉じても、暗くならなかった。発作か、脳内出血か何かを起こしたのかもしれないと思った。先日の頭痛——医師のところへ行くべきだったか？　もう遅すぎるだろうか？　アリスはあわててベッドの横のほうを叩き、シェーンの温かい体を探し、何かおかしなことが起きていると知らせようとしたが、その前に何か——誰か——が彼女をつかんだ。光が動き、その中心が彼女からはずれて、その代わり彼女の体を押しつぶすように重たいものがのって、首の柔らかい部分に鋭いものが押しつけられた。

一瞬にして、恐ろしい事態が理解できた。光は覆面をした男の額についているヘッドランプで、その男は彼女の家にいるべきではないのに存在しており、彼女の上に馬乗りになり、右腕で彼女の左腕を、ベッドのシェーンのTシャツからわずか数センチのところに押さえつけていて、男の左手は彼女の首に何か鋭いものを押しつけている。男は濡《ぬ》れた葉と土のようなにおいがして、その息には、馴染《なじ》みがあるがどこか不快なものが感じられた。これは……コーヒーだろうか？

手袋をした手で口をしっかりふさがれて、アリスの口の中に鉄のような味が広がった。男の力で、歯ぐきから出血したのだ。

「音を立てるな」侵入者は囁いた。「おまえの喉《のど》を切るぞ。ほかのやつらのも、一人ずつ切る。わかったらうなずけ」

アリスはうなずいた。

全身がひどく震えていて、なぜシェーンが目を覚まさないのかわからなかった。そのときシェーンが身じろぎした。アリスは体の下に動きを感じ、シェーンが手足を動かしたせいでマットレスのスプリングが軋《きし》む音を聞いた。でもそれから、夫はため息をついて、また眠ってしまった。

　体の上の重さが消え、部屋の光が変化して、彼女が予想していたような状態になった。暗くて、廊下の離れた場所にある電球の弱い光が、ほんの少し開いたドアの隙間《すきま》から入ってきているだけだ。あっというまのことで、アリスは一瞬、たったいま起きたばかりで、この十秒ほどの出来事は夢の最後の部分、恐ろしい鮮烈な悪夢だったのだと思った。遅刻だと思って目覚めて、まだたっぷり時間があるとわかるような。安《あん》堵《ど》感が体じゅうにあふれ出したとき、上掛けの下で、思わぬ方向から手が伸びてきて、彼女の脚をつかんだ。

　男はベッドの足元にいるか、ベッドの横で屈んでいるようだった。手袋をした手で、彼女の踝《くるぶし》をつかんでいた。ナイフの刃の切っ先で脚の後ろ側をなぞっていき、踵《かかと》のあたりで留まり、その先で8の字を描いた。それから逆戻りして脚の内側を上になぞり、下着のレースの端に引っ掛けた。アリスは恐怖で震えていた。何度も見聞きし、読みもしたが、実際に体験したことはないことだった。体が無意識に動いて、皮膚をナイフのほうに押し出してしまいそうだった。覆面をした男は彼女のもういっぽうの脚を引き、彼女の腕も引っ張って、彼女をベッドから下ろし、耳元で囁いた。「ゲームをするんだよ」

アリスの首にナイフを押しつけたまま、侵入者は彼女を寝室から連れ出して廊下を歩かせ、玄関へ向かった。彼女は彼から逃げようとしなかった。逃げられるとは思わなかった。男にここから連れ出される。そして殺される。子どもたちの寝室——トミー、デイヴィッド、ナンシーとエメルの二人——のドアを通り過ぎるさい、アリスは、この覆面をした男にすでに胸をナイフで刺されているような気がした。玄関を通り過ぎ、居間に入った。なぜここに、みんなが寝ているところから離れた場所へ、彼女を連れてきたのだろう？　アリスは、この男は自分を強姦《ごうかん》するつもりなのだと考えた。

もしこの時点でアリスに希望があるとしたら、まさにそれだった。少なくとも肉体的には生きていられる、そしてその記憶は、いずれ整理ができると、彼女は考えた。家の中にいるほかの家族は眠り続けていますようにと、声に出さずに祈った——みんなが眠っていますように、この怪物は、まず第一に彼女のベッドにやってきたのでありますように。ほかの選択肢は恐ろしくて考えられなかった。

この家にはバスルームが二つあった。寝室の横に家族で使うものが一つ、そしてキッチンの横に小さいものが一つ。こちらは幅一・五メートル、奥行一・六メートルしかない狭い空間だが、便器と洗面台と、大人には小さすぎるが子どもには充分なシャワーが詰めこまれていて、子どもたちが学校に行く日の朝の騒ぎを緩和させる役に立っていた。覆面の男はそのドアを軽く蹴《け》って開き、アリスを中に押しこんだ。それから便器の基部とシャワー室のドアのあいだの楔型《くさびがた》の空間のほうにナイフを振り、床に座れと命じた。アリスは真後ろに男が立っているかたちで膝をついた。

何かが動いて、痛烈な痛みが走った。男は彼女の頭部を、顔から磁器に叩きつけた。アリスは驚いて、悲鳴を上げて倒れた。唇に滑らかなものが感じられ——血だ——鼻が折れたのかもしれないと考えた。

空白。

目を開けたとき、アリスは床に半ば横になっていて、タイルが見えた。脳みそが頭《ず》蓋骨《がいこつ》から飛び出そうとしているような気がした。視界がピンクに染まっていた。額の傷から目に、血が流れこんでいた。アリスは傷の程度を探ろうとして、そっと手を上げたが、途中までしか上がらなかった。殴られて気を失っているあいだに、侵入者はロープで彼女を便器の裏のパイプに縛りつけていた。それは幾重にも彼女の手首に巻きつけられ、きつい縛り目ができていた。

男は戸口に立ち、廊下の光を受けて陰になっていた。かがみこみ、彼女の耳元で囁いた。生温かい息が、彼女の肌をくすぐった。

「トミー。デイヴィッド。ナンシー。エメル」

アリスはその意味を察した。騒ぐのはやめた。

本当の暴行が始まると思って、アリスは身構えた。だが侵入者は外に出て、廊下に戻り、静かにドアを閉めた。鍵を錠に入れて回す音がした。

バスルームの中は暗くなり、彼女は独りぼっちになった。男は立ち去ったのだろうか？　いつまで静かにしていなければならないのだろう？　彼女がそうしているあいだ、男は何をするのだろう？　男が子どもたちを傷つけないと、どうしてわかる？　いま叫んで、子どもたちに警告するべきか？　いや、そんなことをしたら子どもたちが襲われるだろうか？　どうするのがいいのだろう？

それから数分、大音量に設定してあるのに何も鳴らないスピーカーから出る電子的ハム音のように、家の中の静寂がますます際立《きわだ》った。それはアリス自身の心拍音や頭痛と混じり合った。痛みに視野をさえぎられながら、彼女はその向こうを見ようとした。あるいは、彼女の目が腫《は》れているせいで見えないのかもしれなかった。腫れているのは鼻かもしれなかった。何か音がしたが、現実かどうかわからず、もし現実だとしても、なんの音かわからなかった。ドアの蝶番《ちょうつがい》の軋む音。カーペットを踏む足音。遠くでガラスが、ちがうもの、たぶん木に当たる音。

アリスは目を閉じて、子どもたちの無事を祈った。

　のちにシェーンは、物音で目が覚めた可能性もあるが確信はないと、警察官に言う。目覚めたときに驚いたのは、妻がベッドにいないことというよりも——彼女は夜間によくするように、トイレに立ったのかもしれなかった——寝室のドアが閉まっていたことだった。泣いているトミーを産院から連れて帰って以来、ドアは開けたままにしていた。シェーンは一分か二分、耳を澄まして待っていたが、困惑が心配に変化して、ベッドから出た。寝室のドアは施錠されていて、鍵が抜かれていた。意味の通らないことだった。心の一部で、アリスの名前を呼んで、いったいどうしたのかと訊《き》きたいと思った。家じゅうを起こすことになりかねなくてもだ。心の別の部分では、そんな行為は過剰反応だと思った。

　彼はトミーの携帯電話を思い出して、ベッド脇《わき》のテーブルの上で充電していた自分の電話を使って呼び出した。息子が彼の寝室のドアも施錠されていると言ったとき、シェーンは何かまずいことが起きていると察知した。彼は靴を履き、苦労して寝室の窓から外に出て、家の正面へ向かって急いだ。テラコッタのプランターの下においてある予備の鍵を使って家に入るつもりだったが、その必要はなかった。玄関のドアは、大きく開いていた。

アリスは家の外に出たのだろうか？　シェーンは庭や砂利敷きのドライヴウェーや道路を見たが、真っ暗でほとんど何も見えなかった。懐中電灯を持ってこようと考えた。冷蔵庫の横の雑多なものを入れてある引き出しにあるはずだ。彼は中に入ってキッチンのほうへ歩き始め、照明のスイッチを入れた。誰かがコーヒーを淹れたようなにおいがして、実際、キッチンのカウンターに冷めたブラック・コーヒーの入ったマグカップがあった。

何もかもが奇妙だった。アリスはコーヒーにミルクを入れる。朝いちばんに一杯飲むだけで、マグカップは使わない。それはクリスマス・プレゼントにもらった四客セットのうちの一つで、有名なアイルランドの家庭用品デザイナーによる手作りで、妻が〝使うのはもったいない〟と判断したものだった。普段はガラス張りの戸棚に飾ってあって、特別な来客のときにしか出さなかった。その一つが今キッチンのカウンターにあり、コーヒーの染みがつき、真夜中なのにまだ少し温かい。

でももっと奇妙なものが、キッチンのテーブルの上にあった。細長くて飾り気のない、銀の鍵が五つ。この家の内部のドアの鍵だ。それらを見て、シェーンは恐怖で胃が締めつけられた。何が起きたのか、はっきりわかった。もはやほかの誰かを起こすのを気遣うこともなく、トミーに向かって、警察に通報しろと叫んだ。

いろいろと辻褄《つじつま》が合い始めた。玄関のドアは開いていて、内部のドアは外から施錠されていて、アリスはいない……シェーンは銀行の支店長だ。彼はおおまかな説明を受けていた。タイガー誘拐というものだ。家族に関する脅迫をして、警察には連絡をするなという。すぐにも電話があるか、今後の指示を記したメモが残されているにちがいない。アリスはどこかのワゴン車の後部に入れられていて、恐怖に震えあがってはいるが、身体的には無事だろう。彼は朝、普通の様子で仕事に行き、何万ポンドもの現金を持ち帰る。あるいは今すぐ、ほかの職員が出勤する前に職場に行き、警報装置を無効にし、金庫を空にしろと指示される。そののち金をギャングの手先に渡し、その後まもなく、アリスは家に帰らされるはずだ。

少なくとも犯罪をおこなうギャングの考え方では、そのようになるはずだった。彼の雇用主、この国最大の商業銀行は、もしこのような事件が起きたらどうするか、明確に方針を決めていた。犯人には従わない。けっきょくのところ、これは武装した強盗ではない。連中は窃盗犯ではあるが、殺人者だろうか？　ちがう。アイルランド警察にはこうした状況に対応すべく特別に訓練を受けた職員がいて、アリスを無事に救出できるまで、彼が服従しているふりをするのを手助けするはずだ。

シェーンは片手で鍵をつかみあげ、どれが合うか探しながら、次々と鍵を試していき、ようやく一つの錠が開いた。ナンシーとエメルはベッドで眠っていた。デイヴィッドはどうしたのという顔をしてベッドに座っていた。シェーンが妻と使っている寝室は、彼が出てきたときのままだった。トミーはドアのすぐ向こうに立っていて、携帯電話を差し出した。九九九の配車係が、どうしたのかと訊いていた。シェーンはすぐに状況を説明した。電話相手の女性は、すでにカリガライン署から車が出てそちらに向かったと告げた。彼は電話をトミーに返し、そこで、左手にまだ何か握っていて、それが手のひらに当たって痛いのに気づいた。鍵だ。五つの鍵、四つの寝室。どこかのドアが、まだ施錠されている。

シェーンがバスルームのドアを開けたとき、明かりをつける前に彼の脚が妻の脚に当たった。アリスは意識が混濁し、取り乱していた。顔は腫れて血まみれだった。鼻が折れ、額に傷ができていて、これらの傷は両方ともすぐに治癒して傷跡も残らなかったが、このときの彼女の顔は原形がわからないほどひどい状態だった。

五分後に最初の警察の車が到着した。捜査があるはずだったが、何を捜査するというのか？　アリス以外に目撃者はおらず、そのアリスも、男の顔は見なかった。男は家の中に何一つ手掛かりを残さなかった。彼女が襲われた時刻やその前後に、この地区で車を見た証言はなく、この地域では調べるべき監視・防犯用のＣＣＴＶもなかった。どのように侵入者が家に入ったのか、誰にもわからなかった。男は幽霊でもおかしくなかった。

　警察官は秘《ひそ》かに、そもそも侵入者などいたのだろうかと疑った。クレア・バーディンが事件のあった時間にバリーズ・レーンを走っていて目撃したものを報告するのは、何ヵ月も経ってからだ。彼女の車のヘッドライトに驚いた、黒い服を着た男。バーディンは外国に住んでいて、その後コークに帰省したときに事件の報道を聞くまで、自分の見たものの意味に気づかなかった。彼女は警察の似顔絵画家がスケッチを作るのに協力し、似顔絵が公表されたが、あらたな手掛かりをもたらすことはなかった。

　オサリヴァン家は新しい錠をつけ、警備用の照明と電子ロックつきの門を設置した。一家は報道を、最新情報を、そして逮捕を待った。何もなかった。新聞と地元のラジオでいくらか報道されたが、どれもタイガー誘拐未遂事件だったとするものだった。アリスは家族や友人に大丈夫だと、とにかく忘れてしまいたいと話したが、六ヵ月後も毎晩ほとんど眠れず、ソファーの上でテレビ画面のちらちらする青い光を見詰めながらも、実際は何も見ていないという状態が続いていた。ドアや錠は意味を失った。彼女は今や、人気のない暗い通りで感じるような危険を、自宅で感じていた。やがて〝売家〟の看板がオーロラに掛かって、シェーンは国内のどこでもかまわず、とにかく他所《よそ》の支店への異動を希望した。

子どもたちはあの夜の出来事について、それぞれちがったバージョンを聞かされた。ナンシーとエメルはほとんど何も知らず、その後数年、母親はトイレに行こうとして暗闇で何かにつまずいたと思いこんでいることになる。デイヴィッドは、母親は強盗に遭ってしまったが、新しい警備設備のおかげで、もう強盗が入ることはないと言われた。トミーは真実を聞いたが、詳細は聞かなかった。彼はあの夜家に入ってきた男が、大晦日の晩にいたずら電話の相手が言ったように、母親にゲームをしようと言ったのは知らなかった。彼が二つの出来事を結びつける理由は何もなかった。

オサリヴァン家のキッチンにある電話は公衆電話だった。チャコールグレーのプラスティック製の、角ばった箱のような物体に大きな青いボタンと硬貨を入れるスロットがついていて、個人の住宅の壁にはまったく不似合いだった。これは九〇年代のアイルランドでは、十代の若者を子に持つ両親にとって、電話料金を管理する賢いやり方だった。わたしのクラスメートのダニエルの家にも公衆電話があったが、彼女は母親がその鍵をどこにしまっているかを突き止めた。電話をする必要が生じると、ダニエルはこっそり料金箱を開けるチャンスをうかがい、一ポンドや五十ペンスの硬貨を取り出し、それを電話に入れた。母親に気づかれることはなかった。母親自身も、しょっちゅう同じことをしていたからだ。

わたしはときどき、一九九九年十二月三十一日の夜の、オサリヴァン家のキッチンにある場違いな電話を思い描いてみる。家庭生活の雑多なものが散らかっているカウンターの上に、正面がガラスになっている戸棚があって、そこにはクリスタルのグラスや陶磁器がきちんと並べてあるような、田舎風のキッチンの写真を参考にしてのことだ。電話は冷蔵庫の横にある。冷蔵庫のドアには教会区の知らせが磁石で留めてある。ミサの時間の書いてある、折りたたまれた紙。何もかもが静かで暗くて動かず、唯一生命を感じさせるのは家族の立てる物音、別の部屋から聞こえてくるくぐもった音楽と、興奮した子どもたちの叫び声だけだ。

この瞬間、わたしたちはみんな生きていて安全で、まだ安心しており、夜、家の中に入ってドアを閉めたとき、何もかもが温かくて安全で馴染みがある場所と何もかもが冷たくて危険で見知らぬ場所とを分けている境界線の内側に入ったと信じられるような世界に生きている。

次の瞬間、電話が鳴りはじめる。

その甲高い音が空気を切り裂く。もしかしたら小さな液晶画面に何か表示が出るか、明かりがつくかして、着信があることを示すかもしれない。もしかしたら、この侵入は聴覚のみによるものかもしれない。いずれにしても、怪物が囁《ささや》く準備をして、発信元で待っている。

何年ものあいだ、わたしは頭の中に、チャンスがあったら家族を殺した男に対してする質問のリストを持っていて、その三番目（〝なぜ〟と〝なぜうちだったのか〟の次）は、なぜあの夜だったのかだった。あれほど希望に満ちた真夜中はなかった、二〇〇〇年の幕開けだ。ついにその当日になっても、まだ明るい前途にあふれていた、口にし慣れていない日付。その瞬間に、何が彼を動かしたのだろう？　彼はあの夜何を考えて、暗闇から出てオサリヴァンの家に電話をしたのだろう？　とうとうスイッチが入るようなことが、彼に起きたのだろうか？　それとも前もって何ヵ月も計画していたのか？　そもそもなぜ電話をしたのか？　その意味は？

だがわたしがいちばん気になるのは、もしトミー・オサリヴァンが最後に着信した番号に電話をかけ返す番号のコンビネーションを知っていたら、どうなったかということだ。もしそうしたら、電話はどこで鳴ったのだろう。人気のない田舎道の脇の、すでに誰もいなくなった電話ボックスだろうか？　大学とか病院、あるいは警察署のような、思いがけない場所だろうか？　それともオサリヴァン家のような、音楽や子どもたちの声、全国民とともに歴史的カウントダウンのお祝いをする準備に浮き立っている家だろうか？

どの筋書きが最も恐ろしいか、わかっている。それは最もありそうなことでもある。

ジムが車をドライヴウェーに入れたとき、まず目に入ったのは、前庭のまん真ん中にある、湿っぽい犬の糞《ふん》の大きな塊だった。それを見て、ジムはカッとなった。門を出て、小道を進み、隣の家のドライヴウェーに入っていった。そこには犬の糞はない。おかしいじゃないか。

呼び鈴を鳴らすと、カレンが出てきた。

カレンとデリクは三十代前半だ。カレンは顔の血色が悪くて、黒っぽい巻き毛を長く伸ばし、小さな引き締まった体に、きつそうな伸縮性のある布地の服を着ている。デリクは痩《や》せていて青白く、カレンの横に並んでも似合いには見えなかった。夫婦には子どもはおらず、ほぼ問題のない隣人だった――どこかの老いぼれた犬を〝保護〟して、飼い始めるまでは。その犬には治しようのない胃の問題があるらしく、しょっちゅうよその家の庭で排便をするのだ。

「ジム」カレンは堅苦しい笑みを浮かべた。「なんのご用？」お互い、なぜジムがここにいるか承知していた。彼は先月も二度、同じ理由で来ていた。

「まだだ」とにかくジムは言った。

カレンは口元をこわばらせた。「あら、申し訳ないわね。でも、犬のすることよ。どうしろというのかしら」

「簡単なことだ。あれをうちの庭に入れるな」

また堅苦しい笑み。「できるだけ、そのようにするわ」

「もしもう一回あったら、思い切った手段に出るしかない」

カレンは肩越しに、背後の廊下のほうを向いた。最初ジムは彼女が、デリクがいるかどうか、自分の応援に来るかどうか確認したのだと思った。だが、彼女の口元が少し上がり、彼のほうに顔を戻したときに唇をきゅっと結んだのを見て、じつは笑いを隠していたのだと気づいた。

ジムは顔が熱くなった。

自分はバリーズ・レーンの家に侵入し、眠っている女性をベッドから引っ張り出した男だ。女性を縛り、その耳に子どもたちの名前を囁いてやった。頭を便座の側面に叩きつけてやった。

それ以後、もっとひどいこともした。

だがカレンが目の前に見ているのは、年金暮らしの隣人だった。頭の両脇に少し白髪が残っているだけの男。両手の甲に茶色い斑点《はんてん》が浮き出している。壮健だが、但《ただ》し書きがつく。その歳《とし》にしては、と。カレンが見ているのは、すでに（特に特徴のない）人生を終え、与えるべきものを与え（たいした量じゃない）、何かを変えることはできない（もう遅すぎる）男だ。隣人が引っ越してきたとき、彼はアイルランド警察の一員だったと言うようにしたが、それさえ、かつてのような効果はないようだった。昨今、人々は敬意というものを忘れてしまった。

近い将来のいつの日か、ついに年齢のせいでまったく見えない存在になったら、カレンはそこに誰かが立っていることさえ気づかないのだろう。

でも真実を知ったら、彼をばかにして笑ったりはしないはずだ。

悲鳴を上げて、逃げ出すはずだ。

「もう起きないわ」カレンは言った。納得させようと思ってもいないようだった。

「失礼するわね、オーヴンを使っているの」カレンはドアを引いて閉めようとした。

「あんたが犬を始末しないなら」ジムは言った。「わたしがする」

それは脅迫のように聞こえ、彼はそのつもりで言った。普通、そこまで押すことはないのだが、バリーズ・レーンの夜について読んだことで、冷えたままにしてあった何かが熱を持ったのかもしれない。

彼は、自分が本当は何者であるかを思い出す必要があった。

自分のすべてをだ。

カレンは平然としていた。「おやすみなさい、ジム」とだけ言って、ぴしゃりとドアを閉めた。

ジムは『ナッシング・マン』を、車の助手席の上においておいた。気楽な夏の浜辺の話のような見かけだが、彼の車にあると、もっと疑わしいものに見えた。今やはっきりした、これはまちがいだった。スポーツ選手の伝記か宇宙飛行士についての何かから盗《と》ったカバーでもかければよかった。彼は〝ちがう〟カバーを取りさり、それを細かく破いて、それがもともとかかっていた本とともに、家の脇を回ったところのごみ箱に捨てた。『ナッシング・マン』のカバーと誕生日カードについても同じようにした。これで、書店での買い物から、『ナッシング・マン』の本体だけが残った。裸で、飾り気のない黒い布張りで、背に金色でタイトルが箔押《はくお》しされている。彼はそれをグローヴボックスに入れて鍵をかけ、ノリーンのための買い物を持って家に入った。

　ノリーンはキッチンにいて、カウンターで野菜を切っていた。テーブルには三人分のマットと、きれいなカトラリーとナプキンがきちんと並んでいる。ノリーンは半袖《はんそで》の柔らかそうな服を着ているが、安物の薄い布地は、背中に贅肉《ぜいにく》のついただらしのない輪郭を際立たせるばかりだった。ジムはキッチンのドアの横にあるボタンを押して、サーモスタットを切った。

「どこにいたの？」ノリーンが目を上げずに言った。

ジムは答えの代わりに、できるだけ重そうなふりをして食料品の袋をテーブルにおいた。

「たった今よ。五分前に車の音がしたのに」

「隣だ」ジムは言った。「癪《しゃく》にさわる犬が、またしやがった」

ノリーンはナイフをおいて、両手をエプロンで拭《ふ》きながら彼のほうを向いた。彼女の視線が、彼の顔の上をさまよった。彼は、彼女が何かを読み取れるのだろうかと考えた。もう一つの彼の姿を。本当の彼だ。当時起きたことについて読んだせいで、見えやすくなったとか？　表面に浮き上がらせてしまった？　この十八年間より、昨日より、今朝より、ばれる危険が大きくなったのだろうか？

それはあるまい。ノリーンはいつだって、何も気づかない。

「揉《も》めたりしなかったでしょうね」彼女は言った。それから袋に目を落とした。薄いビニールの形から、中身はほぼ見当がつく。「ワインはどこ？」

「店だ。要らないだろう」

「わたしは要るわ。だから買ってきてと頼んだの」

「ケイティは平日の夜に酒など飲まないし、おまえだって飲む必要はない」

「ケイティが飲むんじゃない。わたしが飲むのでもないわ。わたしたちの夕食のためよ。夕食に入れるの。あれが必要なのは——」ノリーンは言葉を切り、息を吐いた。それから静かに言った。「いま作ってる料理に入れるのよ」

「じゃあ、ほかのものを作れ」

ジムは冷蔵庫のドアを開けた。いつものように、食料がたくさん入っていた。彼はそれを指さしたが、ノリーンは袋の中を探っていた。

「あら、いやだ」彼女は言った。「オーヴン・チップスって言ったのに」

「同じようなものだろう、ノリーン」

「そんなことないわ」

「それが売るための戦略なんだ。まったく、おまえはなんにでも騙《だま》される」

ノリーンは彼を睨《にら》んだ。

「ケイティは何時に来るんだ？」ジムは訊いた。

「もう来てるわよ」ノリーンは引き出しを開け、ベーキング・トレーを出して、それを乱暴にカウンターにおいた。こうした子どもじみた癇癪《かんしゃく》を、ジムはわざと無視した。

「上でシャワーを浴びてるわ。きっと、自分で電気代を払う必要のないこの家で浴びたほうが安上がりだと思ってるんでしょう」

「おまえだって、どこでも電気代など払っていないだろう、ノリーン」

これに対する答えがあったとしても、ジムは聞くつもりもなかった。彼は廊下に戻り、階段の下に立って、シャワーの音が聞こえるかどうか耳を澄ました。聞こえた。ケイティがバスルームにいて、ノリーンはキッチンにいるのなら、今こそあの本をもっと安全な場所に移すチャンスだった。

ジムは車から本を取り、それを体の横に隠すように持って、急いで家の脇へ歩いていった。裏庭の東側の隅に、小屋があった。彼の小屋だ。ドアにはかなり大きな南京《ナンキン》錠《じょう》がついていて、組み合わせ番号は彼しか知らない。

中は狭くて、幅二・五メートル、奥行三メートルほどで、特別なものは何もないが、そこはジムが自分だけのものにしておける唯一《ゆいいつ》の空間だった。その一隅に背の高いスティール製の道具入れがあり、そのドアにはまた別の小さな南京錠がついていた。折り畳み式のピクニック用テーブルの上には古いトランジスター・ラジオが載っている。数年前に家から持ち出して捨てたセットの中から拾っておいた、布地が色あせて破れているくたびれた肘掛椅《ひじかけい》子《す》。小屋には小さな窓が一つだけあって、ジムはそこを常に遮光性のブラインドで覆《おお》っていた。ペンキで汚れたランプがプラスティック製の牛乳ケースをひっくり返したものの上にあり、その横には扉のない棚があって、庭の小屋によくある標準的な用具が入っている。古いペンキの缶、肥料、殺鼠剤《さっそざい》、鳥の餌《えさ》の容器、きちんと巻かれた庭用ホース。

過剰なことをする必要はない。ただの本だし、この小屋は安全だ。そうしたければ、そこらに放置しておいてもいい。彼以外、誰もこの小屋には入らない。最終的に、彼は肘掛椅子の座面のクッションを持ち上げて、その下に本を滑りこませた。

昔の時代を思って。

そこから出ようとしたとき、棚の上のあるものに目が留まった。

殺鼠剤だ。

　ジムは暗闇《くらやみ》の中で目覚めたまま横たわり、両手を組んで胸の上において待っていた。家の中は、しんと静まり返っていた。ベッド脇のテーブルにある時計が真夜中を過ぎてからは、起きているのに苦労した。疲労が手足を重くし、瞼《まぶた》が閉じそうになり、呼吸がゆっくりになった。好奇心だけで、彼はなんとか眠りに落ちずに持ちこたえていた。暗闇の中の何時間かが、もっと『ナッシング・マン』を読むのに絶好のチャンスだ。起きていなければならない。

　夕食は思ったとおりつまらないものだった。たった一つよかったのは、ケイティが持ってきたショートブレッドのビスケットだった。ルームメイトが作ったのだという。ケイティはさかんに大学について喋《しゃべ》り、大学生活を楽しんでいるようだった。ケイティはいつも快活な子だったが、一段階レベルが上がったようだ。ボート競技のチームと、ジョギングのグループに入ったという。帰るときにハグをしたら、服の下に硬い肩甲骨が感じられた。それまでになかったことで、一生懸命にトレーニングしているのがうかがえた。

もちろん、ノリーンはドアが閉まったとたんにそれを持ち出した。ケイティが痩せた、もっとちゃんと食べて休むべきだ、ビスケットはあの子が自分で食べるべきだったのに。ジムはノリーンに、トレーニングに熱心な娘から一つや二つ何か学んだらどうだと言い、それで会話は終わりになった。

今、ノリーンは横で眠っている。呼吸は深くて規則的で、落ち着いている。仰向けに寝ていて、喉から、鼻にかかった湿った音を立てている。片手が上掛けの上にあり、真っ暗に近いのに、斑点のある年老いた皮膚が、手の甲から緩んで皺《しわ》になっているのが見えた。クレープのような、指の皮膚。肉が盛り上がって、金の結婚指輪が埋もれそうだ。ノリーンはジムよりかなり若いのだが、自分のことをまったくかまわないせいで、最近はジムより年上に見えた。

午前一時、ノリーンはこの三十分、身じろぎもしなかった。ジムはゆっくり、こっそりと、ベッドから抜け出した。

夫婦は結婚生活のすべてをこの家で過ごしてきたので、ジムは階段のどこが軋むか、どのドアの蝶番が音を立てるか承知していた。暗い家の中を音を立てずに歩きながら、彼は、この状況の奇妙さに驚かざるをえなかった。これまでにいくつの夜、まさにこうして、暗闇の中で家から外に出ただろう？　何度、物音ひとつ立てずに巧みに玄関ドアの鍵《かぎ》を開け、今夜だろうか、ちょうどいい状況になるだろうかと考えたことか。そうして今、何年も経ってから、まさに同じ行為をして、他人が彼のしたことについて書いた本を読もうとしている。奇妙だ。スリルを感じた。外に出るころには、冷たい外気に触れて目を覚ます必要もなくなっていた。

ジムはパジャマにサンダル、廊下に掛けてあったコートという服装だった。たまたま誰かに見られたら、おかしな格好だ。玄関ドアの横で立ち止まり、通りをうかがった。ジムの家は同じ二戸建て住宅が並んでいる列の、端から二番目の家で、ちょうど同じように見える家の列と向き合っている。ジムはあたりの窓を見たが、カーテンが引いてあるか、真っ暗だった。ポーチの明かりが二つ、ついたままになっているが、それはそれでいい。ここは子どもと定時間労働者とジムやノリーンのような年配の夫婦が住む住宅地だった。夜のこの時間は、みんなすでにベッドで寝ている。

満足して、彼は家の脇へ回りこみ、小屋に入った。遮光ブラインドが窓をすっかり覆っていることを確かめてから、ランプをつけた。肘掛椅子のクッションの下から本を取り出して座った。

小屋の中は外よりも寒く感じられ、彼は、小さなヒーターをおくか、家から毛布を持ってくるべきだと考えた。お茶があってもいいが、やかんは音を立てる。日中にお茶を入れておける魔法瓶でもあればいいかもしれない。
彼は『ナッシング・マン』を開き、前回中断した場所を見つけて、読み進めた。

3　ドリームキャッチャー

二〇〇〇年の夏、クリスティン・キアナンは二十三歳で、初めての一人暮らしをしていた。彼女は祖母からコヴェント・コートと呼ばれる複合建築の中にある、寝室が二つあるユニットを引き継いだ。コーク市の郊外の、ブラックロック・ロードのはずれだ。コヴェント・コートが有名であるという事実がなければ、ミッド・テラス・ハウスと呼ばれているはずの家だった。建物はポール・ベリーという北アイルランドの建築家によるデザインで、一九六〇年代モダニズムのデザインの好例とされた。今でも大学生のグループが外国からこれを見にやってきて、中央の中庭に胡坐《あぐら》をかいて座り、立面図をスケッチする。住人はカーテンを揺らし、その様子を見てあきれた顔をするが、とうに注目を浴びるのに飽き飽きしながらも、自分たちの住まいの神聖化された地位を秘かに喜んでいるのだろう。車両用の出入り口の横には小さな飾り板があり、コヴェント・コートが一九七二年に王立アイルランド建築家協会住宅部門銀賞を受賞したと書いてある。その中のどこかが売りに出されると、物件リストには〝タウンハウス〟と書かれることになり、担当する不動産エージェントはその名前について、いやというほど購入希望者に訂正することになる。「コヴェント、です。修道院《コンヴェント》とは関係ありません。ええ。いいえ、nは入りません」

クリスティンはその家が嫌いだった。四月のとある陰鬱《いんうつ》な日にそこを訪れたとき、わたしもその理由をすぐに見て取った。六十年前にコヴェント・コートを最先端の建造物としたたくさんの特徴——平らな屋根、アルミニウムのスライディング・ドア、スギ材でおおわれた天井と外装のサイディング——が、今では老朽化して崩れかけ、お粗末な資材の選択が、風雨にさらされて惨《みじ》めな結果を招いていた。何かを思い出すとしたら、同時期に街のどこかに建てられた低価格住宅で、それらはできるかぎりコストを削減したため、完成する前に倒壊し始めていた。

コヴェント・コートの中は、古いジェームズ・ボンド映画のセットや、〈ライフ〉誌の宇宙飛行士の妻たちの写真と共通するものがあった。内部は近代的な家具には合わないおかしな形の部屋の連続で、最高に天気のいい日でも薄暗そうだと想像できた。むき出しの煉瓦《れんが》、天井に使われている仕上げ材、暖炉やキッチン・カウンターや階段などに使われている巨大なコンクリートの塊——それらが日中の光を奪い、すっかり飲みこんでいた。

出入り口近くの売りに出されているユニットを見せてくれた不動産エージェントは、すべてを白く塗り、鏡を掛けたらどうかと提案した。真昼間だったのに、彼がすべてのランプと天井の明かりをつけるのを、わたしは見逃さなかった。

コヴェント・コートのユニットを売るのはクリスティンの勝手だったが、それは彼女と祖母との最後のつながりであり、祖母とその大きな一族の輪との最後のつながりでもあった。メアリー・マロイは六十四歳で、突然不慮の死を遂げた。歩行中に自動車事故に遭ったのだ。一族の者たちは、まだ動揺していた。その女性の家だったものをすぐさま捨て、この家の思い出を消し去って他人に売り払うというのは、残酷なことのように思えた。クリスティンはそんな責任を負いたくなかったし、いずれにしても、メアリーの最年長の娘である母親が許さないはずだった。

そこで彼女は、そこを改装することにした。明るい色の額に遠い場所の風景写真を入れ、家じゅうにギャラリーのように飾った。寝椅子を替え、見本品のセールで手に入れたエメラルド・グリーンのビロード張りの現代的なデザインのものをおいた。玄関のすぐ外にペチュニアの籠《かご》を下げ、裏口の外にはドリームキャッチャー。その裏口から出て裏庭を横切れば、大通りへの近道になる小路《こうじ》へ出られた。ドリームキャッチャーには揺れると音が鳴る仕掛けがついていて、そよ風が吹くと、ほっとするような軽い音がした。静かで優しい音色だったので、他人の邪魔になることはなかった。もっと光を室内に入れたかったので、彼女はネット・カーテンを取ってしまおうかと考えた。

　コヴェント・コートは窓だらけだった。それは、最も革新的な特徴の一つだった。床から天井までのガラスは、壁というよりも窓だった。建物は中庭を取り巻くようにU字形を描いて建てられていて、自分のユニットの窓から外を見て、真向かいのユニットからこちらの室内を見ることはできないとわかってはいたのだが、それでもクリスティンは人目が気になった。〝私有地〟という看板がこの複合建築のあちこちに立っていたが、門や柵《さく》はなかった——最近近所で窃盗事件があり、住人のあいだで、門を設置するべきだという声は上がっていたのだが。事実上、誰でも中に入ることができた。

　七月の最初の週の、四日だったか、遅くとも六日の早朝に、クリスティンは一階の窓のネット・カーテンをはずした。光に関して感動するほどの効果があって、彼女は喜んだ。少し居心地は悪かったが、それでも嬉《うれ》しかった。慣れるのに多少はかかるだろうが、部屋ははるかに明るくなった。クリスティンはこの状態に慣れるつもりで、カーテンを取ったままにした。
そこで、手の跡を発見した。

ジムは本を脇におき、呻《うめ》き声とともに椅子から立ち上がって、今が真夜中であって静かにしなくてはならないことを思い出した。道具入れを開き、何か書くものがないかと、中を探した。ばらのねじとアレンレンチが入っている容器に、小さな鉛筆があった。芯《しん》はほとんどないが、今夜ぐらいは用が足りる。明日は、もっとよく準備をしてこの読書室に来よう。

道具入れの棚の下に、古い小型の掃除機があった。本体だけだ——ホースやほかの部品はない。ターコイズ・グリーンで、正面にゴブリンと書いてある。何年も前に、庭の出入り口近くにとまっていたゴミ収集車から取ってきた。彼はかがみこんで、そのカバーをはずそうとしたが、すぐに気を変えて立ち上がった。

まだだ。今じゃない。

本を読むのは一つの意味ある行為だが、これを開くのは、まったく別物だ。

彼は道具入れを施錠し、椅子に座りなおした。『ナッシング・マン』の表紙をめくり、その内側に短い鉛筆で書いた。

エグリン――何者／今はどこに？
〈アイリッシュ・タイムズ〉の記事――二〇一五年五月
ナイフ／ロープ――隣人の新たな報告？
〝最近の窃盗事件〟――他にも？？？　調べること！

その文字は太くて、不《ふ》明瞭《めいりょう》だった。

それからジムは中断したところに戻り、鉛筆を手にしたまま読み進めた。

それらは翌朝、居間の、真正面のいちばん大きな窓についていた。前日はなかったという確信があった。二つの大きな手の跡が、中央より少し上の位置に並んでいた。誰かが両手をガラスにぴったりつけて立ち、のぞきこんでいたかのように。クリスティンはもっとよく見るために外に出た。それらは〝跡〟というよりは〝汚れ〟で、それを残した者は、まず油性のものを触ったらしい。指が不自然に広げられていて、子どものフィンガー・ペイント画のようだった。

一組の手の跡によって、その場にいた証拠を残そうとしているようだと、クリスティンは考えた。それらを拭き消し、その日のうちにカーテンを戻した。

ある夜、九歳か十歳のときだっただろうか、わたしは階段をのぼってくる足音で目が覚めた。一定のリズムではっきりと聞こえる、交互に軋《きし》む音。左脚、右脚、左脚、右脚、左脚、右脚。わたしはすぐに、とてもまずいことが起きていると察知した。父の静かないびきも聞こえたので、父は隣の寝室で寝ているということで、目が慣れてきてわたしのベッドの向こう側に毛布が小さく盛り上がっているのが見えたから、アンナもまだ寝ていた。足音は母が立てる軽い音とはまったくちがっていて、だとしたら誰が真夜中にうちの階段をのぼってくるのだろう？　それにどうして、こんなに時間がかかっているのだろう？

わたしは息を詰めて、永遠に思える数秒ほどのあいだ、恐怖に身をこわばらせていた。そこで嬉しいことに、思いちがいだと気づいた。聞こえていたのは寝室のドアが、どこかの閉め忘れた窓の隙間《すきま》風《かぜ》を受けて、数センチ開いては閉まるという動きを繰り返し、そのつど蝶番《ちょうつがい》が悲鳴を上げる音だったのだ。

二〇〇〇年七月十四日の夜、クリスティン・キアナンは同じ経験をし、階段をのぼってくる足音で目覚めて、恐怖に全身をこわばらせた。だがこれは、幻聴ではなかった。音は次第に近くなった。木材がむき出しになっている階段をのぼりきり、絨毯《じゅうたん》の敷いてある廊下を歩くさい、足音が変化した。暗闇から人影が抜け出し、彼女のほうへ近づいてきて、覆面をした男が彼女のベッドの足元に立った。

近隣の住人は誰もそれを聞いた覚えがなかったが、クリスティンは短い、耳をつんざくような悲鳴を上げた。でもすぐに手袋をした手を口にかぶせられ、ナイフにちがいないものの鋭い切っ先を首に押しつけられた。奇妙な芝居がかった口調で、男は静かにしていろと囁いた。そうすれば、強姦《ごうかん》する〝だけ〟だと。もし音を立てたり逃げようとしたりしたら、殺されるだろう。男はクリスティンを腹ばいにさせ、手首を背後で縛り、その後は痛みしかなくなった。

クリスティンは身長百六十七センチ、体重は五十キロあるかないかだった。身体的に、自分の上にいる長身でがっしりした、重い男に抗《あらが》えるはずがない――それに男は武器を持っている。それで男が彼女の体を犯しているあいだ、彼女は自分にできる唯一のこととして、心に金属製のシャッターを下ろした。いま現在起きていることから自分を切り離し、次に起きるとすでに心に決めたことに意識を集中した。必ず男は捕まり、裁判にかけられて収監される。

　クリスティンは心の中で、男についてわかっていることを整理した。戸口に立っている男の姿を思い描けたので、彼が長身であると言えた。奇妙な囁きには特徴的な癖はなかったが、それ自体が重要な情報だった。彼はアイルランド人で、おそらくこの近くの出身だろう。男の目の周りの皮膚が見えた。白人だった。三十代か四十代だという印象を受けた。おかしな、土のようなにおいを発していた。濡《ぬ》れた葉か泥。チャンスがあったら、男の皮膚に爪《つめ》を立ててやろうと考えた。爪の下に皮膚の破片が残り、警察がそれを採取していろいろなことが調べられると、テレビで見て知っていた。クリスティンにはそのチャンスがなかった。ことが終わると、強姦者は彼女の体をひっくり返し、布を丸めたもの――ソックスだろうか――を彼女の口に深く押しこんだ。彼女は喉《のど》が詰まり、呼吸ができなくなった。

　クリスティンは、少しは楽になるかと思って、起き上がろうとした。だがだめだった。意識を失いそうだった。男は反応しなかった。ベッドの端に腰かけ、むせて咳《せ》きこんでいる彼女を見ていた。彼女は絶えず骨格に電気ショックを加えられているかのように、痛みだけを感じた。胸が焼けるようで、息ができなくてパニックになった。最後の最後、クリスティンがもう諦《あきら》めようとした瞬間、強姦者が彼女の顔の前にナイフを掲げ、切っ先を横に向けた。それは質問であり、クリスティンは必死の思いでうなずいた。悲鳴は上げない。男は彼女の口からソックスを引っ張り出した。彼女はすぐに吐いて、吐瀉物《としゃぶつ》を男の袖や、自分の着ていたＴシャツやシーツに撒《ま》き散らした。

　男はそれが放射性物質でもあるかのように身を引いた。ベッドから転がるように落ち、その足元に立って彼女を見た。そして唐突に身を翻《ひるがえ》して去っていった。

　クリスティンにとって、この体験で最も恐ろしかったのは、どれぐらい耐えなければならないのか、あるいは次にどうなるのかがわからないことだった。もっとひどいことが起きるのか？　ほかに何をされるだろう？　痛みに耐えられるだろうか？　どんな傷を負わされるのだろう？　どっちみち殺されるのでは？　男が彼女の寝室にいるかぎり、体の傷よりも、恐怖のほうが大きかった。これからどれほど恐ろしい展開になるのか、わからないのだから。ところが男は突然去り、すでに終了した――そこで彼女は、起きたことを起きたこととして過去形で考え、どんなふうに対処して前に進むべきかを考えられるようになった。あまりにも予想外のことで、クリスティンは何をすべきかわからなかった。男が階段を駆け下り、乱暴にドアを閉めていくのが聞こえた。残された静けさの中、彼女はじっと座っていた。傷つき、血を流しながら泣いた。

空が明るくなるころ、助けを求めにいった。

クリスティンは一人っ子だった。父親はファストフードのチェーン店を持っていて、母親は困惑するほど派手な製品の売り出し方とD級有名人の写真撮影可能な会見をおこなうので有名な広告代理店を経営していた。クリスティンが家族と住んでいた家は、ロチェスタウン・ロードの河口を見晴らす場所にある、建築家による設計のガラスを多用した邸宅だった。高台に建てられているのは、友人たちに言わせれば景色を楽しめるように、敵対者たちがつぶやくには、どれほど金があるか見せつけるためだった。地元では、プールがあるので有名な家だった。クリスティンは街の学校に通ったが、そこでも家族が金を見せびらかしたので、彼女はちがう世界の住人として特別扱いされた。コーク大学に入学したとき、彼女は途方に暮れた。アルバイトをし、激しい政治的意見を持ち、学生向けの汚い下宿に住んでいるクラスメートたちの世界とはなんのつながりもなく、まるで別の言語を話す別の惑星から来たようだった。友人はほとんどできず、数少ない友人とも気持ちを語り合うようなことはなかった。襲われる三ヵ月前、クリスティンは最終試験を受けて、振り返ることなくキャンパスを後にしてきた。

彼女は父親の親友の名前を冠する事務弁護士事務所で重役補佐の仕事に就き、すぐに、やはり新入社員だったパートナー弁護士の息子と親しくなった。夏の週末を何度か彼や彼の家族や友人たちと過ごし、そんなときに思いつきでパリに飛んだこともあった。クリスティンは従姉妹《いとこ》のエマと親しくて、一九九六年にエマが家族とともにドバイに移り住んだとき以来、文通をしていた。このころにはそれが電子メールになり、その夏の初め、クリスティンはエマに、自分は幸せだ、少なくとも幸せになりつつあると伝えていた。

クリスティンは恵まれた人生を送っていた。気楽で居心地のいい、経済的に成功した未来に向かっていた。でもそこへ、男が真夜中に階段をのぼってきた。何かから立ち直らなければならない状況になったとき、その分野では、クリスティンは絶望的なほど劣等生であることがすぐに明らかになった。彼女は両親と親密な関係ではなくて、兄弟姉妹はおらず、親しい友人もほとんどいなかった。恋人との関係は、彼女の体に起きたことの重圧に押しつぶされるようにして終わった。彼女はひとに触られるのを嫌い、これは状況を考えれば理解できることだったが、冷酷なことに彼のほうも彼女に触れたがらなくなった。いっぽうコヴェント・コートの住人たちは、クリスティンの生活を心配するよりも、警察官の存在や酷《ひど》い世間の評判のほうが気にかかるようだった。多くのひとに理解されなかったが、クリスティンはコヴェント・コートに戻り、襲われたあともそこに一人で住み続けた。警備システムと新しい錠を設置したが、それにしても解《げ》せないことだった。

それまで、この地区でそんな事件が起きたことはなく、事件の直後はこれが新聞の見出しを独占した。それらの記事のどれにもクリスティンの名前は掲載されていなかったが、地元の全員が、誰が被害者か承知していた。元クラスメートたちが、こぞって地元のゴシップにさらなる色づけをした。五学年と六学年のとき、彼女はランドローバーで通学し、それは彼女自身のランドローバーで、父親が特別許可を取って職員用駐車場にとめていたとか。学校に高級ブランド服を着てきて、デザイナーもののハンドバッグに教科書を入れていたとか。大学時代は、家からだと三十分かかる通学を避けるため、母親が高級マンション〈エリージャン〉の一室を買い与えたとか。誰も、特別口に出したりはしないが、秘《ひそ》かに含まれていることがあった。〝誰もが何かしら苦しまなければならない〟クリスティンはこれまで苦しんだことがなかった。初めての苦しみがこれほど甚大《じんだい》だったのは、ある意味、当たり前のことだ。それにほら、死んじゃったわけじゃないんだし。

　事件の七週間後、クリスティンの事件の担当警察官であるジェラルディン・ロッシュ刑事が、前もって約束していたとおりにコヴェント・コートを訪れた。クリスティンがドアを開けず、電話にも出なかったとき、ロッシュは心配になり、地所内に押し入った。ベッドで気を失っているクリスティンが見つかった。クリスティンは致死量の鎮痛剤を飲んでいて、二日後に病院で亡《な》くなることになる。

　暴力的犯罪の被害者が、その現場で意識を失った状態で発見されて、ふたたびコヴェント・コートの家は犯罪捜査の一環として警察の捜索を受けた。隅々まで調べられ、写真に撮られ、分類された――もしかしたらその前よりも徹底的だったかもしれない。なにしろ今回は、クリスティンがそこで起きたことを話せなかったのだから。

　このさい民間の鑑識者が、固定電話の回線があるのに電話機はなくて、使われていなかったようだと気づいた。電話機は戸棚の中に見つかり、通信ケーブルが受話器に巻かれた状態でしまいこまれていた。大きなベージュのダイヤル式の型で、おそらくクリスティンの祖母のもので、クリスティンは使ったことがなかったのだろう。それでも警察としては確認する必要があった。

民間の鑑識官は、それを迅速に調べる方法を心得ていた。電話のプラグを入れ、二〇〇〇年の夏当時使用されていた、エアコムの内蔵ヴォイスメール・サービスにつながる三桁《けた》の番号をダイヤルした。アクセス・コードは初期設定の一二三四から変えられておらず、メッセージを聞くことができた。

まず聞こえたのは、受信箱が一杯だと警告する機械的な音声だった。その次に、録音された時刻と日付がちがうだけの、ほとんど同じメッセージがいくつも続いた。〝わたしはここにいる、クリスティン。下りてきて入れてくれ〟これを何度も繰り返し、その後ろに、チャイムの音が大きくはっきりと聞こえる。クリスティンの家のウィンド・チャイムだ。

最初のメッセージの日付は七月二十日、事件の六日後だった。いちばん最近のものは二週間前の八月十九日。クリスティンを襲った男はコヴェント・コートに戻っていたのだ。

メッセージは全部で十三回残されていた。

わたしが二度目にコヴェント・コートに行った日は、前回よりもはるかにいい日だった。青空、そよ風、暖かい陽光。わたしはクリスティンが襲われる二週間前にソファーのクッションの下にナイフとロープを見つけた隣人、マーガレット・バリーと電子メールを交換し、何週間かの探りを入れるようなやりとりのあと、ようやく直接会う約束を取りつけていた。

中庭を横切るさい、わたしは大学生らしいグループの横を通った。通り過ぎながら、彼らの視線が追いかけてくるのを感じた。建造物を見にきているのだろうと思ったが、マーガレットに彼らのことを話したら、わたしの記事が発表されて以来、そうともかぎらないと言われた。ナッシング・マンがふたたび話題になり、別の種類のファンがコヴェント・コートに来るようになったという。犯罪現場ツーリストだ。

マーガレットは今六十代で、白髪を短く整えている。マギーと呼ばれているそうだ。アイルランド系アメリカ人の第一世代で、コーク生まれの両親の元で、カリフォルニア州バークリーで育ち、二十六歳のときにアイルランドに移り住んだ。二〇〇〇年の夏には、コーク大学の国際オフィスで働いていた。それより一年ほど前、長くつきあっていて結婚すると思っていた相手と破局したとき、コヴェント・コートに家を買った。クリスティンの祖母のメアリー・マロイを見かけたことはあったが、話はしなかった。お互いに、複合建築の端と端に住んでいた。事件のあった朝まで、マギーはクリスティンの存在を知らなかった。マギーがカーテンを開いたら外に警察の車が何台もとまっていて、二人の制服警察官が彼女の家の玄関をノックしようとしていた。

わたしたちが会った日、彼女は大きな柄の、長いゆったりしたサマー・ドレスを着ていて、光沢のあるサンダルを履いていた。服装を褒めると、彼女はその日の午後、友人の誕生日を祝うバーベキューに行くのだと言った。まだアメリカ風の発音の癖が残っていた。わたしたちは裏庭にさしているわずかな陽光の中に座り、小さくて華奢《きゃしゃ》なカップで苦いコーヒーを飲んだ。彼女はわたしの記事を読んだが、この本を読む勇気があるかどうかはわからないと言った。

マギーはナイフとロープを見つけたとき、居間で掃除機をかけていた。土曜日の朝だった。彼女はそこを、毎週同じ時間に〝やっつけ〟た。最初、彼女は何もせず、なんの反応もしなかった。ただそこに立ち、身動きせず、足元で掃除機が大きな音を立てるまま、それを見詰めていた。目にしているものの意味がわかるのを待った。一瞬後、脚で突いて掃除機を止め、さらにそれらを見詰めた。なぜこんなものがそこにあるのだろう？　彼女のものではない。たしかに七日前に同じ作業をして、そのときはそれらはなかった。それ以来、彼女以外誰もこの家に入っていない。

彼女は九九九に電話をし、なぜか外のほうが安全なような気がしたので、玄関の前で警察の車が来るのを待った。やがて二人の制服警察官が来た。どちらも女性だった。二人はマギーの供述を取り、あたりを見回り、ナイフとロープを持ち帰った。マギーに窓とドアの鍵をかけておくようにと注意し、何かあったら電話すべき番号の書かれた名刺を渡した。「きちんと対応してくれたわ」マギーは言った。「でも、ほかに警察にできることはなかったのよ」

ここは、真夜中に一人暮らしの女性を襲うためにコーク市の郊外の家に覆面をした男が侵入するような世界ではなかった。まだ、そうではなかった。二週間近く、この発見物についてマギーを悩ませたのは、恐怖よりも謎《なぞ》のほうだった。彼女はあらゆる理屈づけを試み、友人たちに意見を求め、ソファーを製造している会社に電話をしてどんな道具を使っているか訊《き》きさえしたが、納得できる説明は何もなかった。誰かがソファーのクッションの下に何かをおくために彼女の家に侵入し、何も盗らず、出入りのさいに窓やドアを損傷しないように注意しつつ去っていったというのは、信じがたいように思えた。どうしてそんなことをするというのか？　まったく意味が通らなかった。

そしてクリスティンが襲われ、あらためて、何もかもが恐ろしい意味を持つことになった。ナイフはDIYの店を思い出させるものだったのが、今は刺すという行為を思わせた。ロープは登山者が使うものだと思っていたのに、マギーの心の中には細い手首や足首をきつく縛る様子が浮かぶようになった。彼女はトガー署へ話をしにいった。応対した警察官が、ロープとナイフがどんなものだったかを詳しく聞きたがるのに気づいた。

「ここにあるでしょう?」彼女は訊いた。「見にいったらどう?」

「それが見つからないんです」警察官はやがて認めた。「ラベルの貼《は》りまちがいがあったのかもしれない。いずれ見つかると思いますが」

わたしはマギーに、クッションの下にあったものとクリスティンの身に起きたことが結びついた瞬間について訊いた。それらが強姦者のもので、ある時点ではマギーが狙《ねら》われていたと気づいたときのことだ。

わたしは彼女に、それを見つけたことを警察に報告してもクリスティンの事件を回避できなかったのだから、自分にできるかぎりのことはしたと思うと言ってほしかった。同じような失敗をした自分を許すために、そう言ってほしかった。何か言っても事態が変わらなかったとわかれば、何も言わなかったことの罪悪感が薄れるかもしれない。

マギーはすぐには答えなかった。わたしは彼女に考える時間を与えるため、コーヒーを飲んだ。また彼女を見たとき、彼女の目には涙がたまっていた。

「安堵《あんど》よ」彼女は静かに言った。「わたしは安堵した」

　ジムはまだそのにおい、吐瀉物のにおいを嗅《か》ぐことができた。鼻を刺激する酸《す》っぱいにおい。肌に感じた、気味の悪い異質な熱。黄緑色でべたべたしていて、ところどころオレンジ色だった。あれはシーツだけでなく、あの出来事のすべてを汚した。においを思い出さずにあの夜のことが蘇《よみがえ》ることはないとわかっていた。永遠に汚《けが》された。続ける意味がなくなったので、彼は立ち上がり、その場を離れた。

　その気になれば彼女を殺せたのに。

殺すべきだった。どっちにしろ彼女が自分でそうしたのであれば。

　もう一人の愚かな女、彼女の隣人が、あの家に戻って使う予定の何時間か前に、ナイフとロープを見つけなければよかったのだが。

　少なくとも、あの夜、彼はあることを学んだ。ソックスはだめだ。顎《あご》にネクタイを引っ掛けて頭の後ろで結んで、口を開けさせておくほうが、静かにさせておけるうえ、喉を詰まらせる危険はなくなる。最後から二番目の犯行のとき、ウェストパークの家では、相手の男自身のネクタイを使った。まだ誰も殺していなかったし、ナッシング・マンの存在は知られていなかった――まだ、すべてがそれからのことだった。夫婦は彼を窃盗犯だと思っただろう。そうではないと知らせる必要があった。もっと、はるかにひどいことになると。彼らの目の中に恐怖を見て、彼らの四肢が震えるのを感じたかった。

それで彼は寝室の戸口に立ち、ポケットからネクタイを出した。有名なチョコレート・バーの小さな絵がついているデザインの、特徴的なものだ。その男のものだった。夫婦はそれを見た瞬間、彼がこの家に入ったのは今日が初めてではないと察知した。すぐさま泣き、震え始めた。

彼はずっと、これを特別に自慢に思ってきた。

4 夜の恐怖

きっと自力では家を見つけられないと言い、パトリシア・カーンズはファーモイの町の中で落ち合って、そこから彼女の車で行こうと提案する。アルディ（ドイツで創業され欧米に展開しているディスカウントストア）の外に車をとめて、赤いコートと短い金髪を探すようにと言う。中に入るとすぐに彼女が見える。出入り口の近くに、持ち帰り用のコーヒー・カップが二つ載った段ボールのトレーを持って立っている。自己紹介をし、わたしがあらためて今回のことの礼を言ったあと、彼女はわたしを車に連れていく。つやだし加工してある赤褐色のダチア・ダスターだ。「すごく手間がかかるのよ」彼女は車体を愛《いと》しそうに叩《たた》きながら言う。パトリシアには、十一歳から十九歳まで、三人の子どもがいる。彼女は車内の状態を謝って、わたしは手を振りながらかまわないと言うが、ドアを開けると座席がパンくずや空の食べ物の袋だらけなのが見えて、シートベルトを胸のほうに引っ張ったら、指がべたべたになる。

パトリシアは猛スピードで走り、二分もするとわたしたちはファーモイの町を出て、曲がりくねった、生け垣に縁どられた狭い田舎道を飛ばしている。最初のうち、わたしは曲がり角を確かめながら、頭の中に経路を描こうとする。彼女に無理だと言われなければ、自分で家を探せたはずだと確認するために。でもまもなく、二度目に来てもわかりそうもないことに気づく。三度目の曲がり角で追いかけられなくなり、その後もまだ十字路と分かれ道が二つある。ここには道路標識はないし、どの道路も一つ前のものと同じように見える。わたしはあきらめて、窓の外を通り過ぎていく野原を見やる。

　家に着くのに十分かかる。一戸建ての家が五軒並んでいる、行き止まりの通りにあって――パトリシアによれば、その土地は、すべて一人の農場主が所有していたものを、細かく切り分けて売ったのだそうだ――問題の家が最後のものだということは、言われるまでもなくわかる。それだけが不規則に広がったアメリカのマックマンションのような外観で、何層かのちがった高さの屋根があり、中央には高さが他の二倍もある窓があって、そこから緩やかな曲線を描く螺《ら》旋《せん》階段が見える。外に車はとまっておらず、すべての窓のブラインドは下りていた。「住人はフロリダです」パトリシアは言い、エンジンを切った。彼女は車を門のすぐ外にとめる。「でもジーンは、歩き回ってかまわないと言っていました」つまり家の外、周辺部を、ということだ。

ドライヴウェーを歩いていくとき、足元で砂利が音を立てる。太陽が家の向こうにあり、わたしは目を隠しながらそれを見上げる。パトリシアに、捜査に派遣される前、ここに来たことがあったかどうか訊く。

「いいえ」彼女は言う。「車で通りかかったことがあっただけです」

彼女も見上げる。唇を固く結び、その両端は下がっていて、何か酸っぱいものを味わっているようだ。

「ひどかった」彼女は言う。「たぶん、あれほどひどいものは見たことがない」

彼女が家について言っているのではないのは、確認する必要もない。

犯罪資産局《クリミナル・アセッツ・ビューロー》、いわゆるＣＡＢは一九九六年十月に設立された。アイルランドで組織的犯罪が大量発生した時期だ。その年の六月、〈サンデー・インデペンデント〉の記者、ヴェロニカ・ゲリンが、ダブリン市のすぐ外、ネース・ロードで信号待ちをしていて車内で射殺された。オートバイに乗った二人組の男が彼女の横に寄り、そのうちの一人が六回引き金を引いた。二人とも、ジョン・ギリガンという既決囚の仲間だったと知られている。ゲリンは、なぜギリガンのような男が、この国で長期の失業者でありながら百万長者の生活を謳歌《おうか》できたのか、公《おおやけ》に疑問を呈していた。彼女の死を受けて、アイルランドの人々は同じ疑問に対する答えを求め、全国的な抗議運動をくりひろげた。

ＣＡＢという組織と犯罪収益法で認められた権力によって、当局は不法な行為で資金提供されたと考えられるいかなる資産をも差し押さえられることになった。名義となっている人物が犯罪行為をおこなったのではなくてもだ。不動産、自動車、現金――設立から十五年間で、ＣＡＢは、七千万ユーロ相当の現金を押収した。そのうちの二十五万ユーロに寄与したのは、コーク北部の、ファーモイの町から車で十分ほど走ったところにある、寝室が六つある一戸建て家屋だった。

証書にはバリー・パイクという名前があった。バリー・パイクの父親のリチャードは年間を通して日焼けしている大富豪で、友人たちには海外の不動産開発をしていると話していたが、実際は偽造煙草《たばこ》取引に関わっていた。一九九九年に年長のほうのパイクがマウントジョイ刑務所に入れられたあと、ファーモイの家は売りに出された。それは何ヵ月ものあいだ、そこで荒れほうだいになっていた。興味本位で見にくる者はたくさんいたが、誰も、悪い理由があって九時のニュースに映っていた家に住みたくはないようだった。提示価格は三回下がった。やがて、サンフランシスコで十年間暮らしたあとアイルランドに戻ってきた三十代のコナーとリンダというオニール夫妻が底値を提示し、驚いたことにこれがすぐさま受け入れられた。二人は二〇〇一年二月の最終日に、家の鍵《かぎ》の所有者となった。

リンダは犯罪によって建てられた家に住むことについて抵抗はなかったが、その立地についてはあまり感心していなかった。サンフランシスコでは、彼女とコナーはパシフィック・ハイツ（高級住宅街）の寝室が一つだけのアパートメントに、上下左右にほかの住人がいる状態で住んでいた。生活の背景にある音楽は、つけっぱなしのテレビとしょっちゅう鳴っているクラクションだった。ここファーモイでは、鳥の声と、ときおりトラクターのエンジン音が聞こえるだけだ。いちばん近い隣家でも、遠すぎて物音など聞こえない。家は小道の突き当たりにあって、その先どこかへ道が伸びているわけではないので、車が通りかかることもなかった。

ファーモイの町までは車で十分かかり、周囲の田舎道を徒歩や自転車で移動するのは危険すぎ、公共の交通手段はなかったので、車を使うしかなかった。だがその苦労は報われなかった。リンダはサンフランシスコの友人たちに、ファーモイというのは必要最低限のもの――銀行、スーパーマーケット、美容室、金物店、パブが五軒――を提供する一本の通りに過ぎず、しかもそこに行くのに、知っている誰かか自分を知っている誰かに会わないことはないと話した。例えば新しい隣人の一人とか。この地域で育ったコナーの親戚《しんせき》とか。家の仕事をしている職人たちの一人とか。みんないいひとたちなのだが、リンダは失われた匿名性《とくめいせい》が恋しかった。「確認させてくれ」コナーは彼女をからかっただろう。「ここに誰もいないのが不満で、町に行ったら、そこに誰かがいるのが不満なのかい？」

リンダは賑《にぎ》やかな都会で育ったわけではなかった。彼女はイースト・コークの海に近い〝見かけばかりの中心地〟、人口五百三十八人のシャナモアの出身で、ダブリンの大学に行くためにそこを離れ、新入生歓迎期間に、ナイトクラブに入る列に並んでいてコナーと出会った。でもリンダは心情的には〝シティ・ギャル〟だったため、サンフランシスコで過ごした十年間がいちばん幸せで、今はアイルランドの片田舎に引っこんでしまったような気分だった。それはリンダが自分で選んだことだったが、そう感じているという事実は変わらなかった。

だが、慣れるしかなかった。これは彼女とコナーが同意した計画の第一段階だった。二人のアメリカでの生活は、長時間労働と法外な家賃のせいでいつも忙しくて、完璧《かんぺき》には程遠かった。二人とも生活のペースを変えたくて、やがてアイルランドへ、コナーの育った町へ戻ろうという案に落ち着いた。そこには彼の家族の大半がまだ住んでいて、二人の蓄えで多くを望め、生涯を過ごす家や子どもを持つことも考えられそうだった。

　コナーは勤務先が変わったわけではなく、そもそもアメリカ行きの理由となった会社の、コーク市にあるヨーロッパ本部に移転になったのだが、リンダは仕事を辞めてこなければならなかったというのも、事態を良くはしなかった。最初リンダは、これをチャンスだと捉《とら》え、本当にしたいことを考える静かな休止期間だと考えた。小説を書くか、自分でコンサルティング会社を始めるか、家の裏手の空き地にヨガをする隠れ家のようなものを作ってもいいとぼんやり考えていたが、当面は家の改修を監督し、職人たちの相手をするのに大半の時間が費やされた。これを建てた人物はにわか成金の趣味にどっぷり浸《つ》かり、個人的な警備妄想症でもあったらしく、防弾ガラスの窓、クローゼットぐらいの広さの〝管理室〟のある精巧な監視用ＣＣＴＶシステム、バスルームの仰々しい金の調度品、エレベーター（一階上がるための）があり、主寝室の壁三面の壁紙には南国の浜辺の風景が印刷されていた。リンダは、早く自分たちの家らしくしたくてたまらなかった。

　コナーが、重要なプロジェクトの最終段階の監督をするためサンフランシスコに呼ばれたと伝えたとき、リンダは同行するのを断わった。三週間だけのことだったが、家での仕事を言い訳にした。リンダが口にしたがらなかった本当の理由は、六ヵ月のうちに二度も、愛する街を離れるという苦しい体験をしたくなかったからだ。しかも今回は、何が待っているかわかっている。だからリンダは、ファーモイの家に一人で残ることを選んだ。

小さな事件が起き始めたとき、リンダはほとんど気づかなかった。それだからのちに、いつそれが始まったのか、それらが起きた正確な順番を把握するのは不可能だった。彼女はただ、コナーがサンフランシスコに向けて出立したあとだったとしか言えず、はっきり覚えているのは以下のようなことだった。

——前夜、階上に寝にいったとき、確かに廊下の明かりをつけておいたのに、朝下りてきたら明かりが消えていた。電球が切れたのではない、スイッチを入れたり消したりしてみたので、それはわかっている。リンダは、記憶ちがいだと思って、気にしないことにした。

——居間のテレビが自動的につく。ある晩早い時間に、リンダがキッチンで食器洗浄機に食器を入れているときのことだった。突然音がし始めて、リンダは驚き、隣室のテレビの音だと気づいて困惑した。何者かがそこにいてテレビをつけたのかと心配したりはしなかった――この時点では、それは彼女にとってありえないことだった。リモコンが二つのソファー・クッションのあいだに挟まっているのを見つけ、どうしたわけか、赤い入力ボタンに圧力がかかってこんなことが起きたのだろうと、一人で説明をつけた。彼女はテレビを消し、リモコンをテレビのスタンドにおいて、食器洗浄機に戻った。その後、これは二度と起きなかった。

――なぜ濡れているのか説明のできない、びしょ濡れのタオルがバスルームにあった。上階のバスルームの、ハンド・タオルだ。リンダはそれを前夜使ったのを覚えていた。ベッドに入る直前だ。それで両手を拭《ふ》いた。何時間も経《た》ってからまだ濡れているというだけでも、ちょっと長すぎると思うが、リンダが午前七時前後に起きたあとバスルームに行ったとき、タオルはびしょ濡れで、下のタイルの床に滴《しずく》が落ちていた。目につくところに水漏れの様子はなく、もしあったとしても、濡れてもいない戸棚の真下のレールに掛けてあるハンド・タオルに直接水がかかることはないだろう？　まったく意味が通らない。でもこれも、リンダは自分の記憶に問題がある、建設業者の誰かが前日にこっそり何かを拭くためにタオルを使い、それで濡れたにちがいないと自分に言い聞かせた。職人たちに訊くことはしなかった。

――たくさんのものがなくなったり、場所が変わったりした。小さなものだ。鏡台のボウルの中に入れたと思った口紅が、居間にあったりした。いつもキッチン・カウンターの上のナイフ立てにあるはずのナイフが、なぜか、雑多なものを入れておく引き出しに入っていた。ある晩、ＤＶＤで〈グラディエーター〉を見ようとしたが、ケースの中身は〈ジュラシック・パーク〉で、〈ジュラシック・パーク〉のケースには別のものという調子で数枚のＤＶＤの中身が入れ替わっていた。コナーは自分のＤＶＤのコレクションが自慢で、アルファベット順に並べていたし、リンダは何でもきちんと本来の場所に入れておくのが好きだった。これは偶然の出来事ではない。誰かが夫妻をからかおうとしたのだろうか？　現場監督のジョニー・マーフィーはコナーの学生時代からの友人だった。そういうことをする可能性はある。大西洋をまたいだ電話で、夫妻はこの説に落ち着いた。そして笑い合った。

　建設業者の存在のせいで、これらの出来事は比較的簡単に説明できた。家はけっして安全ではなかった。外に何台も車がとまり、重いブーツやヘルメットを身に着けた男たちが、毎日、一日じゅう出入りしている。不動産鑑定士のロシーンは予告なしにやってきて、挨拶《あいさつ》もせずに帰っていくのが常だった。玄関のドアは長いこと、めったに閉めることがなく、ドライヴウェーの端にある電子ゲートは一度も閉めたことがなかった。リンダは家に一人でいたとしても、めったに一人きりにはならなかった。何かを自分の置いた場所から動かすなとか、触らないでくれとは言えなかった。建設現場に住んでいるようなものだ。それは我慢しなければならなかった。

そこで、日記が消えた。

リンダはＤＶＤのケースと同じくらいの大きさの青いモレスキンの日記帳に、日々の出来事を記録していた。アメリカでは、それで平日の用事を管理し、どのページにも非常に小さい文字でたくさん書きこみをし、後ろのポケットには名刺や領収書やチケットの半券などを入れていた。毎年、最後のほうの月になるとパンパンに膨らみ、閉まらなくなって、リンダはあたらしくまっさらなものを物色しはじめ、一月一日に下ろして人生の目標を書くのを、儀式のようにしていた。その年の四月に消えたとき、二〇〇一年版はまだきれいだった。珍しいことだったが、ファーモイに来てからそれは降格されて――今では平日の仕事はなくなった――その新しい使用目的は、家の改修工事に関する情報の記録になった。中のページには、配管工の電話番号、キッチンのタイルの寸法、新しい組み合わせ式ソファーの配達日などが書かれていたが、たいていの日は、廊下にあるテーブルの浅い引き出しから出されることがなかった。それがある日、そこから消えて、二度と見つからなかった。

最初、リンダは家の仕事をしている男たちの誰かが電話番号を調べるために持ち出して、戻さなかったのだと考えた。でも現場にいる四人の男たちの全員がそれを否定した。リンダは監督のジョニーに電話をし、彼は真相を突き止めると約束したが、翌日の朝、何も持たずに家に現われた。比喩《ひゆ》的にも、文字どおりにもだ。彼の部下たちの誰も日記を取っていないと、彼は言った。自分の仲間を信じていると。でもリンダは、それを引き出しに入れたのは確かだと思った。どこに行ったのだろう？

ほかの出来事とちがい、リンダははっきりと、これがいつのことかわかった。日記がなくなったのは二〇〇一年四月九日だった。その翌日の四月十日の朝、ジョニーが自分の部下の誰もそれを取っていないと報告した。なぜわかるかというと、その日の夜遅く、ちょうど四月十一日になった直後に、リンダは目を覚まして、ベッド脇《わき》に覆面をした男が立っているのを見つけたからだ。

何で目が覚めたのかはわからなかったが、目を開けたとき最初に見えたのが、その男だった。長身でがっしりした男が、そびえ立っていた。目の位置にスリットが一つだけ開いている、黒い覆面をかぶっている。〝小さな〟銃と、のちに彼女が描写するものを、彼女の胃の上にかざし、まっすぐ下に向けていた。男は、大きな声を立てたら引き金を引くと警告し、胃の銃創による死は時間がかかり、非常に痛いと警告した。彼女は男に何が欲しいのかと訊いた。男は答えなかった。彼女は、なんでも好きなものを家から持っていっていいから、自分には何もしないでくれと頼んだ。男は彼女に目隠しを手渡し、それをつけろと言った。彼女がためらうと、銃口を彼女の肌に押しつけた。目隠しはシルクのネクタイのようだった。彼女がそれを頭の後ろで結ぶと、覆面をした男は、ちょっとでも音を立てたら引き金を引き、彼女は死ぬことになると警告した。そして男は彼女を強姦した。

リンダの心の一部は、この出来事を信じることを拒んだ。リンダは軽微な犯罪が大量発生するので有名なアメリカの主要都市に十年間住んでいた。サンフランシスコは合衆国じゅうで車上荒らしと強盗の発生率が最高と言ってもいい。それなのに今、アイルランドの、犯罪という言葉が公衆の面前での酩酊《めいてい》や飲酒運転にさえ使われるような小さな田舎町で、自分のベッドで覆面をかぶった男に強姦されている。夢を見ているだけだろうか？　それまでずっと、リンダは悪夢から自分の意志で起きることができた。それを今、必死に試みた。

ことが済むと、男は彼女の手首と足首をロープ――明るい青の、ブレードタイプのもの――で縛り、ベッドから出てバスルームへ行けと命じた。そこで浴槽へ入れと言い、彼女が言われたとおりにすると、別のロープを彼女の手首の結び目に通し、浴槽の脇の手すりに結んだ。これでリンダは、目が見えず傷つき、裸で恐怖に震え上がって、そこに囚《とら》われることになった。覆面の男はバスルームを出て階下へ行ったが、家の中に居続けた。

男の動きに伴って遠くに聞こえた物音から判断するに、彼はキッチンと居間で過ごしていたようだ。ドアを開けたり閉めたりし、蛇口から水を出し、テレビをつけた。それから裏のドアを開けたのを示す蝶番《ちょうつがい》の軋《きし》み音がして、それが閉まるのを示すバタンという鈍い音がした。出ていったのだろうか？　浴槽に放置され、むき出しの肌が冷たい陶器の表面にくっついているため体が冷えて、歯が鳴り始めた。寒さのことしか考えられなくなった。階下の音はおろか、自分の考えをまとめるのさえ困難になってきた。今は何も聞こえない。聞くべきものがなくなったからだろうか？　男は去ったのか？　彼はいなくなったのか？

リンダは、バスルームの壁のタイルに頭をこすりつけたら、目隠しが持ち上がって取れるかもしれないと考えた。動ける範囲はロープの長さ三十センチほどに限られていたが、背後の浴槽の縁には使い捨ての剃刀《かみそり》があったかもしれない。それに手が届けば、ロープをこすって切れるかもしれない。

だが男が去ったかどうか確信がなかったので、リンダは待った。顎に力を入れた。寒さから来る刺すような痛みを無視しようとした。できるかぎり、物音を聞こうとした。まわりじゅう、家は静まり返っているようだった。リンダは唯一《ゆいいつ》の、家の中で生きて呼吸をし、動いている生物のようだった。それでも待った。銃のこと、逃げようとして捕まったら男に何をされるかを考えた。やがて目隠しの端から、弱い灰色の光が感じられるようになった。最後に男が立てる物音を聞いてから長い時間が、それこそ何時間も経ったような気がした。外が明るくなりつつあるにちがいない。きっと、男は立ち去った。リンダは頭の中で秒数を数えて、さらに五分待った。とうとう、タイルに頭をこすりつけた。

シューッという音がして、耳元に生暖かい息がかかった。

「ばかな女だ、動くなと言っただろう」

リンダは、どれくらい長く、男がこの部屋で、すぐ横にいたのかわからなかった。階段をのぼってくる音さえ聞こえなかった。

それが、彼女が記憶している最後の事柄だった。男はリンダの頭をものすごい力でタイルに打ちつけたのだ。強い衝撃のせいで、彼女の頭《ず》蓋骨《がいこつ》にクモの巣のようなひびが入り、小さな骨のかけらが脳の柔らかい組織に刺さった。

リンダはその後三十五時間、瀕死《ひんし》の状態でその浴槽に横たわっていることになる。

四時間後、ジョニー・マーフィーと部下が二人、毎朝するとおり、家にやってきた。彼らは鍵を持っていて、中に入った。何かがおかしいとは感じなかった。リンダはたいてい朝、彼らを出迎えるが、必ずではなかった。どこかに出かけているのだろうと思った。一日が終わるころになってもリンダが現われなかったとき、ジョニーは、配達が遅れた照明器具について電話をしてくれというメモを、キッチンのテーブルにおいた。

二十七時間が経過、事件後二日目の朝にジョニーが家に入ったとき、メモはまだそこにあり、リンダはいなかった。何かあったのかもしれないと、彼は思い始めた。リンダの名前を呼びながら上階にも行き、家じゅうを歩き回った。主寝室のドアは開いていて、その部屋のカーテンはまだ閉まっていた。彼は中をのぞきこんだ。ベッドは整えられておらず、リンダのいる気配はなかった。続き部屋へのドアも開いていたが、ジョニーの立っている場所からは、浴槽の中のリンダの体は見えなかった。ジョニーは、ドアが開いているのだからリンダはその中にはいないのだろうと判断した。彼はコナーの携帯電話に電話をかけたが、カリフォルニアは午後十一時過ぎで、早起きのコナーはすでに眠っていた。コナーがジョニーの音声メッセージを聞くまでに、さらに六時間が経つことになる。

三十三時間が経過、コナーは妻の携帯電話に電話をした。すぐにヴォイスメールにつながった。それからコナーはジョニーに電話をし、ジョニーは一日半もリンダの姿を見ていないと言った。次にコナーは、地元に住んでいて、リンダと会ったか、あるいはいま一緒にいるかもしれない友人や親戚に連絡をした。誰もそんなことはしていなかった。初めてパニックを覚え、コナーは両親に電話をかけた。両親はウェクスフォード県ゴリーの結婚式に行っていて、そこからファーモイの家へは二時間半もあれば車で行けるところだった。父親はすぐに車に乗って、コナーの家に行ってみると約束した。出かける前にコナーの父親は、息子がたまたまファーモイのノース・コーク署で巡査部長をしているという知人に電話をかけた。のちにブレンダン・バーン巡査部長は、父親からコナーがサンフランシスコでうまい商売をしているあいだにその妻が行方不明になったと聞いて、あきれた顔をし、「何をしろというんだ？」みたいな答えをしたかもしれないと認めた。四十歳近くて、巡査部長であるにもかかわらず、バーンはまだ父親の命令を無視するのに抵抗を覚え、その家を訪ねると約束した。電話を切ったあと、彼は忙しいのを口実にして、部下の中でも若いメンバー、この仕事に就いて六ヵ月も経っていない新人警察官に行かせることにした。三十五時間経過、何度も道に迷った末、パトリシア・カーンズ警察官はオニール家に到着した。数分ほどジョニーと話したあと、彼女は家の中を徹底的に調べた。浴槽の中のリンダを発見したのは、彼女だった。

この遅延によって、リンダの苦痛が指数関数的に増大したばかりでなく、そもそもの最初から、この事件に関する捜査が滞ることになった。青と白の警察の非常線が家の正面ゲートに張られるまでの一日半、現場は保護されず、踏みつけられ、かきみだされ、人々がさんざん歩きまわった。除外すべき家で働いている者全員のサンプルがあっても、ＤＮＡその他の物的証拠の採取はかなり難しかった。そしてたった一人いる目撃者は、外傷性脳損傷で話ができなかった。

数週間、捜査は難航した。六月上旬に、リンダは捜査員に簡単な供述ができる程度に回復した。警察はその中から一つの事実を取り出し、それに集中的に焦点を当てた。拳銃《けんじゅう》だ。

ここはアイルランド、二〇〇一年初期の、非武装の警察官に守られている国だった。国境の南と、ダブリンの犯罪的なギャングが主権を争い合う地帯を環状に囲む高速道路Ｍ50の外では、拳銃は平凡な存在ではない。それは例外的な存在だ。通常、一定水準までの犯罪者は、拳銃を持っていない。手に入れられないのだ。リンダの事件は、じつのところ、コーク県で初めての、犯人が拳銃を持っているとされる性的暴行事件だった。それだけで警察は、この犯罪を家の元々の所有者と結びつけた。

この事件に割り振られた刑事たちにとって、犯罪がリチャード・パイクの以前の家で起きたのが偶然であるとは考えづらく、これでそう考える必要もなくなった。つながりは理に適《かな》っているように思えた。妥当だった。充分だった。警察は早い段階からその線を追い、まもなく、捜査はそれ一本に絞られた。今や証拠は、彼らの理解できる言語で書かれていた。これは、襲うべき女性を求めてアイルランドの田舎をうろついている正体不明の怪物の話ではない。暗黒街や組織的犯罪に関わる、普通の犯罪的活動だ。それならば、どうしたらいいのかがわかった。

その家に以前住んでいた、どうやら法を守っているらしい息子を含めて、有名なリチャード・パイクの関係者が数人、リチャード本人とともに取り調べに引きずり出された。その誰も、すぐ行き止まりになるようなこと以外、何も捜査官に提供しなかった。パイクが家の壁の空洞部分に多額の現金を隠していたという噂《うわさ》があり、警察はそれを知っていた何者かが家を見張り、その金を手に入れるチャンスを待っていたが、いざ中に入ったら気を変えてリンダを暴行したという仮定に基づいて捜査を進めた。

その証拠は何も発見されなかった。性的暴行と家庭内暴力で有罪となっている地元の男が二人、取り調べを受けたが、ほかと同じように立ち消えになった。事件から何ヵ月かして、リンダがリハビリテーション施設から退院するころ、警察の捜査は何も進展しておらず、あの夜ファーモイのあの家に入らなかったと自信を持って言える男たちのリストがあるばかりだった。

コナーとリンダは傷つき、破滅状態だった。彼女は頭の中の恐怖と体の損傷を持て余し、彼はファーモイへの移住を押し、その後彼女を一人にしたことの罪悪感に潰《つぶ》されそうだった。そのうえ二人は、電話をなんとかしなければならなかった。

リンダは事件後、匿名性を保つ権利を放棄した。ファーモイの、そしておそらくそこを取り巻く地域に住む全員が、あれはリンダ・オニール、コナーの奥さんだ、アメリカから戻ったばかりで、ほらあの……襲われた女性だと言えるというのに、今さら匿名性を守ろうとするのは無意味に思えた。そのうえ、何ヵ月か後に病院から家に戻ったころには警察は捜査を諦《あきら》めたように見えたため、彼女は二件のマスコミのインタビューを受けることが世間の興味を再燃させる唯一の方法だと考えた。不幸にも、それは頭のおかしい連中を刺激しただけだった。

昼夜を問わず、固定電話が鳴り始めた。リンダを襲った男がどこに住んでいるか知っているという霊能者。リンダとコナーが定期的にミサに行っていればこんなことは起きなかったという信奉者。同じことをしてやると脅す男。無言電話。たいていが無言電話だった。何も言わず、重い呼吸音が一瞬聞こえて、急に発信音になる。その大半が無害で、ばかな十代の子によるものらしかった。コナーはコードを抜いてしまおうと言ったが、リンダは、誰かが有効な情報を知らせてくるかもしれないと考えた。警察はこうした不快な電話を記録しておけと言ったが、誰も、無言電話やすぐ切れてしまう電話を記録しておくことに意味があるとは思わなかった。

　ある日の午後、リンダはちょうどコナーが階下で受話器を取ったのと同時に、子機を取った。最初、これはそれまでかかってきていた多くの電話と同じようだった。重い呼吸音しか聞こえなかった。コナーは〝ばか野郎〟のようなことをつぶやき、受話器を受け台に叩きつけるように戻した。リンダはまだ両手が思うように動かせず、それほど早く受話器をおくことができずにいるあいだに、相手の「リンダ？　おまえなのか？」という言葉を聞いた。それから少しの間をおいて、「またゲームをしたいかい？」彼女の頭の中に、疑いの余地はなかった。あの男だった。

　警察はその電話の発信元を追跡した。コーク市のゲーリック競技場、ペア・ウイ・ケオイムの公衆電話から、リメリックがコークを負かした、ハーリングのマンスター地区準々決勝の試合で終了の笛が鳴った三分後にかけられていた。

　パトリシアとわたしは、家の周辺をゆっくり歩きまわる。たいして見るべきものはない。今では、ここには別のひとが住んでいる。コナーとリンダは事件の五年後に離婚し、その後それぞれ再婚した。どちらも、ファーモイの近くには住んでいない。

　パトリシアは、もう警察官ではない。何年も前に辞めた。彼女は、あの日オニール家のバスルームで見たものが、当時はわからなかったが自分を変えたと言う。最初の子どもが生まれてから、職場に復帰したいとまったく思わなかった。そうするのが怖かった。あのような現場を目にする危険を冒したくなかったし、それを家庭に持ちこみたくなかった。汚染の脅威のような感覚だった。でも彼女はこの地区や、そこでできた友人たちが好きだった。その後十七年間、彼女は家庭をはぐくみ、さまざまな仕事をパートタイムでした。最近は地元の園芸店で働いている。

　バスルームに入ったとき何を見たのかと訊くと、パトリシアはわたしに落胆したような顔をする。わたしは彼女に、その男がどれほどひどいことをしたか、どれほど危険で悪質で暴力的かをみんなに理解してほしいのだと言う。なぜなら、その男が今も引き続き自由を謳歌していることについて、読者に腹を立ててほしいからだ。彼女はうなずき、ちょっと考える。それから言う。「何を見たかは話しません。あの気の毒な女性は、充分に屈辱を味わった。でもお話しするとしたら、こういうことです。署に連絡したとき、わたしは、女性はおそらく死んでいると伝えました。脈が見つからなかったし、それ以上に、彼女の様子のせいです。肌の色、顔の傷……あの浴槽の中のリンダ・オニールを見たとき、彼女はすぐに遺体袋に入れられると思いました」

ジムはびくりとして起きた。膝《ひざ》の上の『ナッシング・マン』が跳びはねて、床に落ちた。彼はファーモイの家を夢で見ていた。改修中の部屋を歩き回ったこと、あそこに住んでいた女性。実際の記憶も、それに混じった。睡眠中に寝返りを打つ彼女を、近くに立って見ていたこと。彼女が湯を浴びているあいだに、シャワー・カーテンに息を吹きかけたこと。彼が聞いていたのを知らしめるために、同じようにできるよう、暗がりの中で夫が彼女にする行為の物音を聞いていたこと。後戻りして、夢と記憶の世界に浸りたかったが、眠りの最後の一片はもう手の届かないところへ行き——

あれは鳥の鳴き声か？

小屋の外は、すでに静かではなかった。夜明けのコーラスが始まっていた。何時だろう？　窓の遮光ブラインドを退《の》け、すぐに明るい陽光に目を眩《くら》ませて悪態をついた。

次に考えたのは、携帯電話が上の階の寝室にあるということだった。

それに、アラームをかけてある。

ジムは本をクッションの下に押しこみ、小屋を出て、急いで家の正面へ回っていった。玄関ドアに着いたとき、怒ったようなビー、ビーという音が上階から聞こえた。

ノリーンの頭のすぐ近くにある、彼のアラーム。七時に仕掛けておいた。

彼は夜通し、小屋にいたのだ。

ジムが玄関ドアを閉めたとき、音が止まった。そしてノリーンがベッドから出る音がした。

もう遅い。

彼はキッチンに行き、椅子《いす》に座った。ダイニング・テーブルの上座、彼のいつもの席だ。いちばん近くの椅子に、きちんと畳まれた新聞がおいてあった。コークの出来事を伝える、〈エコー〉紙だ。ジムはそれをつかみ、正面において広げたが、何も見ていなかった。何度か深呼吸をした。落ち着こうとした。苛立《いらだ》ちや、慌《あわ》てたり困ったりしている感情を消そうとした。

上の階で、トイレの水を流す音がした。

ジムはパニックというより、自分に苛立っていた。物事が計画どおりにいかないのは嫌だった。ただでさえ頭の中にたくさん問題があるのに、それに加えてノリーンのばかげた質問の連射など受けたくはない。

なぜもう起きてるの？　いつから起きてたの？　なぜ目覚ましをオフにしなかった

の？

それだけで頭がおかしくなる。

あのころは、何もかもがもっと簡単だった。仕事だ、それ以上は話せないと言えば、それでよかった。何日も続けて家に帰らなくても、ノリーンは一言も不平をもらさず、戻ったときも、どこに行っていたのか、何をしていたのかと訊《き》くことはなかった。彼女はどんな答えが返ってくるか承知していた。でも最近は、ずいぶん変わった。彼は、平日は毎日午前八時半から午後三時半まで、ダグラスのセンターポイント・ショッピング・モールという決まった場所にいる仕事に就いている。ノリーンはすごく頭がいいわけではないが、まったくのばかでもない。ジムには仕事以外に行く必要のある場所などないことを、彼女は知っている。

二人の親戚は何時間も離れたところに住んでいて、ジムは双方の家族について興味がなかった。クリスマスの時期の集まりが、彼がせいぜい我慢できる精一杯だった。昔の同僚たちのことは大嫌いだったので会うつもりはなく、警察にいた時代のことなど話したくもなかった。ときどき、週末はゴルフに行くとか二時間ほど誰かとコーヒーを飲んでくるとか言えるように、友人か趣味を作っておけばよかった、そうするふりでもしておくべきだった。でもそうしなかったし、今ではもう遅い。人生のこの時期になって、そんな必要が生じるとは予想していなかった。

だが、本を最後まで読む必要があった。それも、なるべく早く。何か対策を考えなければならない。

階段に重い足音が聞こえた。ノリーンが下りてきた。

彼女は運転をしない。それはそうだ。彼女はいつも運転を怖がっていて、ジムは同僚が話しているのを聞いた恐ろしい事故のことを詳しく伝えて、彼女の不安を助長させるようにした。認識できないほどつぶれた体。卵の殻のように割れた頭蓋骨。アスファルトに飛び散った脳みそ。ノリーンはときどきバスで町に出かけたが、家の外での活動の大半は、地元の教会とコミュニティー・センターと墓地のある神聖なる何平方キロメートルかの中に限られていた。彼女は聖体拝領の補助者を務め、レジオマリエのメンバーであり、週に二回食事の宅配サービスを手伝っていた。それらに関連して、年間を通じてさまざまな活動に参加していた。同じことをしている女性の何人かと親しかったが、ほかの機会にわざわざ会うことはめったになかった。毎朝いちばんにノリーンがするのは散歩で、地所内を歩き、通りに出て教会へ行き、その周辺を回って引き返す。ジムの知る限り、その後彼女は帰宅し、ずっとそこにいる。

サンダルを引きずるような足音が廊下に響いた。

　理屈上は、ノリーンはセンターポイントに歩いていけたが、行ったことがあるとは思えなかった。彼女はあの場所が嫌いだと、遠慮なく主張した。そこの店の半分が閉まっているのが嫌だと言い、テスコやアルディで食料品を買うほうを好んだ。そのどちらも、センターポイントには入っていない。もし彼女が、ジムが働き始めて半年後、彼女が最後に訪れてから何年も経っている今、突然そこに行く気になったら、それは彼にとってとても不運なことだった。

　ノリーンがキッチンに現われた。

「言うのを忘れてた」ジムは言った。「今週はずっと、勤務時間が長くなる。誰かが病欠なんだ。五時まで働けと言われた」

　ノリーンは戸口に立ち、彼を見て瞬《まばた》きをした。

「そう」ノリーンは、普通の服よりも太って見えるだらしないローブを体に巻きつけなおし、やかんに歩み寄った。「それはそうと、おはようございます」

　彼女はジムの背後に行ったが、音から、何をしているのか見当がついた。

　カップを二つ出す。カウンターの上のブリキ缶からティーバッグを出す。冷蔵庫から牛乳を出す。

「早く起きたのね」少ししてから、彼女が言った。「どうして？」

やかんの湯が沸き始めた。

「目が覚めたからだ」ジムは新聞をめくった。「それで、起きてもいいだろうと思った。寝たまま天井を見詰めていても、意味がない」

「何時だったの？」

「しばらく前だ」

ジムはまた新聞をめくった。見出しの文字や写真の大きさしか目に入っていなかったが、突然、〝ナッシング・マン〟という文字に焦点が合った。

一瞬、ジムはここがどこか、自分が何者か、ノリーンがそこにいることさえ忘れた。彼は新聞のほうに身を乗り出して、その文字を指でなぞった。

〝ナッシング・マン事件の捜査、新刊本で再開〟

その見出しの下に、バリーズ・レーンの家族写真、ファーモイの家の正面で写したものと、あの忌《いま》わしい鉛筆画があった――そして、本のカバーの小さい写真。急いで彼は記事に目を通した。〝二十年近く前にコークの住人を恐怖に陥《おとしい》れた事件が、新刊本のテーマになっている……ナッシング・マンの最悪の犯行を唯一生き延びた、当時わずか十二歳だったイヴ・ブラック……エドワード・ヒーリー刑事はこの本を歓迎し、この事件への関心が再燃することを望むと言っている……「彼はまだ、どこかにいる。

そう、わたしたちはまだ探している」〃

ジムの前に、紅茶の入ったカップが突き出されていた。

「とうとうか」彼は言って、ノリーンからカップを受け取ったが、勢いがよすぎて液体がこぼれ、新聞が濡《ぬ》れた。彼は別の面を開いて、アイルランド沿岸の漁獲割当量に関する記事に興味があるふりをして身をかがめた。

ノリーンが、たいていの朝するように、自分のカップを持って上階に戻るのを待った。

でもノリーンはそうはせず、彼の背後に立っていた。

「二日ぐらい前のものよ、その新聞は」彼女は言った。「ケイティが、ゆうべ持ってきたんだから」

ショッピング・モールは前日よりも混んでいたが、だからといって仕事が忙しいわけではなかった。荷物の積み下ろしをする場所に車が乗り捨てられていたのと、ハンドバッグの紛失届があったがすぐに女性用化粧室で見つかったのを除いたら、仕事が終わって『ナッシング・マン』を読むのを再開できる時間まで、分数を数えて待つ以外にたいしてすべきことはなかった。

　ノリーンがシャワー室にいるあいだに、彼は本を小屋から車に移した。今、本はまた車内の施錠されたグローヴボックスの中にある。仕事のあと、どこか人目につかず邪魔もされずに数時間車をとめて本を読めるような場所、マリーナあたりに走っていくというのが、彼の計画だった。ノリーンに対しては、ジムは五時までは店にいることになっているから、それができるはずだ。

　それまで、彼はとんでもなく退屈だった。朝の時間は、のろのろと過ぎていった。

　そこで彼は、トレンチ・コートの女性に気づいた。

今日は髪を後ろに束ね、ズボンではなくスカートをはいている。だが同じコートで、同じ鞄《かばん》を持っている。あの女性だと、確信できた。地元に住んでいるのか、近くで働いているのか、その両方か。女性は店の籠《かご》を持って、生鮮食料品の売り場を歩いていた。籠の中に入っているのは、リンゴの袋だけだった。

二十四時間前に見たとき、女性は『ナッシング・マン』を持ってレジのほうに行った。あれを実際に買ったのだろうか？　もう読み始めただろうか？　彼のしたことを、どれくらい知っているのだろう？

今、ナッシング・マンが自分の右手、何メートルか離れたところに立っていて、様子をうかがっていると知ったら、どう思うだろう？

女性が冷凍食品のほうへ移動したとき、ジムは――衝動的に――追いかけた。距離を保ち、店内の見回りをしているだけだと見せかけながら、女性から目を離さなかった。

今日は、女性はコートのボタンを留め、ベルトを腰にきつく巻いていて、体の線がわかった。彼は女性が、ワインを一本、電子レンジ調理用の食品を二つと、四つ入りのトイレット・ペーパーの包みを籠に入れるのを見守った。

あの買い物は、一人暮らしということだろうか？　仕事のあと、帰宅する途中にここに来ることがあるだろうか？　もしそうなら、家までつけられるか？　暗闇《くらやみ》の中で、彼女に何をしようか？

何をしたい？

今でもそれをするのは、身体的に可能だろうか？

「ちょうど探してた男がいた」

スティーヴ・オライリーがジムの前に立ちはだかり、女性の姿を遮った。髪の毛にいつも以上にジェルが塗ってあり、両手を腰に当てて立っているせいで、袖《そで》のカフスボタンが見えていた。

格安店のマネジャーが、カフスボタンをつけて仕事に来ている。なんて惨《みじ》めな話だろう。

ジムは相手を見ていられなかった。

「昨日はどうした？」スティーヴは訊いた。

ジムは、スティーヴの姿勢を真似《まね》して自分も腰に手を当てた。

「片頭痛だ」彼は言った。

「片頭痛ね」スティーヴは繰り返した。

二人の男たちは睨《にら》み合った。

「それで、どうした？」

ジムは困惑したふりをした。「なんのことだ？」

「医師の診断書か何かは……？」

「ただ横になっていた。暗い部屋でね」

「ただ横になっていた？　暗い部屋で？」

語句をそのまま繰り返すが、質問のような抑揚にする。アマチュアの尋問テクニック、第一章。ジムは答えなかった。

「痛み止めは？」スティーヴは眉《まゆ》を上げた。「片頭痛のために？」

彼の無線機が鳴った。彼はベルトからそれを取って言った。「スティーヴだ、どうした」雑音のあと、カスタマー・サービスのデスクでコンピュータに問題があるとかいう小さな声が聞こえた。「すぐに行く」彼はジムの目を見詰めて、つけたした。「どうぞ」

次に無線機から聞こえてきたのは短い笑い声で、さらに、無慈悲にもよく聞き取れる声が続いた。

「了解、ジム」

無線機のスピーカーから小さく聞こえたにもかかわらず、皮肉な調子は明らかだった。

スティーヴは勝ち誇ったような笑みを浮かべた。

ジムは頬が熱くなるのを感じた。

ここでは誰も、無線機で話すときにそんな言葉は使わない。でもジムは使った。二十年間に身に着いた習慣は忘れがたく、そうする権利もあった。無線機による意思疎《そ》通《つう》を確かなものにする、定着した習慣だ。好きなだけからかえばいいが、最後に笑うのは誰だろう。すでにアイルランド警察の一員として輝かしいキャリアを築いた者か、一生涯最低限の賃金でこの冴《さ》えない場所で働いている愚か者か？

スティーヴは独善的な顔をして笑いながら、無線機をベルトに戻した。

ジムは自分より若いその男に身を寄せ、喉《のど》を片手でつかみ、もういっぽうの手を拳《こぶし》に握って冷笑している口にねじこんだ。人為的に白くしたその歯を、手が口蓋《こうがい》に触れるくらいまで押し開けた。それからジムは自分の指を思い切り開き、やがて顎骨《がっこつ》が割れ、歯が砕け、耐えられない痛みを耐えさせられている人間の悲鳴が聞こえた。人間に耐えうる限界に近い痛みをスティーヴに味わわせ、頭蓋骨が内側から割れるのを感じたとき、ジムは拳を引き抜き、さらにスティーヴの顔を何度も叩《たた》きつけて近くの冷凍食品の棚のガラス製ドアを突き破り、スティーヴの顔じゅうに割れたガラスの破片が突き刺さった。それから脂《あぶら》じみた髪の毛をつかんで通路を引きずり、ドアからドアへと顔を押しつけて歩き、長い血の染《し》みを——

「まあ、今日は片頭痛が起きないことを願おう、な？」スティーヴはジムにウインクをした。「今週、ずっとだ」

現実に戻り、ジムは歩き去っていくスティーヴの背中を睨みつけた。

それから体の向きを変え、近くの冷凍食品の棚に映った自分を見て、その冷たいガラスに額をつけた。

体が震え、眩暈《めまい》がした。落ち着かなければならない。興奮しすぎている。スティーヴのようなやつに、それほどの価値はない。

彼は店の出入り口に戻り始めた。彼は仕事時間中、十五分や三十分の単位で、頻繁にそこに立っていた。警備員の姿があるのが、最も効果的な場所だからだ。そこに立っている彼は抑止力となるが、警備センターのすぐ近くに身をおくことにもなった。まったく仕事をしていなくても、勤勉そうに見えるのに最適という、追加の利点があった。

だがジムは、そこまで行き着かなかった。

食料雑貨の売り場のとば口、生花や雑誌のコーナーを過ぎ、果物と野菜の売り場の手前に当たる場所に、温かい飲み物を売る売店があった。そこには高いテーブルが三つあり、客はそこに腰かけ、コーヒーを飲み、壁に設置されているテレビを首を伸ばして見上げたりすることができる。テレビはいつも無音だったが、字幕が出ることがあった。

今朝、テレビには、二人の出演者が長椅子に座り、近くにある別の長椅子に座っている、たいていジムの知らない誰かのインタビューをする番組が映っていた。インタビューされているのは金髪の女性で、二十代後半か三十代初め、そうではなく見せようとしているが美人だった。白っぽい金髪を短くし、毛先をわざと不ぞろいにしていて、華奢《きゃしゃ》な体に、大きすぎる黒い服を着ていた。誰の顔も蠟人形《ろうにんぎょう》のようにしてしまうテレビ用の厚化粧はしていなかったが、じつはしたほうがいいようだった。女性の目の下には紫色の隈《くま》ができ、病人のように顔色が悪かった。それに加えて、自分で塗ったのか誰かに塗られたのかわからないが、唇に真っ赤な口紅がぞんざいに塗られていて、四十二インチの鮮明なフラット画面のテレビでは、それが唇の輪郭からはみ出して染みのようになっているのがわかった。

それはイヴ・ブラックだった。

ジムは、彼女を識別できたわけではない――彼女が十二歳のとき以来見ていなかったし、あのときも何秒か見ただけだ――だが、画面の下のほうにテロップが出ていた。

〝ナッシング・マン〟がわたしの家族を殺した。本当にあった事件《トゥルー・クライム》の回想録の著者、イヴ・ブラック〟

彼が見ていると、それは消え、イヴも消えた。

彼女に代わって、楽しそうな家族写真が映った。きめが粗く、ピントが少しぼけている。母親、父親と、手をつないでいる二人の金髪の女の子たち。

彼らが消え、取って代わったのはイヴともう一人の女性が、カメラに背を向けて家に向かって歩いていくトラベリング・ショットだった。イヴが足を止め、少し離れたところにある何かを指さしている。

字幕は出なかった。ジムには、彼女たちが何を話しているのか見当もつかなかった。

スタジオに戻った。

司会者たちの映像が映り、その顔は深刻でこわばっている。

そしてイヴ。

彼女はうなずき、両手を動かしながら話し始めた。

ジムは彼女を見ていればそれだけ、その顔にあのときの少女の面影を見て取ることができた。

こういうことが起きるとわかっているべきだった。彼は本のこと、本を読むことばかりを考えて、もっと大きな事柄を見失っていた——はるかにまずい、はるかに性急な問題があるというのに。ほかの人間もこれを読む。新聞の記事は、一つの問題にすぎない。あれはコークの新聞で、誰がこれ以上読むだろう？　こちらはテレビ番組だ。全国放送だ。

今、女性司会者は本を掲げていた。画面に時間と日付のある画像が出たので、ジムにも彼女の言っていることが推測できた。

今夜、イヴ・ブラックはダブリン市の中心にある店で、本のサイン会をする。明日はここコークの店で、同じことをする。

ジムが『ナッシング・マン』を購入した、まさにあの店だ。

彼はすぐさま、彼女を見にいくと決めた。

5　ウェストパーク

子ども用にしつらえられた部屋という、とんでもない場所がある。

あの夜、わたしが連れていかれた部屋は小さくて、天井から目障《めざわ》りな蛍光灯で照らされて、居心地悪いほど明るかった。ドアについている小さなガラス板を数に入れなければ、窓はなかった。その〝窓〟からは、外に立っている警察官の、光を反射する蛍光イエローのベストが見えた。家具はチャリティー・ショップのウィンドーに並んでいるようなものだった。クッションのへこんだ寝椅子が二つ、カップの跡がたくさんついているコーヒー・テーブル、笠《かさ》にふさ飾りのあるマホガニー材製のフロア・ランプ。壁には映画館で見るようなポスターがあって、どれも数年前の子ども向け映画のものだ。隅に赤い箱があり、プラスティック製の戦闘人形、髪の毛を結んだ人形、必要な部品が揃《そろ》っていないと予想できる古びたボードゲームの箱などが入っている。

長年、わたしはそこが警察署の中だと思っていたが、最近になってコーク大学病院の一室だったことを知った。コークの住人は今でも、元々の名前を略して地方《レジョナル》と呼ぶところだ。

あの部屋のすべてが、大きくまちがっていた。そもそも、わたしたちがあそこにいるという事実からして。ナニーが一緒だったが、彼女の髪の毛は肩に落ちていて、わたしはそれがきちんとおだんごにまとめられていないのを初めて見た。ナニーは、ずっと宙を見ていた。もう一人、女性が一緒にいて、そのひとはソーシャル・ワーカーで、わたしはそのひとのことをほとんど覚えていない。そのひとは隅のほうの、灰色のぼやけた人影にすぎなかった。とても遅いか、早い時間か、もしかしたら朝の六時ぐらいだったかもしれない。わたしは借りたパジャマを着て、大人用サイズのソックスを履いていた。そのソックスは厚手のウールで、ちくちくした。誰も話をせず、その事実から気を逸《そ》らしてくれるような物音もしなかった。アンナと両親に何が起きたのか訊きたかった――今どこにいるのか、どうしているのか、うちで何があったのか――でも、答えを知りたくないという気持ちもあった。あの部屋は、わたしが知っていた日々と、今後こうなるのではないかと恐れている日々のあいだのエアロックのようなものだった。そこにいる限り、二つの狭間《はざま》で停止していられた。そこを離れないかぎり、それはなかったことになる。すでに落下していても、厳密に言うと地面に着くまでは無事でいられる。

　やがてドアが開いて、二人の人間、男のひとと女のひとが入ってきた。二人とも平服で、学校の教師のようだった。彼らがナニーに大変でしたねと挨拶《あいさつ》をし、質問をしなければならないが、わたしの具合が最優先だと話したとき、耳の中に水が流れこむような、おかしな音が聞こえ始めた。みんなは水面にいるのに、自分だけゆっくり水中に沈みこむようだった。みんなの声がくぐもって、それから遠くなり、沈んでいくうちにまったく聞こえなくなった。わたしは溺《おぼ》れ、助けを求める術《すべ》もなかった。

　男のひとが来て、前にしゃがんだ。そのひとは赤っぽい髪の毛で、鼻にそばかすがあった。すごく近くて、喋《しゃべ》ると顔にそのひとの息がかかってくすぐったかった。でもそのひとの言葉は、何一つ意味を成さなかった。

　エドワード・ヒーリー巡査部長は、警察官になると決心した日時と場所を正確に言うことができる。それは一九八〇年八月十四日の、夜九時を過ぎたときだった。彼は八歳で、リメリック県バリーシーディの両親の家の居間に座っていた。制服を着た警察官が二人、同じ姿勢で寝椅子に並んで座っている。両肘《りょうひじ》を膝につけ、帽子を手に持ち、お尻《しり》を軽く椅子の端に載せている。黒いブーツがとてもつややかだ。母親は座るのを拒否し、暖炉の近くに立っていた。涙が頬を伝っている。数分前、ノックを聞いたとき、母親はあきれた顔をして、「ようやくだわ」とつぶやいた。夕食の時間に遅れ、電話もよこさなかったエディ・シニアが帰ってきたと思ったからだ。制服を着た男たちは静かに、リメリック市の埠《ふ》頭《とう》で事故があったと説明した。一台の車がもう一台に衝突して、両方とも川に落ちた。生存者はいなかった。最初の車の運転手は酔っていた。二台目の運転手がヒーリーの父親だった。

あの夜、ヒーリーは警察官になりたいと思い、その気持ちがあの恐ろしい夜に生じたのを承知していたが、これら二つの事実がどう関連しているのかは明らかではなかった。彼がそれを理解するのに、何年も要した。大人たちが動揺し、傷つき泣いている世界で、制服を着た二人の男たちは冷静で動じず落ち着いていて、八歳のヒーリーは、ぜひとも自分もそうありたいと切望したのだった。じつは、彼らが警察官であることとは関係がなかった。彼らはたまたま、あの日、家族の悲しみの輪の外にいる大人たちだった。だがそれにヒーリーが気づいたとき、もう引き返すには遅すぎた。

テンプルモアで警察学校を卒業した日、彼は自尊心たっぷりに制服姿の背筋を伸ばし、肩を後ろに引いて胸を張り、顎《あご》を上げていた。彼は常に濃紺という色を、助けが来る、何もかも大丈夫だという印だと考えていて、今、自らその色の制服を着ていた。

他者にそういう確約ができることが誇らしかった。だが卒業の日は、彼とアイルランド警察の関係が最高によかったときでもあった。仕事が始まるとすぐ、ヒーリーは激しい幻滅に陥ることになる。彼は自分のいる組織が、官僚的な手続きばかり必要とされ、とうてい回復不可能と思われるさまざまな怠慢や汚職が蔓延《まんえん》するところだと知った。それまでの人生の半分以上も夢見てきた仕事に就いたのに、まずそれが想像したのとはまったくちがい、さらには本当は自分の夢見た仕事でもなかったと思い知り、深い悲嘆に襲われた。

一九九九年三月、この落胆が皮肉な力になった。ヒーリーが刑事に任命され、街の西部にあるバリンコリグ署から、地区の本署であるアングルシー・ストリートへ異動したあと、平服で仕事するようになったら事態はちがうかもしれないという希望が消えるのに、ほんの少しの猶予《ゆうよ》期間しかなかった。あいかわらず物事は暗く感じられた。結婚してから三年も経《た》っていないというのに、夫婦仲は、あと一度派手な口論があれば終わりになりそうだった。ヒーリーは自分の飲酒の頻度と量が心配で、その心配を紛らわすために飲んだ。夜、眠れないまま横になっていて、十字路に立ち、素早く動かなければ――人生に大きな変化をもたらす決意をしなければ――何かが陰から飛び出してきて轢《ひ》かれ、取り返しのつかないことになるという思いに苦しんだ。

それについて話をする相手がいないというのが、事態を悪化させた。その当時、メンタル・ヘルスというのは警察が重要視するどころか、気にもしない問題だった。震え上がるような現場や恐ろしい状況に対処しなければならなかった職員の多くは、のちにＰＴＳＤと思われる状況をパブでビールを飲んで紛らわし、それでもなお……ある職員が言うには、当時の支配的な風潮としては、周りの人間は励ましたりはせず、さらに上手を行く話をすることが多かった。「それぐらいでめげてるのか？　今日おれが見てきたものを話してやる！」

　そうしてあるさえない火曜日の朝、ヒーリーはコーク市の南端にあるメアリーボロ・ロードのはずれの住宅地、ウェストパークと呼ばれる場所での窃盗事件の捜査に行った。そこは住宅地となる予定の場所だった。というのは、まだ建設途中だったのだ。きれいに仕上げられ、一階には赤煉瓦《あかれんが》の装飾のある、クリーム色に塗られた二戸建て住宅が、何列も並んでいた。ドライヴウェーのコンクリートは淡い色で汚れておらず、家々をつなぐ道路はまだ砂利敷きだった。止まれという看板には黒い保護用の袋がかぶさり、家の窓は乳白色のビニール・フィルムがはがされていなかった。

　蛍光色の安全ベストを着た男が、現場事務所と書かれたプレハブの建物から出てきて、デイヴィッド・ウォルシュだと自己紹介した。ウェストパークを建造している会社、ブラウン・デベロープメント有限会社のマネジャーだった。彼はヒーリーに、畳まれた地所の地図を渡した。それには何列かにならんだ百軒の家が俯瞰《ふかん》的に描かれていて、それらは裏庭が接するかたちで列を成し、地所の奥までまっすぐ伸びる道路へと合流していた。地図上では、それぞれの家は親指の爪《つめ》ぐらいの大きさの空き箱だった。そのうちの十以上に、赤いマーカーで大きなバツ印がついていた。

　六ヵ月前に始まったと、ウォルシュは説明した。ウェストパークは、道路に近い家から始まって、その先のぬかるんだ平地の奥へと広がりながら、段階を追って建造された。第一段階が終わるとまもなく、建設業者が現場での奇妙な出来事を報告した。夜のあいだに、資材が部屋から部屋へ、階下から上へと、移動するというのだ。施錠装置が内部のドアから消えているのが発見された。明らかに人為的に取り除かれ、錠があった場所には何もなかった。ほかにもいろいろなものが――工具、電動ドリル、照明器具――やはりなくなった。ときどき、ないはずのものがおかれていることもあった。最も目についたのは、巻かれた寝袋だった。

　破壊行為は建設現場でよくある問題で、通常は近所に住んでいる退屈した十代の若者の仕業だが、今回の奇妙な点は、完成した家でしか起きないことだった。それらは風雨よけのために閉めきられ、玄関ドアは施錠されて、空っぽの状態で入居者を待っていた。ブラウン・デベロープメントは現場の警備態勢を強化し、夜間の地所内の見回りのために常駐の警備員を二人雇ったが、おかしな行為はおさまらず、保険会社の勧告を受けて、正式に警察に届け出た。

「警備員の一人が」ウォルシュが言った。「隠し場所を見つけました」

二人の男たちはヒーリーの車で地所の奥へ行った。鬱蒼《うっそう》とした森林の際《きわ》までむき出しの土台がならんでいて、煉瓦やモルタルの到着を辛抱強く待っていた。ウォルシュは木々の生えている際まで行った。

そこに立つと、ヒーリーには土地が数メートル先で急に傾斜して下がり、小さな広場になっているのが見えた。その広場は地所よりも二、三メートル低くて、背の高い常緑樹に囲まれているため、視界から隠れていた。その中央に、一見、焚火《たきび》をしようとしているように見えるものがあった。だがヒーリーが傾斜を滑り降りると、それは建設資材の山だった。中質繊維板《MDF》のシート。ポリ塩化ビニールのパイプ。さまざまな工具。そしてブラウン・デベロープメントが考えるに、家の内部のドアからはずしてきた錠。

ヒーリーはウォルシュからその山に視線を移し、笑いをこらえた。これはなんだ？ なぜ自分はここにいる？ ものを移動させるのは、法律で罰せられない。誰がやったにしろ、もしその人物がこれらを売ろうと計画していたのなら、もうすでに売っていたはずだ。これは保管場所ではない。これらの戦利品を上の道路に戻すのは、悪夢にちがいない。ほとんどがまだ現場に届いたときの保護用のビニール包装のままだったので、器物損壊にも当たらなかった。

　彼はいくつか質問をして、メモを取った。事件があったといって呼ばれたときは、それを期待されていた。彼はいわゆる隠し場所を隔離して、家の入居が済むまで監視用のＣＣＴＶカメラを設置しておくことを薦めた。ブラウン・デベロープメントはこれに応じ、数週間後にヒーリーが様子を訊いたとき、あらたに報告するべき問題行為は起きていなかった。その後、彼はときどき思い出して不思議なことだと考え、ビールを飲みながら、ウェストパークの窃盗についての奇妙な話を何人かの同僚にした。同僚の一人が、怪しい保険関係のクレームの始まりじゃないかと言い、ヒーリーも同意しかけた。

　時が経った。ヒーリーと妻は正式に別居期間を開始した。アイルランドの法律では、これを四年間続けて初めて、どちらかが離婚を申請できる。妻のほうが早く始めたがった。一人暮らしになって、ヒーリーの飲酒は少し悪化し、少しましになった。紀元二千年の節目が来て、去った。彼は巡査部長に昇進した。警察を辞めることを考えた。

ここから身を引き、大学に戻って、心理学者にでもなろうか。だが彼はそれについて何もせず、毎朝起きて仕事に行き、毎晩ベッドに入った。

アリス・オサリヴァンが襲われた。

そしてクリスティン・キアナン。

リンダ・オニール。

二〇〇一年六月の日曜日の朝早く、同僚が電話をよこして、ニュースを聞いたかと訊いた。若いカップルが、前夜、街の南側にある家で殺された。初期報告書によると、女性は性的暴行も受けている。警察が現場で見つけた情況は、筋が通らない。
「おまえが助けになるかもしれない」同僚は言った。「場所はウェストパークだ」

マリー・ミーラとマーティン・コナリーは一九九八年の夏、マリーが二十五歳でマーティンが二十七歳のときに出会った。二人とも、製菓業界で働いていた。マーティンは有名なチョコレート・ブランドの営業担当者、マリーは手作りの菓子の店を始めたばかりで、やがてカフェにまで手を広げたいと希望していた。アイルランド政府食糧庁の見本市で、二人の人生が初めて交差した。二年後に結婚式の招待状が送られたとき、そこにはかねてから友人たちが言っていた冗談どおり、二つのＭ＆Ｍｓの粒が手を取り合っている絵が描かれていた。このカップルについて話すとき、よく使われる言葉は、〝感じがよくて寛大で、働き者〟だった。

二〇〇一年六月の初旬、彼らはウェストパーク十五番に住み始めて三週間も経っていなかった。引っ越したばかりで、まだいろいろな手続きが途中の段階だった。バリンコリグで借りていた部屋の公益設備の登録変更の確認連絡も来ておらず、家主だったケヴィン・プレンダーガストという事務弁護士から敷金が戻ってもいなかった。この弁護士は封筒に入れた小切手を、投函《とうかん》するつもりで一週間も持ち歩いていた。

たまたま六月の銀行休日の週末、日曜日の早い時間、プレンダーガストはフランクフィールドで友人とゴルフをする約束があった。そこへ行くのに、ウェストパークを通りはしないが、比較的近くを走ることになる。少し回り道をすれば小切手を届けられる。マリーとマーティンに連絡をするつもりはなかった。郵便受けに封筒を差しこんでおけばいい。

午前八時になる少し前、彼は二人の家の前に車をとめた。雲が立ちこめて蒸し暑い朝だった。ドライヴウェーを歩きながら、雨になりそうだと考えた。もし降るとしても、九番ホールのあとにして欲しいものだった。マーティンのフォード・モンデオがガレージのドアのほうを向いてとまっているのが見えたが、あまりよく観察はしなかった。ドライヴウェーは下り坂になっていて、家は道路より五十センチほど低い位置にあった。

プレンダーガストはマリーとマーティンが好きだった——すばらしい借り手だった——玄関に近づきながら家を眺めて、このカップルはうまくやったと考えた。彼らが成功したのは嬉《うれ》しかった。その次の瞬間、何かがおかしいと、初めて感じた。玄関ドアが十五センチほど開いていて、廊下の天井の明かりがついていたのだ。

ビー、ビー。

助手席においてあった携帯電話が突然光り、その画面に〝充電完了〟というメッセージが出ていた。ジムは本をおき、電話を取って、もういっぽうの手でダッシュボードのポートから接続ケーブルを抜いた。

仕事時間が終わるとすぐに、彼はセンターポイントから道路を渡ってすぐの大型ショッピング・センターにある、エレクトリック・シティに行った。店員には、妻が流しに携帯電話を落として、数日、代用品が必要になったと話した。インターネットは見られるが、契約は必要のないもの。安いもの。

彼はイヴのインタビューを見る必要があったが、自宅のコンピュータや自分の携帯電話のような、彼の名前で契約しているものを使うつもりはなかったし、インターネット・カフェに行くのはやりすぎのような気がした。その代わりに彼はプリペイドの携帯電話を買って、マリーナに車をとめた。そこは静かで、ジョギングや犬の散歩をするひとがときどき通るだけだった。

『ナッシング・マン』の存在を知ってから、彼は偏執的な警戒心と、大胆で無頓着《むとんちゃく》な気持ちのあいだで揺れ動いていた。これが、その中間を取ったかたちだった。

ジムは電話を起動して、インターネットのブラウザで調べた。まず、イヴのインタビューを放映していたチャンネルを探し、番組名を突き止めなければならなかった。それは簡単だった。グーグル検索のおかげで、両方とも数秒でわかった。とあるリンクで、まさに彼が必要としている結果がもたらされた。そのチャンネルのオンラインの見逃し閲覧サービスで、再生ボタンがイヴの緊張した顔の一部を隠していた。

その動画は六分間あった。彼は電話の音量を最大にして、画面上の再生ボタンに触れた。

二人の司会者が鮮やかなピンクの長椅子に隣り合って座り、真顔でカメラを見ている。男性のほうはスーツ姿だが、その下の花柄のシャツで台無しだ。女性のほうは体にぴったりの伸縮性のない、まるで体の圧縮を目的にしてデザインされたようなワンピースを着ている。

女性はカメラを見て微笑《ほほえ》んだ。不自然に白い歯がむきだしになった。「さて」彼女は言った。「次のゲストです。次の一月で、顔なき殺人鬼がコーク市を、コーク県を震撼《しんかん》させ始めてから、二十年になります。二〇〇一年十月、最後の犯行の夜、覆面をした侵入者は街の西側のパッシージ・ウェストの家に入って、ブラック家の三人を殺しました。ロスと妻のディアドリ、そして七歳の娘アンナです」七歳と言うとき、司会者はレンズを見る目の表情をきつくした。「奇跡的に、当時十二歳だった年長の娘のイヴが、二階のバスルームに隠れていて生き延びました。その彼女が今朝ここに、彼女が新しく出した本、すばらしい本について話すために来てくれました――わたしは今、それを読んでいるんですが、なかなか中断できません――彼女はこの『ナッシング・マン』が、ついに当局が犯人を突き止めるきっかけになることを願っています。イヴ、おはようございます。この番組にようこそ」

撮影範囲が広がって、司会者たちが座っている椅子から数メートル離れたところにある、同じ長椅子に座っているイヴが映った。イヴは両膝《りょうひざ》を合わせ、その上に両手をおいて、堅苦しくて、落ち着かないような様子だった。明らかに緊張している。彼女はくぐもった声で言った。「お招き、ありがとうございます」そのとき画面の下に文字が出た。

〝ナッシング・マンがわたしの家族を殺した。本当にあった事件《トゥルー・クライム》の回想録の著者、イヴ・ブラック〟

「この本ですね」女性司会者は言った。彼女は自分の膝の上に載せていた本を持ち上げた。「すごいですね。本当に辛《つら》い内容ですが、読み始めると、本をおけません。夢中になってしまって、圧倒されて……ゆうべはこの本のせいで、かなり遅くまで起きていました。今日はコンシーラーを厚く塗ってもらったわ」女性はちらりと笑みを見せ、それから真顔に戻った。「教えてください。どうしてこの本を書いたのですか？　それも、なぜ今？」

「ええと……」イヴは赤い唇を舐《な》めた。「答えは簡単です、その……彼を見つけたいんです。身元を突き止めて探し出して、逮捕してもらい、彼のしたことの罰を受けさせたい。今という時期については……」彼女は間をおいた。「正直言うと、今まで心構えができなかったんです」

「そもそもは短いものだったんですね」女性司会者は促すように言った。

「そうです。わたしは大学で――創作の勉強をしたくて、成人学生としてあらためて入学しました――小さな作品を書いて、それが発表されて、まったく予想していなかったような注目を集めて、それでこの本を書く機会ができました、それで……」イヴの声は小さくなって途切れた。彼女はさらに指示を求めるように、不安そうに女性司会者を見た。

「すごく大変だったでしょう」男性司会者が言った。

「ええ」イヴは言った。

「ご自身の家族に起きたことだけでなく、彼のほかの犯行についても書いている。詳しくね」彼は、少し間を空けた。「そこが大変だったのでは？」

イヴはうなずいた。唇を噛《か》み、膝の上にあった両手は、太腿《ふともも》のあいだに移動している。始まったときよりも、緊張がひどくなっているようだ。

ジムが『ナッシング・マン』のこれまで読んだ内容に基づいて想像していた女性ではなかった。

「イヴとわたしは」女性司会者が言った。「今週初めに、彼女の子ども時代の家に行って、恐ろしい夜について細かい話をしました」――画面は家族の写真に変わった――「そのときに聞いた、この本を書いた動機というのが、わたしの心に残りました。というのも、イヴ、正直言って、わたしは犯罪実話ものをたくさん読むし、ドキュメンタリーもさんざん見ています」――イヴと、ジムにも司会者であるとわかった女性が、カメラに背を向けて歩いている映像――「ポッドキャストも聞くけれど、そこに描かれている連続殺人犯を、あなたがナッシング・マンを語るようなやり方で考えたことはなかった」映像は消えて、画面には何かを期待するようにイヴを見ている女性司会者が映った。「それについて、少しお話しいただけますか？　〝ナッシング〟の部分を？」

「それはつまり……わたしたちは、つい彼らを神格化してしまいませんか？」イヴは言葉を切って唾《つば》をのみ、また話し始めた。「そうしたひとたちを。テッド・バンディ。黄金州の殺人鬼。カナル・キラー。わたしたちは彼らが、特別な生き物のように話します。人間の外見をした怪物だと。彼らの犯罪を見ても、どんなふうにそれをしたのかわからない——それはすべての事実がわかっていないからなんです。黄金州の殺人鬼を例にしましょう。みんなはこの人物が他人の家に出入りするさい、そこの飼い犬に襲われなかったことに感心しました。一度などは、実際の犯行中に、そこの犬はその場で座ってそれを見ていたのです。まるで超自然的な力、わたしたちとは別格の黒魔術を使う存在のように扱った。犬をコントロールできた。そう考えたのです。でもその男を捕まえてみると、彼は万引きで訴えられたことがあり、万引きした品物の中に犬用忌避剤があった。そういうことです。それだけなんです。何も特別な力があったわけではなかった。みんな、そうなんです」彼女の声が大きくなり、見た目もしっかりして、要点を強調するような身振りまでした。「その名前がわかっているのは、彼らが捕まったからです。こうした男たちは、人生のほかの部分で、特別な何かを達成したり、すごい成功をおさめたりしているわけではありません。退屈な、特徴のない敗者たちです。それを証明したいんです。ナッシング・マンも、同じだったことを。警察官は、彼について何もわからないからそのように呼びました。でもわたしが彼をそう呼ぶのは、彼が〝無《ナッシング》〟だからです。取るに足らない存在。負け犬。それを、彼の身元を突き止めることによって証明したいのです」

撮影範囲が狭くなり、イヴは映らなくなって、女性司会者に焦点が合い、女性司会者は瞬《まばた》きをした。「ええ……その通りです。さて、そろそろ時間ですが……」彼女は本を掲げてみせた。『ナッシング・マン』は、大手の書店で手に入ります。イヴのインタビューの全編は水曜日の夜にRTEワンで放映されます。ぜひご覧ください。そしてこの本もお読みください」

「そしてイヴは」撮影範囲がふたたび広がって、男性司会者が話に入り、三人全員の姿が映った。「イーソンのオコネル・ストリート店でサイン会を……」

日にちと時間を告げる文字が画面に出た。

インタビューは終わった。

ジムは映像を止め、フロントガラスから、リー川の穏やかな水面を見た。そこに灰色の空が映っていた。六人の漕《こ》ぎ手を乗せた一艘《そう》のカヌーが通り過ぎた。オールが完《かん》璧《ぺき》に同調し、滑らかに水面を切るように動く。ジムはぼんやりと、そのうちの一人がケイティではないかと考えた。大学のボート競技のクラブは、このあたりではなかったか？

彼女を殺さなくてはならない。イヴを殺さなくてはならない。彼についてあんなことを言ったからには、そうされて当然だ。人生の最後に必ず、自分がまちがっていたと思わせてやる。

彼は特別なのだ。この地上でぼんやり歩き回り、それを暮らしと呼んでいる、平凡な愚か者たちの一人ではない。彼はもっと賢い。もっと強い。もっと優れている。彼はもう一度だけ暗がりから姿を現わし、この最も有名な生存者を殺し、また暗がりへと消える。誰にも見られず。捕まることもなく。みんなに賞賛させてやる。普通の退屈な男――イヴはなんと言ったっけ？――〝負け犬〟に、どうしてこんなことができようかと、自問させてやる。できやしない。答えは簡単だ。それだけだ。彼だけができるのだ。

ナッシング・マン。

ふたたびその名前が囁《ささや》かれ始めた。人々はその名前を大声で言うと、本人を招いてしまうのではないかと恐れる。必ずそのように思わせてやる。しばらくのあいだは、イヴ・ブラックに好きなことを言わせておく。彼女に倍賭《ばいが》けをさせ、深い墓穴を掘らせてやる。それで次の章――ナッシング・マンの最終章――が、より甘美になるというものだ。

たくさんやることがあった。以前のようなわけにはいかない。もっと長い時間をかけて、注意深く準備しなければならない。

今すぐ始めよう。

彼はやらなければならないことのリストの、最優先事項の二つを承知していた。明日の夜、書店でのイヴのイベントに行くこと。その前に、できるだけ彼女の本を読んでおくこと。

困惑しながら、プレンダーガストは二度か三度、「こんにちは？」と呼びかけた。返答がなかったので、呼び鈴を鳴らしてみた。二人の名前を呼んだとも思う。誰も答えず、家は静まり返っていた。人声も、ラジオやテレビの音もしない。家には誰もいないようだった。

彼は、カップルが地元のどこか、ミサか買い物かに出かけて、たまたまドアを開けたままにしてしまったのかもしれないと考えた。手を伸ばして、ドアを閉め、カチリという施錠の音を聞き、同じ手でドアを押してみて、同じまちがいをしていないか確かめた。小切手の入った封筒は、まだズボンのポケットの中にあった。彼はそれを、郵便受けに差しこんだ。それから体の向きを変え、ドアに背を向けた状態で、マーティン宛《あて》にドアと小切手のことを説明するメッセージを書き、送信のボタンを押した。

プレンダーガストが携帯電話をポケットに入れもしないうち、ノキアの携帯電話にメッセージが届いた音がした。短いビート音が三度、長めの振動音が二度、また短いビート音が三度。彼自身がノキアを持っていたので、驚いて手に持っている電話を見たが、メッセージは入っていなかった。別の電話の音だった。タイミングから考えて、きっとマーティンの電話だ。でも家の中で鳴ったにしては、音が大きすぎるし、はっきり聞こえすぎた。

彼はまたメッセージを書いた。今回は、〝テスト〟という単語だけで、それをマーティンに送った。前回と同じように、またすぐに着信を知らせる音がした。注意して聞くと、プレンダーガストの右側のどこかから聞こえるようだ。彼はそのあたりを探り、すぐに該当する電話を発見した。テラコッタの鉢と家の正面の壁のあいだ、車庫のドア枠から数十センチ離れた場所、ドライヴウェーにあるモンデオの先端から一メートル足らずの、地面の上にあった。

プレンダーガストがそれを拾おうとしてかがみこんだとき、視野の隅に、とんでもなくおかしなものが見えた。マーティンの目だ。車の下の暗闇《くらやみ》で、瞼《まぶた》を開いて見詰めている。

彼は驚いて体のバランスを崩して転び、マーティンの死体に近づくことになった。それは疑う余地なく、死体だった。マーティンは死んでいた。ありえない顔色で、頭はおかしな角度に曲がっていた。なぜか彼は、自宅のドライヴウェーで自分の車に轢かれていた。プレンダーガストはよろめきながら立ち、救急隊を呼んだが、救急隊が必要な事態ではないとわかっていた。もう手遅れだった。

彼は前庭を囲む低い壁に腰掛けて、点滅するライトとサイレン、そして何をすべきか心得ている制服を着た人々の到着を待った。両手が震え、片脚が撥《は》ねるのを止められなかった。自分の目を開けても閉じても、マーティンの見開かれた目しか見えなかった。

マリーはどこかへ行ったか、もしかしたら一泊で出かけたにちがいない。救急車より先に帰って来ないといいのだが。彼は自分の口から彼女に事情を話したくなかった。エレイン・グレイディとピーター・ファインという二人の警察官が、まずは家に着いた。通報があったとき近くにいたので、救急車より早かった。ファインはプレンダーガストの近くに留まり、グレイディが現場の初動捜査をおこなった。

マーティンの死体は車の前部の下、タイヤの前に挟まれていた。右手と右脚はタイヤの下敷きになっていた。その空間は狭く、死体はひどくねじ曲がり、グレイディは検視官から聞かなくても死因が窒息であるとわかった。プレンダーガストはグレイディに電話のことを話し、グレイディは、マーティンは地面に落ちた電話を探しているとき、車が前進してきてその下敷きになったと理論づけた。だがそもそも、なぜ車が前進したのだろう？　グレイディはビニール手袋をして運転席側のドアを試した。施錠されていなかった。

まず彼女が気づいたのは、ハンドブレーキがかかっていたことだ。

次に、ハンドルに血がついているのがわかり、それですべてが変わった。

グレイディとファインはプレンダーガストを警察車両の後部座席に閉じこめて、二人で家のほうへ進んでいった。家の脇《わき》から裏庭に続く通路があり、裏口のドアは施錠されていなかった。そこから、キッチンの横にある小さな作業室に入れた。ダイニング・テーブルの上には、食事の途中だとうかがえるものが残っていたが、食事していたのは一人だけのようだった。一階のカーテンはすべて閉じられていた。

彼らは階段をのぼった。のぼりきったところにメインのバスルームがあった。そのドアを開けたとき、床の上にマリーが見つかった。下着だけの姿で、両手と手首が細いナイロンのロープで縛られていて、肌には無数の痣《あざ》や切り傷があった。室内には濡《ぬ》れた硬貨のにおいが満ち、バスルームのほとんどが血飛沫《ちしぶき》と血の染みで汚れていた。

二人の警察官は戸口に立ち、信じられない思いでそれを見詰めていたが、やがてサイレンが近づいてくるのが聞こえ、ここが犯罪現場であり、何十人もが踏みこんで来ようとしているのを思い出した。彼らは自分たちの足跡をなぞって、車に戻った。ファインは非常線テープをトランクから出した。グレイディは無線機を使って、無条件に全員に呼びかけた。鑑識の検査で、バスルームの血とハンドブレーキの血は、両方ともマリーのものだとわかる。ハンドブレーキから採取されたサンプルには、マリーの腕や脚を縛るのに使われた青いナイロン製のロープの繊維も含まれていた。だから、車内の血は、マリーの血とロープとがともに存在していたバスルームでの暴行のあとについたものだとわかる。バスルームと車のあいだ――絨毯《じゅうたん》敷きの階上の廊下や階段、階下の廊下、玄関ドア、ドライヴウェーの数メートル――に血の染みや血痕《けっこん》が見当たらないので、警察は、車内に血を残したのはマリーではなく、彼女を襲った一人か複数の人間だと結論づけざるをえなかった。

それはマーティンではなかった。彼の皮膚や衣類に、彼以外の人間の血はついていなかった。鑑識として筋の通る唯一《ゆいいつ》の成り行きは、マリーが襲われた、その後襲った人物は階下におり、外に出て車に乗り、ハンドブレーキをはずして車でマーティンを轢いた、マーティンはなぜか、すでに車の前にいたというものだった。

なぜこうなったのかは、誰にもわからなかった。

グレアム・ハリス警部が、この事件の担当責任者になった。ヒーリーが彼のところに行って一九九九年の窃盗事件について話したとき、ハリスは彼に捜査本部の机を与え、この殺人事件とつながりがあるかどうか検討する任務を課した。ヒーリーは興味深い仕事に張り切ったが、どこから手をつければいいのかわからなかった。二つの事件が関連していると考えるのは妥当なのだろうか？　まだ建設中だったころに何者かが何度も侵入した家で、二人が殺されるというのは驚くべき偶然だ――そして犯罪捜査においては、偶然というものはない。とはいえ、工具の位置が変わったり鍵《かぎ》がはずされたりしたことが、女性が自宅のバスルームで死に、男性が自分の車の下敷きになって死ぬという事件とどう関わるというのだろう？　片方はごく軽微な犯罪であり、もういっぽうは想像できる範囲で最悪の犯罪だ。

　ヒーリーは繰り返しウェストパークを訪れた。監視カメラの映像を調べ、現場で働いていた男女職員の背景を確認し、前プロジェクト・マネジャーであるデイヴィッド・ウォルシュを追いかけた。完成した家の売却を受け持った不動産会社、ブラウン・デベロープメントの株主たちや、ウェストパークの一次入居者たちを調べることさえした。何も役立つものはなかった。

　一ヵ月間の徹底的な無休の仕事にもかかわらず、視覚《オプティック》作戦（〈透明人間〉に敬意を表して）は、全体として、同じ問題に悩まされていた。ウェストパーク十五番地のカップルには、敵がいないようだった。彼らの生活に秘密はなかった。家からは何もなくなっておらず、明らかな動機もない。事態を動かそうとして、ハリス警部はゴールデンアワーの番組〈クライムコール〉に出演した。厳粛な顔をしたテレビ司会者が警察官と並んで座って、恐ろしい再現ドラマの合間に公衆に協力を求めた。

　この訴えが放映された夜、ヒーリーは情報提供専用の電話の応答を手伝った。彼は、街の中心のオリヴァー・プランケット・ストリートにある電子機器店の店員から、事件の六週間ほど前にマリー・ミーラに携帯電話を売ったという電話を受けた。この店員、デニス・フィリップスは、マリーは電話を買いにきたときに、嫌な電話がかかってくるので固定電話を止めるつもりだと言っていたと話した。彼は彼女のことをよく覚えていた。アカウントへのアクセスに問題が生じたせいで、彼女は店に長時間いて、フィリップスは本来のシフトより一時間も長く働いたからだった。もっと前にニュースで殺人事件のことは知っていたが、今まで、マリーの写真をよく見ていなかったという。

　マリーとマーティンが本当に固定電話を止めようとしていたとしても、けっきょくそれは実現しなかった。電話は殺人の夜もまだつながっていて、止めようとしたのかどうかを示す証拠もなかった。ヒーリーは三ヵ月前にさかのぼって、使用状況の詳細を調べた。ほんの何秒間かの長さしかない着信が二十七回あった――こちらで三秒、あちらで七秒。たいてい夜の時間帯で、二回か三回続いて入り、すべてが混みあった市街地の公衆電話ボックスからだった。その中の一つが、コーク市のペア・ウイ・ケオイムの敷地内で、コーク対リメリックのマンスター地区準々決勝の試合終了の笛が鳴った直後にかけられていた――ちょうど、ファーモイでリンダ・オニールが受けた電話のように。

ヒーリーはオニールの事件について知っていた。誰もが知っていた。だが誰もがそれを、ボスの家に残されているはずのお宝を狙《ねら》った元ギャングたちによる、組織的な犯罪行為だと考えていた。警察は、事件後にかかってきた電話は、どこかの変人によるものだとした。だが軽微な犯罪に悩まされた建設用地が重大な犯罪現場になる可能性がどれほどあるにせよ、これが偶然である可能性はなかった。関連は、否定のしようがなかった。ヒーリーは捜査本部で、クリスティン・キアナンの事件の仕事をした職員が彼女の死後に発見した、不穏なヴォイスメールのことを持ち出した。こうして、二つ目の関連が浮上した。

さらに、もう一つあった。この新しい情報を受けて、ハリス警部は、毎月放映される〈クライムコール〉の次回の追いかけコーナーへの出演を決めた。二〇〇一年九月二十一日の夜、ヒーリーは〈クライムコール〉のセットの机につき、照明を受けて汗ばみながら、司会者に、電話のあった事件の関係について説明をした。クリスティン・キアナンのヴォイスメールに残っていた音声が再生され、リンダ・オニールが聞いたいたずら電話の内容が画面に出た。

コーク大学の一年生になっていたトミー・オサリヴァンは、ビショップタウンの学生向けフラットに座っていて、画面に出た文章を見て背筋を伸ばした。〝またゲームをしたいかい？〟彼は母親に電話して、母親が襲われる二週間前の大晦日《おおみそか》に、自分が受けたいたずら電話のことを話した。母親は、襲った男が同じ言葉を使ったと認めた。母と息子は翌朝いちばんにアングルシー・ストリートで待ち合わせして、この発見を警察に伝えにいくと約束をする。

世界はまだ9・11事件の影響で混乱していて、人々は毎朝起きてニュースをつけ、あれは本当に起きたことなのかどうか確かめ、マンハッタンの中心から中継される煙の上がる瓦礫《がれき》という、不可解な光景を見ていた。だがヒーリーには、それらは目に入らなかった。彼の世界は机の上だけに縮小された。もう、タイガー誘拐が未遂で終わったわけではないとわかっていた。無作為の強姦者《ごうかんしゃ》ではない。お宝を探す犯罪的ギャングではない。そうではなくて、身元を隠した怪物が被害者を弄《もてあそ》び、犯行の前後に家の周りをうろつき、からかうような電話をかけた。最初はナイフ、のちに拳銃《けんじゅう》を手にした人物。恐怖の行為は身体的暴行から始まり、強姦に進み、殺人にまで至った。今わかっているかぎりでは、その人物は幽霊なのかもしれなかった。チームの後輩がジャーナリストの友人にその話をし、翌日初めて、〝ナッシング・マン〟というあだ名を使った見出しが新聞に載った。

アングルシー・ストリートの警察本部は、コーク市最大の消防署の隣だった。ナッシング・マンが初めてマスコミに登場してから数日後、ヒーリーは本署の廊下を歩いていて、消防隊の危険物処理ユニットが屋外で訓練をしているのをたまたま見た。この訓練のために、特別な装置が署の裏に建てられていた。中空のせまい直方体で、五階か六階分の高さがあり、外に階段がついていて、本物のオフィスビルかアパートメントの代替物というわけだ。こうした訓練は定期的におこなわれ、ヒーリーはこれまでも何度も見たことがあった。でも今回、それを見ていて、一つの言葉が彼の頭に浮かんだ。練習。消防士たちがしているのはそれだった――ウェストパークでおこなわれていたのも、それだった。家に誰も入居しないうちに、何者かが、そこに出入りする練習をした。殺人犯はあの場所を、個人的な訓練所として使っていたのだ。ヒーリーは、これほど周到な準備を見たことがなかった。それは彼を不安にさせた。そして、動機づけにもなった。

　こうしてエドワード・ヒーリー巡査部長は、それまで無関係とされていた四つの未解決事件――アリス・オサリヴァン、クリスティン・キアナン、リンダ・オニールと、マリー・ミーラとマーティン・コナリー二人の殺害――を取り上げ、それらを結びつけ、警察の誰よりも先へオプティック作戦を押し進めた。コーク市とコーク県内で同一の人物が犯行を繰り返していることを突き止めたのは彼だった。彼は仕事を辞めることや、ほかの街に引っ越すこと、大学に戻ってほかの勉強をすることを考えるのをやめた。この人物を捕まえることしか考えられなかった。
エドワード・ヒーリー巡査部長は生気を取り戻した。わたしの母と父、そして妹は、あと一週間しか生きていなかった。

家族が襲われた夜の、病院のひどい部屋に戻る。赤っぽい髪の毛で、鼻にそばかすのある男性が、わたしの前に座って話していた。

わたしは彼の顔をじっと見て、そちらに注意を向けようとした。まだ耳の中に奇妙な音が聞こえていた。母に会いたかった。ドアをノックする音がして、目を上げると母がのぞきこんでいて、「イヴはいるかしら——あら、そこにいたのね。いらっしゃい！」と言うといいのに。でもそうではなくて、ドアは閉まったままで、男性が話し続けていた。

やがて、いくつかの言葉が耳に入ってきた。

〝思い出して……電話……アンナ〟

「あの子はどこ？」わたしは急に我に返って言った。「大丈夫なの？」

そばかすのある男性はほっとしたような顔をして、わたしの横に来て座った。また話し始めたとき、その口調はとても静かで、秘密を告げようとしているようだった。彼はわたしのことをイヴリンと呼んだ。彼は、アンナはとても具合が悪い、病院にいて、医師と看護師が世話をしていると言った。それはわたしよりずっと幼い子に対するような説明で、わたしは苛立《いらだ》った。わたしは十二歳だ。子どもじゃない。彼に向かって叫びたかった。

彼は、少し眠ったあとで、家で起きたことについて話したいと言った。わたしは全身が恐怖でこわばって、無表情を装《よそお》って身じろぎ一つしないでいた。それについては話せなかった。頭の中に閉じこめておかなければならない事柄について話すことになるからだ。いくつかの画像が頻繁に飛び出してくる――ベッドの横に力なく垂れていたアンナの手。両親の部屋の壁紙についていた赤い飛沫《しぶき》。階段の下に横たわった父の、首の角度――わたしはびくりとして、それは記憶ではなくて、目の前に本当にあるもので、両目を閉じて顔をそむければ見えなくなるかのように、頭を横に振った。

そばかすのある男性は、今二つだけ質問させてくれ、とても重要なことだからと言った。質問を二つだけ、そうしたらナニーとわたしはこの場から去り、少し眠ってもいい。明日にはアンナと会えるかもしれない。

「両親は？」わたしは訊《き》いた。

彼は口を閉じたまま微笑んだ。のちに、これを思い出したとき、その顔に憐《あわ》れみがあったのにわたしは気づくはずだ。

「彼らにもだ」彼は言った。「たぶんね」

わたしは嫉妬《しっと》を感じた。「アンナと一緒にいるの？」

「質問を二つだけだ、イヴリン」そばかすの男性は、軽くわたしの膝を叩《たた》いた。「いいかい？」

わたしはうなずいた。

最初の質問は、何かいたずら電話のようなものを知っているかということだった。最近、うちにかかってきた電話が何も言わずに切れたりしたことがあったか、両親がそんなことを話していなかったか……？　いたずら電話に関するわたしの知識は、子ども向け映画によるものだった。それは笑えるもの。罪のないものだった。冗談だ。わたしの頭の中では、それらと家で起きたことは、まったくつながらなかった。どうしてこのひとは、そんなことを訊くのだろう？　そばかす男は頭がおかしいにちがいない。わたしは彼に、いいえと答えた。

次の質問は、いちばん重要なものだと彼は言った。今夜うちにいた男、両親とアンナを傷つけた見知らぬ人間――彼はこの人物を捕まえて、ほかの誰かを傷つけるのをやめさせたい。でも彼にはわたしの助けが必要なのだという。この見知らぬ人間を見たか？　わたしはいいえ、誰も見なかったと答えた。彼に、それは確かかと訊かれ、確かだと答えた。彼は落胆し、でもそうでないふりをしているのがわかった。彼は質問に答えてくれてありがとうと言い、もう行っていいと言った。

　ナニーはわたしの手を握り、部屋から連れ出した。

　わたしは自分の部屋で眠れると思うほどばかではなかったが、ナニーの家に行かなかったのには驚いた。わたしとナニーは大きな暗いホテルに連れていかれた。学校教師のような女性が一緒に来て、でもわたしたちが寝る部屋には入らなかった。彼女はナニーに、すぐ外で待ってるとかなんとか言ったと思う。

　部屋にはベッドが二つあったけれど、わたしたちは一つのベッドに一緒に入った。ナニーはベッド脇のランプをつけたままにした。きれいな服や歯ブラシがなくて、朝どうするのと訊いたが、ナニーは答えなかった。ナニーは黙っていて、彼女の体が震えているのを感じたから、ずっと起きていたのだと思う。わたしは断続的に眠り、ある時点で、ナニーが体の向きを変えて、わたしから離れていたことに気づいた。ナニーが使っていた枕《まくら》に触れてみた。それは冷たくて、湿っていた。

厚いカーテンが引かれていたが、机の横の椅子《いす》にナニーが座っているのがわかる程度の明るさはあった。ナニーは微動だにせず、手を電話の上においていた。どこかに電話しようとしているのかと思って待ってみたが、しばらくしても、ナニーは動かなかった。

実際は、ナニーは電話を受けたばかりだった。病院の誰かから、アンナが死んだという連絡があったのだ。

この本の中のエド・ヒーリーの描写は奇妙だと、ジムはラッシュアワーの往来を抜けて家を目指しながら考えた。イヴ・ブラックは本当に『ナッシング・マン』を書いたのか、それともよくいる……なんと言ったっけ？　ゴーストライターとかいうものを使ったのだろうか？　なぜならヒーリーが警察のほかの職員以上にオプティック作戦に貢献したというのは、ちょっと大げさだと思うからだ。

それは、あの男についての彼の評価とはちがった。彼は、これらすべてが起きた責任はヒーリーにあると思っていた。彼がウェストパークに呼び出され、蛍光色の安全ベストの男が彼を〝隠し場所〟に連れていった日、ジムもそこにいた。すでにそこにいて、ほんの三十センチばかり離れたところで、木の陰に隠れていた。目を見張り、耳を澄まして。もしヒーリーが彼に気づいたら、すべては始まる前に終わっていただろう。

暴行はなかった。殺しはなかった。お楽しみはなかった。

だがヒーリーは、あたりを見ようともしなかった。

イヴが、証拠から明らかなことをまったく推定できていないらしいのも、奇妙だった。当時、あの警察官も同じ問題を抱えていた――特に、ウェストパークについて。簡単だった。ジムは居住者が両方ともベッドで寝ているあいだに家に入り、通常することをおこなった。起こし、脅し、縛る。だが彼が女と一緒にいるあいだに、男のほうが縛《いまし》めを解いて逃げた。男は階段を駆け下りて外へ行った。ジムは追いかけた。追いついたとき、男は携帯電話を持っていて、それを使おうとしていた。つかみあいになると、跡が残る――切り傷、痣、手首の腫《は》れ――ジムは、それは嫌だった。ノリーンのいる家に帰り、翌日、普段どおりに仕事に行かなければならない。彼が蹴《け》り飛ばした携帯電話を取ろうとして、男が腹ばいになって必死にもがいていたとき、ジムはドライヴウェーの傾斜と、そこにとまっている車に気づき、もっといい案を思いついた。彼は運転席のドアを引っ張った。開いた。車内に手を伸ばしてハンドブレーキを解放する、それだけでよかった。これほど……芝居がかった状態の現場を残していくつもりではなかったが、そのようになった。彼は同僚たちが翌日署で話し合っていたのを覚えていた。〝おれたちが相手にしてるのは、どんないかれたやつなんだ？〟彼らは互いに訊き合っていた、ジムが一緒にいるというのに。彼らの一員として。

家に戻ったときは、すでに暗かった。家の正面には明かりが見えないので、ノリーンは奥のキッチンにいるということだった。たぶんテレビを見ていて、車が入ってきたのにも気づいていない。ジムはグローヴボックスから『ナッシング・マン』を、助手席からペット・ワールドの袋を取り上げ、家の脇へ回った。

　犬を飼った経験はないので、彼は売っている餌《えさ》の種類に圧倒された。センターポイントのペット用品店は何度も通り過ぎたことがあったが、今日まで、その広さや奥行に感心することはなかった。そこはスーパーマーケットくらい大きかった。自分が何を探しているのか把握できていないジムにとって、これはありがたくないことだった。最終的に、彼は箱の絵柄に頼ることにした。

　彼は犬用ビスケットの箱を開け、小屋の床に中身を出した。サイズとしては、ちょうどよかった。細い筒状で、五センチから七センチほどの長さがある。外側は硬いので、土の中でもしばらくもつだろう。だが中に詰まっているのはジムが期待していたようなゼリー状の物質ではなかった。思ったほど簡単に出せなかった。実際、殺鼠剤《さっそざい》の粒を中に入れるには、まずねじまわしを突っこみ、それでできた穴に粒を押しこむしかなかった。

　彼は試作品を作ってみた。両端に一粒ずつ入れて、その出来栄《できば》えを眺めた。粒は小さくて薄くて堅い。ビスケットの中身とほぼ同じ色だ。

完璧だ。

彼はそれを、あと五個作った。

その夜遅く、ジムはまた小屋に戻り、それらを自宅の裏庭とカレンとデリクの家の裏庭とを隔てている生け垣の根元に埋めた。犬を飼い始めてから、彼らは共有の生け垣の境のあちら側を、一メートルほどの高さのワイヤー・フェンスで補強した。だがデリクはそれを自分で設置し、出来栄えはひどいものだった。柵《さく》のあいだで囲いがたわみ、犬は鼻先でそれを持ち上げて生け垣の根元に穴を掘り、ジムの庭に入ってきた。それが犬に関する問題の始まりだった。犬の排便、それをするために犬が家の外に出ることは、長い話の中の、最近起きた最高に不愉快なエピソードにすぎなかった。

ジムは、もううんざりだった。

彼が廊下の端で、今にもキッチン・ドアの取っ手をつかもうとしたとき、人声が聞こえた。ケイティとノリーンだ。二人はキッチン・テーブルの向こう側に座っているようだ。彼が入ってきた音は聞こえなかったにちがいない。二人の会話に加わろうとしたが、何か直感めいた警戒心が働いて、その場で待った。

ノリーンの声。「……何時に終わるの？」

ケイティの声。「うまくいけば……十時よ。お願いできない？」

ジムはよく聞こうとして、ドアの枠の部分に耳を押し当てた。

「どうかしらね」ノリーンは言った。「暗くなってからバスで帰るのは嫌いなのよ。お友だちの誰かに頼めないの？」

「みんな、アルバイトか、わたしと同じ練習よ。パパに運転してもらったら」

「お父さんは、そういうものにぜんぜん興味がないの、知ってるでしょう」

「パパは中に入らなくていい、外で待っていればいいのよ。そういうのが仕事でしょう？」

「たしかにね」

「あの事件の捜査をしてたの？」

一拍、間があった。

「いいえ」ノリーンは言った。「お父さんは一度も——」

ジムはドアを押し開けた。

二人の女たちは飛び上がった。二人はジムの思ったとおり、テーブルについていた。そこには夕食が用意されていたが、まだ食べ始めてはいなかった。二人とも驚いて彼を見上げていた——最初のうちはだ。それからノリーンの表情が、謎《なぞ》めいたものに変化した。

ケイティは立ち上がって、ジムをハグした。彼女はランニング用の服装をしていて、顔はきれいに洗ってあって、頬が赤い。髪は濡れて、石鹸《せっけん》と花のようなにおいがした。

「スポーツジムの帰りなの」ケイティはジムが見ているのに気づいて言った。「自転車で寄ったのよ」

「自転車で？」

「ヘルメットをつけてるわ、パパ。心配いらない」

ノリーンは立ち上がって、彼の背後のこんろの前に行った。

「ママに頼みがあってきたの」ケイティは、ジムと一緒に座りながら言った。「そうしたら、夕食を食べていけって。ママはわたしがろくなものを食べてないと思いこんでるの。たぶん、こうして話してるあいだに、シチューにバターを一本入れてるわ」

「聞こえてるわよ」ノリーンが言った。「バターは二本入れるわ」

ジムはケイティに言った。「頼みというのはなんだ？」

「ああ……そうだった」ケイティはテーブルの上の水差しを持ち上げて、自分のコップに注ぎ始めた。「ほら、明日の夜、町で例の本のサイン会がある。行きたかったんだけど、金曜日に試合があるせいで、金曜日の夜の練習が木曜日に前倒しになったの。友だちは誰も行けない、だからママに、代わりに行ってサインをもらってきてと頼んだんだけど、ママは一人じゃ嫌だというの。暗くなってからバスに乗るのが嫌だとかなんとか言って」ケイティはあきれた顔をした。「それで考えたんだけど……パパが一緒に行ってあげてくれない？　車で、ということよ。ママが店に入って、本にサインをもらって、出てくるだけ。せいぜい五分か十分で済むわ」彼女は期待するように言った。「お願いよ、パパ？」

本にサイン。明日の夜。町で。

ジムは舌がふくれあがって、口に収まらなくなったような気がした。喉《のど》が渇いてヒリヒリした。言葉が出てくるかどうかわからなかったが、とりあえず口を開いた。

「なんの本だ？」喋《しゃべ》ると同時に喉を詰まらせているような、不《ふ》明瞭《めいりょう》な声だった。

「『ナッシング・マン』よ」

答えたのはケイティではなく、ノリーンだった。彼女は湯気の立つ皿を二つ持って、テーブルに近づいた。それらをおいたとき、ケイティが自分の背後に手を伸ばし、椅子の背にかけてあるバックパックからハードカバーの本を取り出した。

光沢のある黒いカバーに、黄色い文字。

「コークでサイン会があるとわかっていたら、買わなかったわ」ケイティは言った。「でもこれを持っていけば、サインしてくれるわよね？　サイン会に行ったことはないけど、きっと……」

ジムは、発言の最後を聞き取れなかった。世界が崩れ、暗闇の中に消えた。視野が狭まって、テレビが消えるときのように小さな光の点になった。

ジムの前で、たった一つのものが光を受けていた。

本の三分の一ぐらいの場所に、何かが挟まれている。青いもの。絵葉書か折りたたまれた便箋《びんせん》か、シリアルの箱から破いた紙片かもしれないが、何であるかは問題ではなかった。問題なのは、それが挟んである目的だ。

それはしおりだった。

ケイティが、イヴ・ブラックの本を読んでいる。

彼自身の娘が。もう一人の彼について読んでいる。

彼はケイティの顔を見た。ケイティが奇妙な表情で彼を見返しているのに気づいた。

期待が、心配に変化していた。彼女は彼に何かを頼んだのか？　彼女の唇が動いていた。今、彼に何かを言っているのだろうか？　言葉が聞こえなかった。何も聞こえない——

肩をとんと叩かれて、彼は我に返った。

「ほら」ノリーンが横にいて、泡立つ液体の入ったグラスを彼の皿の横においた。彼女はケイティに言った。「お父さんに夕食を食べさせてあげなさい。今日は一日じゅう仕事だったんだから」ノリーンはテーブルの反対側へ行き、自分の席に座った。

「夜遅くまで起きていて、余分な仕事までして……今夜はちゃんと寝なくちゃだめよ、ジム。もう四十歳じゃないんだから。ときどき、それを忘れてるみたいだけど」

「どう？」ケイティは彼に言った。「お母さんを連れていってくれる？」

彼は時間稼ぎのために飲み物を飲んだ。炭酸の刺激で、涙ぐんだ。

「どうして読んでるんだ？」彼はケイティに訊いた。「あの本だ。なぜサインなど欲しい？」

「わざわざ行ったりしないわ」ノリーンはつぶやいた。「料理がすっかり冷めてしまうでしょう」

「ラジオで本のことを聞いたの、それで……」ケイティは肩をすくめた。「わからない。興味を引かれたのよ。そうじゃない？　この男は誰なのか？　どうしてこんなことをしたのか？　どうして捕まらなかったのか？　まだ生きてるのか？　おもしろいわ。本の評判もいいのよ。彼女はここの出身でしょう。全部ここで起きたことで、パパが警察にいた時期よね――仕事したの、パパ？　あの事件の？」

「ケイティ」ノリーンは警告するように言った。

「その事件の仕事はしなかった」ジムは言った。「だが捜査のとき、近くにいた。けっして楽しいものじゃなかったよ、ケイティ。人が死んだんだ。だから、これを読むことにしたと聞いて心配になった。心配だし、がっかりしたな」

「だけどみんなが読んでるわ」

「ケイティ」ノリーンが、また注意した。

「でも――」

「もういい」ジムは言った。

彼は目の前にあるドロドロしたシチューとマッシュポテトを、じっと見下ろした。料理をフォークですくって口に入れたが、味がしなかった。沈黙が続き、ナイフやフォークが皿に当たる音だけが聞こえた。それからノリーンがケイティに試験のことを何か言い、ケイティは自分がするはずの発表について話し始めた。ジムは身を引き、二人の声は混じり合って雑音同然だったが、話が途切れたら気づく程度に聞いていた。

ジムは本のサイン会に行きたかった。自分で行く予定だった。それが次の段階への準備の一つだった。でも今、娘も行こうとしていたとわかった。ショックだったが、それはケイティだったからにすぎない。理屈で言えば、彼女が行きたがるのは意外ではなかった。初めて仕事中に、そしてその後町の書店で、山積みにされている本を見たときのことを思い出した。大々的に展示されていた。町の大きな書店のウィンドーいっぱいに並んでいた。それ以来、新聞にも載り、イヴ・ブラックがテレビでインタビューを受け、ケイティは彼女の話をラジオで聞いたと言っていなかったか？　本はあらゆるところにあった。それは実話に基づいている。もっと言えば、地元で起きた実話だ。みんなが興味を持って当然だ。たまたまそのうちの一人が自分の娘だったのは不運だが、ケイティが例外である理由はないだろう？

問題はケイティがサイン会に行きたいが行けず、母親に代わりに行ってくれと頼んでいることだった。だから今や、ノリーンは明日の夜その時間に何があるか知っている。それ自体は問題というよりは苛立ちに近いが、もしジムが行き、ぎりぎりで予定が変わってケイティも店に行ったらどうする？　もしノリーンが行く気になったら？二人が店に一緒に行って、彼の姿を見たら？

「行こう」彼は言った。

両方の女性が、彼を見た。

ノリーンが言った。「どこへ行くの？」

「書店だ」

ケイティの顔が輝いた。「本当？」

「朝、店に電話するわ」ノリーンは言った。「この子のためにサイン本を取っておいてもらう。そういうことをしてくれるのよ。金曜日の朝取りにいけば――」

「わたしの本にサインがほしいのよ」と、ケイティ。「この本に」

「いいだろう」ジムは言った。「行くよ」

「パトリック・ストリートよ、パパ。七時から。外に車をとめられると思う。たぶん搬入口があって、あの時間なら――」

「一緒に店に入ろう」彼はノリーンを見た。「どこかにとめるさ。心配いらない」

彼にはそこにいる正当な理由がある。ノリーンが横にいれば、彼もほかの客と同じように見えるはずだ。ケイティに本を渡せるのは早くとも金曜日だから、彼はその後家に帰って、おおっぴらに本を読める。今から二十四時間もしないうちに、三人が一つの部屋にいることになるという案が気に入った。

彼。

ノリーン。

イヴ。

なんて詩的なことだろう。彼は、彼を探しだすことを自らの任務とし、それに失敗する女性に歩み寄る。彼のほうから、彼女のところに行く。だが彼女は自分が目にしているのが誰なのか知らず、ノリーンはそうした事情を全く知らない。

「ありがとう、パパ」ケイティは満面に笑みを浮かべて言った。

ノリーンは自分の皿を見下ろし、何も言わなかった。

第二章　暗がりの中で

6　その後

わたしは悲しみの描写に取りつかれている。文字どおり、それらを集めている。ノートに書き写しているのだ。方針としては、詩や個人的エッセイ、あとに残された惨《みじ》めな回顧録は省く。〝それは眼科医の診療所から瞳孔《どうこう》を開いた状態で明るい日向《ひなた》に出た人間の表情だ〟ジョーン・ディディオンの『悲しみにある者』。〝あなたがかつていたところ、その世界には穴があり、わたしは昼間はその周りを歩き、夜はそこに落ちている〟エドナ・セント・ヴィンセント・ミレー、『書簡集』から。〝悲しみの五段階というのはまったくの戯言《たわごと》だ。それは、実際は致命的な病気の診断を受けた者の反応に関する研究だから。愛する者を失った者ではない。悲しみにパターンはない。現実は取り散らかり、混乱しているものだ〟TellUsYourGrief.com というご機嫌な名前のウェブサイトの、匿名《とくめい》の寄稿。

わたしはそれらを集め、試してみるが、これまでのところ納得できたものはない。

ぴったりではない。たった十二歳のときに両親と妹を暴力的犯罪で失い、死体の第一発見者になるというのは、どんな気持ちのするものだろう？　誰がそれについて書いている？　誰がわたしに、それを表わす言葉をくれる？　長い年月のあいだ、わたしはそれを見つけられなかった。無理にでも言えというなら、わたしは麻痺《まひ》していたと言うだろう。空っぽだ。独りぼっちで途方に暮れている。お馴染《なじ》みの候補や標準的な隠喩《いんゆ》を引きずり出す。なぜかそのすべてが、奇妙なほど気象に関わっている。地震、霧、逆巻く波。ナニーと一緒にスパニッシュ・ポイントで隠れていたとき、わたしの悲しみは、そこから離れたらドアが開き、中身が全部飛び出してしまうので、膨らんだクローゼットのドアに背中を押しつけて人生を生きていこうとするようだった。

ジムは欠伸《あくび》をした。

まだ小屋に来たばかりだった。ノリーンは早くベッドに入り、ジムが十一時に階上へ行ったときはぐっすり眠っていたので、すぐに下りてこられた。だが彼は、すでに欠伸をしていた。たぶんノリーンの言うとおりだ。今夜は読書をやめて、ゆっくり寝るべきだった。

それとも、読む本に問題があるのかもしれない。

ジムはページの残りと、その先の二ページに目を通した。さらに、悲しみと喪失感と寂しさを感じることに関する記述があった。彼女の祖母は寂しくても、それを見せまいとしたこと。学校が始まったとき、嘘《うそ》をつき、両親は交通事故で亡《な》くなったと言わなければならなかったこと。それが寂しかったこと——そして罪悪感。

彼はまた欠伸をした。

今夜は準備よく、外に出る前に魔法瓶にお茶を入れておいた。彼はそれを何口か飲もうとして、本をおいた。

まだ、ようやく『ナッシング・マン』の半分を過ぎたあたりだ。これでは、明日の夜どんな場面に直面するのか、自信をもってそこに臨めるとは言えない。起きていて、できるだけたくさん読んでおく必要がある。あの夜、イヴの家でジムと何があったのかについて書いてある場所まで、辿《たど》り着かなければならない。彼女が何を覚えているのか、何を覚えていると主張しているのかを知らなければならない。

彼は本を持ち直し、中断したページを見つけて、その先をめくった。

もう悲しみはたくさんだ。興味はないし、重要でもない。そこは飛ばそう。

ジムは次の章の始まるページを見つけて、読み始めた。

7　気づかない目撃者

二〇一五年七月初旬、エグリン教授は彼の友人であるバーナデット・オブライエンと会わせてくれた。彼女はアイヴィー・プレスという出版社の編集者だった。〝あの女の子〟の記事が広まって以来、わたしはあらゆる種類のオファーを受けていたが——本、ゴールデンアワー放映のテレビ番組のインタビュー、ポッドキャスト、〝生きる権利〟などという恐ろしい名前の何か——見知らぬ世界で途方にくれるばかりだったので、エグリンに助けを求めた。彼はバーナデットと会ってみたらどうかと言った。

アイヴィー・プレスはドーソン・ストリートにあるベストセラーというカフェの上の、小さないくつかの部屋から成っていた。以前はアイルランド聖書協会の本部だった場所を、そのまま使っていた。わたしは早めに着いて、外からも見えた大きな張り出し窓のある部屋で待つように言われた。広い会議用テーブルがあり、壁には本が並んでいる。社員がカップを持ってきてくれる前から、かすかにコーヒーの香りが漂っていた。コーヒーを飲みながら、わたしは考え直しはじめた。

本当にこれをしたいのか？　真面目《まじめ》に本を書こうと思っているのだろうか？　二千語の課題を書くのも大変だったのに、どうしてできると思ったのだろう？　わたしの物語と彼の物語が光沢あるカバーで装幀《そうてい》されて、値札をつけられて棚に収まっている世界を想像してみようとした。無理だった。開いたままのドアを見た。受付デスクには誰もいなかった。立ち上がって、帰ってしまうこともできる。コーヒーをおいて、椅子《いす》を引いた。立ち去るべきだ。そこにバーナデットが、目を輝かせ、両手を差し出して入ってきた。ここは踏みとどまって、彼女の話を聞くのが礼儀だと考えた。

バーナデットは六十回目の誕生日を祝ったばかりだったが、それよりも五歳か十歳は若く見えた。真っ黒な髪をレザー・カットのボブにして、手首や耳に繊細な金のアクセサリーをつけている。その日は黒いレギンスをはき、彼女には大きすぎるのになぜかおしゃれに見えるニットの上着を着ていた。驚くことに、チクチクしそうな灰色の絨毯《じゅうたん》の上を裸足《はだし》で歩いていた。真っ赤に塗られた足の爪《つめ》に、目を引かれた。彼女はわたしが誰か、どんな経験をしたか、きちんと知っているのに、変な遠慮をしなかった。ごく普通の人間が相手であるかのように話した。わたしはすぐに彼女を好きになった。

　もし本を書いても、それはナッシング・マンに関する初めての本というわけではないと彼女は説明した。すでにナッシング・マンの本はあった。『ナッシング・マン事件』という、この本と同じように想像力に富んだタイトルだ。スティーヴン・アードルというジャーナリストが書いたもので、二〇〇二年十月に刊行された。わたしは知らなかったが、バーナデットはこれを読んでいて、新しい情報はほとんど書かれていなかったという。アードルは主に〈アイリッシュ・エグザミナー〉に寄稿していた犯罪専門の記者で、この本は基本的には、彼がリアルタイムで事件について書いた記事を集めたものだった。（アードルは二〇一二年に亡くなった）それ以来、このジャンルは進化した。そして今、わたしは自分自身の物語を通して、この事件の決定的な本を書く機会を得た。

　わたしはいかにも不安そうな顔をしていたのだろう。

「こんなふうに考えてみたら」バーナデットは言った。「そう、あなたは死ぬような思いをして、すべてをページの上に表わさなければならない。すべてを、もう一度体験しなければならない。でも一度きりよ。それに、書くことには治療効果がある。あなたの助けになるかもしれないわよ。それから、あなたは真実を語らなければならないけれど、すべてを語らなくてもいいの。ページ上に表わされたものを、読者が完結した物語だと感じられるのであれば、語らないものがいくらあってもいい。それに意外な利点もあるわ。今どき、みんなは実話犯罪ものの本を読むだけじゃない。それ以上のことを調べられる。ポッドキャストを聞いたり、コンヴェンションで会って意見を交換したりする」――バーナデットはコンピュータのキーボードを打つ仕草をしてみせた――「夜更《よふ》けまで、オンラインでね。安楽椅子探偵の軍団よ。誰かが、この人物が誰なのか知っているにちがいない。ひとは変化する。関係は終わる。後ろめたさが強まる。この事件に関する本が、興味を刷新する。記憶を刺激する。あなたによるこの事件に関する本は、世間の注目を引くはずよ。何かが動くかもしれない。この人物が誰なのか、ついにわかるかもしれない――そして、どこにいるかもね。この犯罪者が逮捕されるきっかけになるかもしれないでしょう。今の時点では、警察には期待できないわ」

　まちがいなく、共通の友人がこう言うように促したにちがいない。エグリンは、わたしが元々のエッセーを発表する気になったのは、ナッシング・マン逮捕の可能性があったからだと知っていた。今バーナデットは同じ仮定のニンジンをぶらさげて、わたしを本を書く気にさせようとしていた。だからといって、彼女の言うことは真実でないとは言えなかった。

　あの日、両親とアンナが死んでから十四年が経《た》っていて、まだ誰も罰せられていなかった。それを考えるたびに、胸の中に強烈な怒りが湧《わ》き上がり、涙を流して喚《わめ》くか、もっと悪いことをしてしまわないように、拳《こぶし》を握り唇を嚙《か》んで、怒りがおさまるのを待たなければならなかった。でも、その怒りを別のものに使ったらどうだろう？　過去にまっすぐ向き合うのに必要な勇気に変えて、過去を吟味し、本を書いたら？　怒りをすっかり消し去ってしまえたらどうだろう？　もうそれを感じる必要がなくなったら？　ナッシング・マンはついに捕まり、残された日々を小さな暗い監房に閉じこめられて、自分のしたことについて考える以外何もすることがなく、ただ腐って死んでいくだけだと考えればいいとしたら？

「でも問題があるんです」わたしはバーナデットに言った。「細部についてです」わたしはこれまでずっと事件のことを避けるようにしてきたと説明した。わたしの家族ばかりでなく、ほかの被害者についてもだ。だから、事件の大筋しか知らない。どんなに避けようとしても耳に入ってしまった事柄だけだ。たまたま目にしてしまった事柄。それにあの夜は、わたしはバスルームに閉じこもっていた。音を聞き、直後の状況を見はしたが、それ以上は……。

あの夜の出来事や、ナッシング・マンに襲われたほかの四家族のことを、正確に知るのに耐えられるかどうか自信がないと言おうとしていたのだが、バーナデットは誤解した。彼女はわたしが、どうしたらそれらを調べ出せるかと訊《き》いていると思ったのだ。彼女は机の上の電話に手を伸ばした。

「うちの犯罪関係の作家の一人が、引退した警部をコンサルタントに使ってるの」彼女はわたしに言い、その傍らで電話回線からどこかの呼び出し音が、一度二度、三度と鳴るのが聞こえた。「その作家はわたしの友だちなのよ。彼女から彼に、誰と話したらいいか訊いてもらって、なるべく早くそのひとたちに会うことにしましょう」

最初に会う前、わたしがエドワード・ヒーリーについて知っていたのは、彼が刑事で、ナッシング・マンについて知りたいなら会うべき人物だということだけだった。わたしたちはある火曜日の朝、コークのインペリアル・ホテルのロビーの隅にあるカフェ、ラファイエットで会うことになった。前の晩、わたしは彼の写真をグーグルで検索した。最初に出てきた写真には、何かのレース後にメダルを持って自慢げに立つ姿があった。髪の毛は赤くて、鼻にそばかすがある。すぐに彼だとわかった。エドワード・ヒーリーは、そばかす男だったのだ。彼とは初対面ではない。十四年が過ぎた今、わたしたちは二度目に会うことになった。

エド——今では彼をこう呼んでいて、ほかの呼び方をするのは変な気がする——は、飛行機を降りるときに乗客に挨拶《あいさつ》をしにコックピットから出てきた飛行機の操縦士のような風貌《ふうぼう》をしている。友好的で近づきやすいが、自信に満ち、権威を感じさせもする。少年っぽさもある、ハンサムだ。仲間たちは彼が若返っていくと冗談を言うが、写真を見るかぎり、わたしもそう思う。六年前、四十回目の誕生日の前後に健康に不安を覚え、酒とたばこと——彼に言わせれば——美味《おい》しいものを食べることを諦《あきら》めざるをえなくなった。今、彼は自由時間をハイキングやベジタリアン用の料理本を見ながらの料理に費やし、可能な時期にはファウンテンズタウンの海で泳ぐ。社会の悪と闘ってきたようには見えない。ナッシング・マンの事件を主導する当局者には見えない。だが彼は今までずっとそうだったし、今もそうだ。いや、それ以上だ。彼はナッシング・マンの大敵《ネメシス》だ。

これはエドにとって、よくある一つの事件ではなかった。これは特別な事件であり、彼はこれに固執した。誠実な刑事なら誰にでもある、取りつかれて夜も眠れないような〝未解決事件〟。エドは昇進さえ断わった。巡査部長より上の階級になれば、この事件から離れることになるからだ。この事件に執着するあまり、私生活を失った。これほどの犠牲を払ったのち、エドはナッシング・マンを見つけるまで足を止めないと自らに誓い、そのとおりにした。だが十五年近くのあいだ、事件ファイルに加えるべきものはほとんどないに等しかった。引退まで、あと十年しかなかった。時間がなくなりつつあった。

わたしはこうしたことを、あのカフェに行った朝には何も知らなかったが、エドのぜひ会いたいという熱意に少し当惑していたのを覚えている。彼は病院でわたしに質問をしたのを覚えていて、あれ以来どうしていたのか、どんな人生だったのかをそれとなく訊いた。彼はわたしのエッセーを読んでいて、それを誉《ほ》めてくれた。本を書くという案に賛成し、できるかぎりの援助をすると言った。でもわたしたちの会話の根底には、彼の側の切望と、あからさまなもどかしさがあった。彼は当時のこと、あの夜のことを話したくてたまらなかった。わたしから何か聞き出せるかもしれないという期待が、彼から波のように押し寄せてきた。わたしはできるだけ早く本題に入った。わたしは彼から情報をもらいに来たのであって、こちらから与えられる情報はないと言った。

「覚えていないんです」わたしは説明した。「つまり、思い出すべきことが何もないの。わたしはバスルームの中にいた。大半は、音を聞いただけ。そして、その後目にしたことは……わたしはほとんど何も知りません。だから、あなたと話したかったんです。何があったのか知りたい。わたしの家や、ほかの家で。すくなくとも、そう考えてます」

まだ午前中も半ばの時間で、カフェのテーブルは数個が埋まっているだけだった。エドは話を続けるのに、そこから川を渡ってわずか数分で歩いていける、アングルシー・ストリートの警察本署に行こうと提案した。彼はそこに、たった一つの迷宮入り事件を扱っている、非公式の、メンバーが一人きりの未解決事件課として、小さなオフィスを持っていると言った。

灰色の雲りがちな日で、空は雨が降り出しそうに重かった。わたしはエドに対して気持ちが緩んでいたが、まだ疑念は消えず、すっかり寛《くつろ》ぐというわけにはいかなかった。まちがいだっただろうか？　知りたくないこと、忘れられなくなるようなことを見つけてしまわないだろうか？　エドの時間を浪費しているのでは？　わたしの落ち着かない気持ちを察知したのか、彼はわたしに、この本の目的をたずねた。それには明快に答えることができた。本を書くことによって、彼を捕まえたかった。バーナデットが安楽椅子探偵について言ったことを繰り返すと、エドはそれに同意してうなずいた。誰かが何かを知っているにちがいないと、わたしは言った。そのひとが本を読んで、犯人のひどい所業、犯人が引き起こした痛み、犯人がどれほど危険かを知ったら……道義心に動かされて、電話を手にして警察に連絡をするだろう。

　エドはこれを聞いて眉《まゆ》をひそめた。わたしは自分がまずいことを言ったのだと思った。彼は片手を前に出して話を止め、わたしたちは緑の濃いリー川越しに、対岸に大きなシティーホールを見ることのできる河岸のベンチの側で立ち止まった。

「今のうちに、言っておくよ」彼は静かに言った。「たとえ彼の身元がわかり、彼を発見して連行しても、自白なしには訴えることは不可能だろう」ナッシング・マンは五つもの恐ろしい犯罪行為をし、そのうちの二件で被害者の命を奪ったが、そのどれにおいても、何一つ痕跡《こんせき》を残さなかった。その人物を犯罪に結びつける物的証拠はない。「テレビのせいで、指紋さえあればそれをスーパーコンピュータにかけて、犯人を突き止められると思われているが、それは作り話だ。合致する指紋を採取しておく必要もある。この事件の場合、調べるべき指紋さえ手元にない。この事件では、どの種類の証拠物についてもそうなんだ。ＤＮＡ。繊維。目撃者の供述書。車両の動きでさえもだ。ナンバープレート、タイヤの痕跡といったもの。もし電話で名前を聞いて、その人物の家にすぐさま駆けつけても、本当に正しい人物なのかどうかをどうやって証明したらいい？　何と照合すればいいんだ？　電話の件がなければ、五つの犯罪行為が同じ人物によるものだということさえわからなかった」

「無駄な行為だというの？」わたしはがっかりして言った。

「この人物が誰なのかを突き止めるのが目的なら、それはできると思う。でも、それで満足しなければならないかもしれない。その人物を有罪にして、罪を罰することができる可能性は、宝くじに当たるのと同じぐらいだ。だからもしそれを望んでいるのなら、そこまでやらないと気が済まないというのなら……」エドはため息をついた。「わたしは本を書いて欲しいが、それが望みだとしたら、きっと叶《かな》えられないだろうと言っておく。その人物が自白すれば話は別だが、これだけ年数が経ち、物的証拠もないのだから、それはありそうもない。それに、まずはその人物を見つけられたらの話だしね」

わたしはわかったと言ったが、心の中は乱れていた。それまでずっと、とにかく問題は犯人が見つかっていないことで、見つかりさえすれば自動的に、犯人は刑務所送りになると思いこんでいた。頼りにして進んできた指針を失い、わたしは舵《かじ》を失って途方に暮れたが、エドには話を進めたいと言った。とりあえず、ほかにどうしたらいいかわからなかった。

その日まで、アングルシー・ストリートの本署に入ったことはなくて、わたしはその内部に驚いた。外から見ると、特徴のない四角いオフィス・ビルに見えた。ところが光に満ちたアトリウムが隠されていて、床のむき出しの石は、大きな聖堂のような敬虔《けいけん》な静けさを演出していた。でもエドの〝オフィス〟は、そうではなかった。古いコンピュータ器具を入れてあった倉庫に、むりやり机を押しこんだ状態だった。天井のタイルには染《し》みが広がり、埃《ほこり》のかぶった乾いた給水機が隅のほうにある。椅子はプラスティック製で、不揃《ふぞろ》いで、座り心地が悪かった。エドはまたコーヒーを出してくれたが、それはよく言っても、カフェで飲んだものの遠い親戚《しんせき》みたいな飲み物だった。エドは一つの引き出しに手を入れ、分厚いマニラ紙のファイルを、わたしとのあいだの机の上にポンとおいた。その真ん中に、オプティック作戦という汚れたラベルが貼《は》ってある。まるでそのファイルが何かを発しているかのように、室内が緊迫した。わたしはまだ何も知らず、そのファイルが全部なのだと考えた。実際は、それはエドが簡単な説明のためにまとめた、五件の犯行についての概略にすぎなかった。

　のちにわたしは、すべてのオプティック作戦のファイルに目を通すことになる。それは何箱もあり、書類を読むあいだ、ずっとエドがつきそって状況を説明してくれた。わたしはグランド・パレードのコーク中央図書館のレファレンス室で、事件に関して見つけられる、公表された記事をすべて読んで、何日も過ごすことになる。生存者に会い、個人的な恐怖を苦しいくらいに詳しく語ってもらうことになる。ついには、犯罪現場の写真まで見ることになる。だがこれは始まった日、つまり初日のことで、わたしはただ取り乱さずに、エドがナッシング・マンの五件の犯罪のそれぞれについて、当たり障《さわ》りのない概略を語るのを聞くので精一杯だった。

エドはまだ、マスコミに発表されたもの以上のことをわたしと共有する許可を得ていなかったので——その許可はのちに、エド同様に犯人を捕まえたいと願う警察署長から出される——とりあえず要点だけに留めた。この時点での彼の目的は、ナッシング・マンとは何者か、彼はあの夜うちにやってくるまでに何をしたのかを、わたしに理解させることだった。彼はまず、うちでの出来事が最悪だったと言った。

彼はカリガライン、バリーズ・レーンのオサリヴァン家について話した。コヴェント・コートのクリスティン・キアナン。ファーモイの家のリンダ・オニール。ウェストパークのマリー・ミーラとマーティン・コナリー。あの気の毒な男性は自分の車の下敷きになり、家の中で妻もまた死にかけている、あるいはもうすでに死んだと知りながら、ゆっくり死んでいったのだろう——その晩寝ようとしたとき、わたしの頭の中は彼のことでいっぱいだった。

エドとわたしには、共通の未回答の疑問がたくさんあった。なぜこのひとたちが被害者になったのか？　なぜこれらの家だったのか？　被害者のあいだのつながりは？エドは、被害者のつながりを見つけようと手を尽くし、彼らの人生を繰り返し細かく調べたが、何もなかったと言った。つながりが見つかればナッシング・マンを突き止められると、エドは信じていた。コーク県は人口五十万人ほどだが、もっと小さく感じられる。警察が被害者どうしのなんらかの関連を見つけられないのは、異例のことだった。通常、コーク県に住むこの程度の大きさの無作為なグループにおいては、同じ時期に同じ学校に行っていたとか、家族が知り合いだったとか、何かつながりがあるものだ。それがまったくないというのは、奇妙なことだった。

　わたしはパッシージ・ウェストの、家族と住んでいた家について何か言い、エドは、その後そこへ行ったことがあるかと訊いた。わたしはその日の朝もそこにいたと言った。コーク県にいるときはそこに滞在する。その家を売らず、長年そこに住んでいた借用者が二年前に出て、その後ほかに貸すことはしなかった。そうして、ときどき自分で使うことにした。

「おかしいと思うでしょう」わたしは言った。「でも、そうしたいんです。みんなで住んでいた場所だもの。あの夜以外は、楽しい思い出ばかり。あそこにいると、みんなの近くにいるみたいな気持ちになる」

これを誰かに話すと、たいてい同じ反応が返ってきた。不快感だ。家族が殺された家に、滞在する？ そんなことをしたがるなんて、変人じゃない？

でもエドはちがった。

彼はそこへ行きたいと言った。一緒に。今すぐ。

今では、ジムはすっかり目が覚めていた。

8　あの夜

パッシージ・ウェスト、人口六千人。コーク港の西岸にある港町。コーク市から行くと、うちには繁華街をまったく通らずに着くことになる。タイディ・タウンズ委員会（各地の発展のため地域民の協力を奨励する全国的コンテストを目指す団体）によって建てられた〝パッシージ・ウェストへようこそ〟という看板の手前で、うちへ続く小道に右折するのだ。屋根窓のある平屋建てで、もともとあった家とそっくりの家を建て、二軒をつなげて広くした。二軒の端を角度をつけてつなげたため、奇妙なV字形の建物になった。一万六千平方メートルほどの広さの土地で、その中央、砂利敷きのドライヴウェーの突き当たりに家があった。わたしは自分の車に乗っていくように勧めたが、エドは自分の車を出すと言い、それで先導を申し出たが、考えたら彼は家がどこにあるかよく知っているのだった。わたしたちは数分ちがいで、そこに着いた。家がほとんど元のままで、何年も経っているのに変わっていないのを見て、エドは驚いたと思う。意図的にそうしたのではなかった。霊廟《れいびょう》のつもりだったわけではなくて、まだ何かを変える気になれなかっただけだ。

わたしは自分がこう言うのを聞いて驚いた。「彼の足跡をたどってみましょう」

わたしたちは家の外、裏口のドアから始めた。そこはあの夜、錠が開いていて、それ以前も、たぶん毎晩そうだったと思われる。このあたり全域が、ドアに施錠せず、イグニションにキーを刺したままにし、遠出するのを隣人が知っているようなところだった——すくなくとも当時は、あのときまでは。ナッシング・マンがどのように家に近づいたのか、どの方角からやってきたのか、彼の家から何で移動してきたのか、誰も知らない。まるでその場に突然、暗闇《くらやみ》からふっと現われたかのようだった。影でできた、人間の幻だ。

それには服装が役立っていた。エドは、アリス・オサリヴァン、クリスティン・キアナン、そしてリンダ・オニールの襲われたときの話から、おそらくナッシング・マンがしていたと思われる身なりを説明した。全身黒ずくめで、黒い手袋、黒い目出し帽のような覆面。額にヘッドランプをつけていたかもしれない。ゴムバンドで頭につけられる、オートバイ用のランプのようなものだ。何度かの犯行時にそれをつけていたが、必ずというわけではなかった。体のどこかにナイフと拳銃《けんじゅう》を隠し持っていたが、拳銃があっても撃つことはなかった。エドは、うちの敷地の外では、その〝連続殺人犯の装《よそお》い〟はまちがいなく正反対の効果があるだろうと言った。ものすごく目立ったはずだ。ということは、近づく途中で、どこかで足を止めてそれらを身に着けたのだろう。裏のドアの前に立って、エドは言った。「たぶんここでだ」

　このときは昼間で、エドは色白でそばかすがあって痩《や》せていたが、一瞬、黒い服を着た男が覆面を額の下まで引き下ろし、ドアの取っ手に手を伸ばすのが見えた。わたしは、寒くもないのに体が震えた。

　エドは言った。「心の準備はいいかな？」準備などできていなかったが、わたしはうなずいた――

　わたしたちは中に入った。

　捜査官たちは、ナッシング・マンがうちの家族を襲い始めたのは、朝の三時から四時のあいだだと見積もった。これは主に、わたしが九九九に電話したのが午前四時十分だったことに基づいていた。それと、病理学者が母と父の遺体を調べにきたときに見つかったものだ。キッチンで見つかったものから、ナッシング・マンが階上に行く前にしばらくそこにいたことがわかっているが、どれくらいの長さだったかは知りようがない。いつものとおり、彼は物的証拠を何も残していかなかった。使ったコーヒー・カップの縁に、母が流しにおいていた漂白洗浄剤をかけることまでしていった。

エドとわたしはキッチンを通り抜けて廊下に進んだ。

エドは階段の手前で立ち止まり、寝室へ上がる前に、わたしの知っていることを教えてもらえるかと言った。

わたしはすべてのことを順序どおりに覚えているわけではなくて、記憶は断片的だ。でも何年もかけて、なんとか一続きに組み立てた。ところどころ飛んだり曖昧《あいまい》になったりするが、大まかに通して考えることができる。

何枚もの写真から映画を作るようなものだと、わたしはエドに説明した。重要な瞬間は捉《とら》えているが、それらをつなぐ結合組織が欠けている。この記憶はひとつづきに展開するのではなく、ちらちらと点滅するのだ。

わたしは真夜中に、トイレに行きたくて目が覚めた。普段はそんなことはないのだが、クラブ・オレンジの缶をベッドに持ちこんだせいだった。アンナと一緒に使っている部屋のドアは閉まっていた。これがわかるのはドアが閉まっていたのを覚えているからではなくて、部屋が暗かったのを覚えているからだ。わたしはそうしておくのが好きだった。アンナは小さいプラグ接続式のナイトライトを持っていて、それをつけて寝るのだが、毎晩わたしが寝室に行ってまずするのが、そのプラグを抜くことだった。もしドアが開いていたら、廊下の照明で部屋が明るくて、何かちがうと気づいたはずだ。

爪先立《つまさきだ》って、わたしは寝室からバスルームへ移動した。これにはほんの何秒かしかかからない。すぐ隣だからだ。照明のスイッチが外にあるが、夜のあいだ、両親は鏡の上の小さい明かりをつけっぱなしにしていた。わたしはバスルームに入ってできるだけ静かにドアを閉めた。鍵《かぎ》が錠の穴に入っていたが、それを回すとカチリという音がするので回さなかった。ほかに音がしない夜のこの時間にはかなり大きく響くと、経験上わかっていた。同じ理由で、トイレを流しもしなかった。

下着を上げたとき、奇妙な物音が聞こえた。最初、喘息《ぜんそく》の発作かと思った。数ヵ月前に学校の体育のクラスで女の子が発作を起こしたときの音を思い出した。くぐもった喘《あえ》ぎ声だった。アンナが悪い夢を見ているにちがいないと思った。

バスルームのドアの前で、取っ手をつかんだが押し下げはせずに立っていたとき、外の廊下を横切る足音が聞こえたのを覚えている。わたしから離れる方向で、左から右に、両親の寝室に向かっていった。馴染みのないリズムと重みが感じられた。

その時点で、家族以外の誰かが家にいるということが頭に浮かんだかどうか、怪しいものだ。見知らぬ他人が家にいるなんて、わたしにとって考えられる現実の枠を超えている。

　それでも何かを感じて、わたしはその場に留まった。直感のようなものだ。数秒後、同じ感覚に導かれて、わたしは上の穴の鍵を回し、手を伸ばして鏡の上の明かりを消す紐《ひも》を引っ張り、暗闇の中に隠れた。

　叫び声や怒鳴り声はしなかった。聞こえるのはくぐもった低い声、それから理解できない泣くような声が、規則的に数分間聞こえていた。それに続いて何かを打つようなゴツンという音が何度か。ある時点で父の〝頼む、やめてくれ〟というような、やめろという声が一度だけ聞こえたと思う。もみ合うような、誰かが絨毯敷きの床の上で動き回るような音もしたかもしれない。

　両親の寝室で何が起きているのか、わたしには見当もつかなかったが、心の奥底で、知るべきではない、何か暗い、大人の恐ろしいことで、終わるのを待っているのがいちばんだ、ここにじっとしていよう、わたしが起きているのを知らせないほうがいいと感じていた。

　アンナのことを考えたかどうかはわからない。もし考えたとしたら、ぐっすり眠っていると思っただろう。

何分かが過ぎた。奇妙な音はやみ、何か聞き取れるかと思って、わたしはドアとドア枠のあいだの隙間《すきま》に耳を押しつけた。遠くにくぐもったような音が聞こえたと思ったが、それがどんな行為によるものなのか理解できず、正直言って、自分が想像したのではない、一生懸命聞こうとするあまりに聞こえた雑音ではないという自信はなかった。怖かったとしても、混乱しているのだと思いちがいしていた。たぶん自分を守るために、わざとそうしたのだと思う。でも何を考え、感じ、聞いたにしても、とにかくわたしはバスルームの中にいた。鼻をドアにくっつけて。鍵に手をおいて。待った。

突然、外に足音がした。右から左へ、素早く横切った。階段のほうへ。

父の足音にちがいないと思った。鍵を回そうとした。

でもそこで、別の足音が廊下を横切り、それもまた父のもののような気がした。

わたしは凍りついた。

外にいるのは誰なのか？　何をしているのだろう？

甲高い声。かすかな音、ちょうど氷の上で滑って、足が地面から離れてしまうときに出すような声だ。それからドシンとかバンとかいう音が何度かして、なぜかわたしには、これがどんな行為に伴う音かよくわかった。誰かが階段を転がり落ちたのだ。

苦しそうな呻《うめ》き声がはっきり聞こえて、それから何の音もしなくなった。

その後続いた静寂が破られるのを、どれほど待っていたかわからない。でも破られることはなく、わたしはバスルームを出た。錠穴の鍵を回したとき、その音がサイレンのように大きく感じて顔をしかめたのを覚えている。ドアを開けたのを覚えている。このとき外は真っ暗だったのを覚えている。わたしがバスルームの中にいるあいだに、階段をのぼったところの天井の明かりは消えていた。

でも階下には明かりがあった。わたしはそちらへ動いていった。

階段まで行って下を見たとき、階段の下に倒れている人影が見えた。照明が容赦なくそこに当たり、ほかのすべては影の中だった。そんなはずはないのに、舞台のスポットライトみたいだったのを覚えている。

父の体が、階段の下三段にわたって横たわっていた。頭が壁に押しつけられていて、脚は手すりに引っかかっているようだった。何もかもがおかしな角度に折れて、まちがっていた。父を呼んだが、答えはなかった。父のほうへ、一段、もう一段と階段を下りたが、父の体の格好、その微動だにしない様子に何かを感じ……ものすごく恐ろしかった。わたしは階段の上へ引き返し、母を起こしに両親の寝室へ行った。

そのときアンナと共有していた部屋のドアは閉まっていたと思うが、確かではない。

階下の明かりは廊下のこのあたりまでは届かなかったので、いったん両親の寝室の中に入ったら真っ暗で、わたしは記憶を頼りに動いた。そのまま前進していけば、数歩で母のベッド脇《わき》のテーブルにぶつかり、そこから何センチかで母のベッドの横に着くとわかっていた。母を小声で呼び、それから普通の声で呼び、さらに大声で呼びかけた。答えはなかった。変なにおいがした。ベッドに着いたとき、何か濡《ぬ》れていてべたべたしたものに脚が触れた。母の腕を見つけて揺り動かそうと思い、毛布の上を叩《たた》いたが、同じように濡れてべたべたしたものに手が触れたので動きを止めた。ベッド脇のランプを探して、空を切るようにして左のほうへ腕を伸ばした。ランプが見つかり、笠《かさ》の下のスイッチを探った。押した。突然明かりがついて、毛布がヘッドボードまで引き上げられているのが見えた。まわりじゅう血だらけだった。毛布も、壁も、ランプの笠も。

わたしはまたスイッチを押し、部屋を暗くした。

そういうわけだ。

その後、明滅する光と肩まで髪を垂らした祖母と、まちがった部屋、何者かが錆《さ》びた鈍い何かでわたしの心の奥底に穴をあけ、その空洞は永遠に残ることになる。

ジムは鉛筆を手にして、最後の何ページかを読み直し、不正確であるか、虚偽である箇所に下線を引いた。それから〝そういうわけだ〟という部分を円で囲み、その横に書いた。〝そうなのか？　残りはどこだ？〟

イヴは、本当にこのように覚えていたのか？

それとも、わざと書いていないのか？

わたしはこれらをエドに話し、警告の言葉をつけくわえた。これを信じてはいけないかもしれない。これが起きたとき、わたしはほんの十二歳だった。バスルームにいる段階で、記憶装置のいちばん深いところにある貯蔵庫を開いて、これから見る最悪のものをそこに押しこむ準備をしていた。そこが満杯になったら、いくつかのものは、ただ放棄した。子どもの心に心的外傷が与える影響を、わたしはこのように理解している。あの夜の出来事はピースの欠けたジグソーパズルで、まったくまちがってはめこまれている場所もあるはずだ。

たとえば、わたしはキッチンの電話を使って祖母に連絡をしたが、父親の体を乗り越えなければならないはずの、階下へ行ったという行為を覚えていない。祖母になんと言ったかわからず、自分が電話をかけたはずだが、九九九に通報したのも覚えていない。その録音はある。自分たちの寝室へ戻ったのは覚えていないが、アンナの手を見たのは覚えている。小さな爪を短く切り、赤いマニキュアが不慣れな感じで塗ってある手が、ベッドの横に垂れていた。あそこに行かなかったら、どうしてそれを見たのだろう？　叫んだり、悲鳴を上げたりしなかったのだろうか？　これらの出来事のあいだに、どれほどの時間が経ったのか？　なぜナッシング・マンはわたしを生かしておいたのか？

わたしが話をやめたとき、エドは長いあいだ黙っていた。それから彼は、あの夜起きたことを警察がどう考えているかを話した。彼が説明できるように、わたしたちは階上へ行った。

出来事の正確な順序は誰にもわからないが、捜査するという立場から見て、まずアンナがやられたと考えるのが筋が通る。ナッシング・マンは枕《まくら》でアンナを窒息させようとして、すぐにではなかったが、それに成功した。アンナは病院に運ばれたとき昏《こん》睡《すい》状態で、目を覚ますことはなかった。

わたしたちの寝室のドアは、階段をのぼると、最初に彼が到達するドアだ。エドとわたしはその、開いている戸口に立った。今はその部屋にベッドはないが、当時、アンナのベッドは部屋に入った正面に、窓の下の壁に押しつけられていた。わたしのベッドはその反対側、ドアの陰にあった。

わたしがそれを説明したら、エドは、その後よく見ることになる表情、自分はすでにそれをよく知っている、現場を見にきたし、何時間も写真を検討したのだからという表情をした。二〇〇一年十月、わたしの家がどんなだったか、もしかしたら自分のほうがよく知っているかもしれない、という顔だ。

わたしたちは両親の寝室へ進み、またその戸口に立った。わたしはそこへはあまり入っていなかった。（その家に滞在するとき、わたしは階下の、父の書斎だった部屋で寝た）この部屋は空っぽで、借用者によって、緑地にピンクの花柄という派手な壁紙が貼られていた。暖房機は新しくなっていたが、前のものと同じ場所に据えられていた。エドはそれを指さして、父はその下のパイプに縛りつけられていたと言った。これがわかるのは、そこにちぎれた青いロープが見つかったからだ。

父はそこから逃げたが、手首と足首がまだ縛られていた。父が階段を落ちたのはそのせいだと、エドは言った。落下によって父が死んだのもそうだ――両腕で落下の衝撃をやわらげられなかったからだった。縛られていなければ、切り傷や擦り傷ができるとか、最悪でも腕か脚を折るぐらいだっただろう。手足を縛られていたせいで、父は頸椎《けいつい》を損傷した。当時、うちには固定電話が一台あるだけで、それはキッチンにあった。たぶん父は、それを使いにいこうとしたのだろう。

母はベッドで発見された。うつ伏せで、頭まで毛布がかぶせられていた。母は十四回、主に背中と肩を刺されていた。手首と足首は父と同じように縛られていたが、ナッシング・マンは暴力か、ナイフか拳銃で脅すかして、母をベッドに留めておいたにちがいない。彼は母を強姦《ごうかん》した。わたしはこのことを深く考えられない。この段落を読み直すことすらできない。

急にわたしはそこを離れ、階下に戻ってキッチンに行った。エドが追いかけてきた。わたしは水道水をコップに一杯飲んでから、お茶を淹《い》れようとして、電気ケトルのスイッチを入れた。話ができるかどうか、わからなかった。この十分間が、事件のあったとき以来、この家で起きたことについて考えた最長の時間だった。

　わたしは振り返ってエドのほうを見た。頭がくらくらして、まっすぐ立っている自信がなかったので、カウンターに寄りかかった。エドは冷蔵庫の横の壁に据えつけられている電話を見ていた。当時と同じものではなかったが、新しいものは、同じ場所にあった。

「彼はうちには電話しなかった」わたしは言った。「そうでしょう?」

　襲われた夜、わたしはいたずら電話を受けた覚えはないと言ったが、だからといってなかったとは言い切れない。わたしは電話に出ないことになっていたから、母が受けていたかもしれない。それとも、わたしが単に忘れたのかもしれない。

「かけたかもしれない」エドは言った。「もしかしたらね」彼は二〇〇一年当時、オプティック作戦のメンバーはうちの電話の記録を調べ、一分以下の着信を追いかけたと話した。捜査対象となった着信が五つあった。時間帯はまちまちだったが、それぞれ、コーク市内かその近くの公衆電話ボックスからかけられていた。そのうちの二つはパトリック・ストリートの同じ公衆電話ボックスからだったが、それ以外は、場所や順番に規則や理由があるわけではなさそうだった。どれも、ナッシング・マンがリンダ・オニールとマリー・ミーラに電話した、ペア・ウイ・ケオイムの近くではなかった。「彼だったかもしれない」エドは言った。「でも、知りようがない」

わたしたちはお茶の入ったカップを居間に持っていって座った。エドは肘掛《ひじかけ》椅子に、わたしは寝椅子に。

「電話しなかったとしたら」わたしは言った。「あの夜ここに来たのがナッシング・マンだと、どうしてわかるの」

「ロープがある」エドは言った。「主な理由はそれだ。あと、犯罪の性質、タイミングと場所かな。ロープについては、マスコミで言及されたことはない」

「じゃあ、彼は何かを残していった……」

「ロープはどこででも手に入るものだった。全国の百五十以上の金物店に在庫がある。われわれはコーク県内と、そこから車で二時間圏内の店を軒並み当たって、〝この手のロープを最近買った客を覚えてないか、あるいはいつでもいいから、これを大量に買った客は?〟と訊いたが、成果はなかった」

「ナイフは?」

「ナイフはさほど月並みなものではなかったが、それでも襲われなかった人物に訊いた描写があるだけだ。クリスティン・キアナンの隣人だ。彼が同じ種類のものをほかの家にも持っていったのかどうかはわからない。病理学者は隣人の描写に基づいて、ここでもきみのお母さんに同じものを使ったかもしれないと言ったが、でも――」

「同じものよ。彼は同じものを使ったわ」

エドの顔つきが変わった。「どういう意味だ？」

わたしは彼が、わたしがロープとナイフを見つけたことについて知らないのだと気づいた――まだ話していなかった。誰にも話さなかった。エッセーを発表してほかの記事を読み始めるまで、意味のあることだと気づかなかったので、エッセーにも書かなかった。ここで、わたしはそれを彼に話した。襲われる数週間前、アンナと一緒に遊んだこと。ソファーのクッションを持ち上げて、ロープとナイフを見つけたこと。事件の夜とはちがって、わたしはそれらを鮮明に覚えていて、細かく説明することができた。編んであるタイプの青いロープ。フィッシャープライス製の玩具《おもちゃ》のような、黄色い柄。ピカピカの、汚れ一つない刃。

エドは立ち上がって少し歩き回り、それからまた座った。彼は警察のノートを取り出して表紙をめくり、シャツのポケットに手を入れてペンを出した。わたしに、全部をもう一度繰り返してくれと言った。

最初、わたしは彼の反応がおもしろいと思った。ロープとナイフからは何もわからないと言ったばかりなのに、どうして、わたしが一度それらを見たということにこんなに興奮しているのだろう？

でも彼を刺激したのはこの情報そのものではなく、十四年も経ってから、彼がそれを知ったという事実だ。情報の性質が、彼を興奮させた。わたしはずっとそれを知っていたのに、その意味を最近まで知らなかった。

こんなに年月が経ってからでも、あらたに露呈する事柄がある。

こうして、ナッシング・マン捜査の新しい段階が、最後の犯行から何年も経ったのち、その姿が最後に目撃された家で始まった。わたしはどこかよその家にいる彼を思い描く。たぶんキッチンでは妻が立ち働いていて、子どもが走り回っている。あるいは子どもがいたとしてももう大人だろうから、今では孫だろうか。これだけの年月、捜査を避けてきて、もう誰も自分を探しにこないだろうと、したり顔で安心しているだろう。

でも、わたしはエドという味方を得て、彼を追いかける。

もはや時間の問題だ。

過去六ヵ月のあいだ、センターポイントでの一日がこの木曜日ほどゆっくり過ぎたことはなかった。ジムは続けて二晩、ほとんど寝ていなかったので、退屈なだけでなく疲れてもいた。彼は本のサイン会にいる自分、ジムが『ナッシング・マン』の主題そのものであることをまったく知らないイヴ・ブラックから、数センチ離れたところに立っているところを想像しながら、勤務時間をやりすごした。そののち、丸一日働くという嘘《うそ》のおかげで得た自由な数時間で、ふたたびマリーナへ行った。この時間を使って、彼は車の中で昼寝をした。あまりにも疲れていて、そうするしかなかった。ようやく——ようやくだ——六時になり、彼はノリーンと一緒に町へ向かった。

河岸《かし》に沿って走っているとき、ノリーンがインタビューの時間について何か言った。

「インタビューの時間？」

「そう」ノリーンは助手席の窓から外を見ていた。「最初、著者の話を聞くインタビューの時間があって、それから本にサインをするのよ」

ジムは道路から目を離さなかった。「そんなことは何も言わなかったじゃないか」

彼は書店内のテーブルや棚のあいだを縫うように長い行列ができて、その先頭に女性がいて、自分の順番になって彼女に姿を見られるまで、まずはこちらが相手を見る時間がたっぷりあるものと想像していた。だがその想像は捨て、折り畳み椅子《いす》が何列も並んでいて、それと向き合って彼女が座っているという光景に替えなければならなくなった。彼女は聴衆を見渡し、その気になれば全員の顔を見ることができる。彼は、間《ま》際《ぎわ》での変更が嫌いだった。不意を突かれるのは嫌だった。細かい部分に意味がある。下準備が重要なのだ。

ジムがハンドルの上の手を十時と二時の場所から動かしたとき、黒い革に汗染みが残って光っているのが見えた。彼は手を元の位置に戻した。

「著者に質問をするのは誰なんだ？」

「ジャーナリストよ」ノリーンは言った。

「なんてやつだ？」

「知らないわ」

「調べろ」

「会場に着いたらわかるでしょう？」

「調べろ！」

ノリーンはため息をついた。「はい、はい」

ジムはポール・ストリートの立体駐車場に車を入れた。

「ダニエル・ケネディですって」ノリーンは携帯電話の画面を見ながら言った。「〈アイリッシュ・タイムズ〉の記者だと書いてある」

ジムたちは一階のエレベーターに近いところに駐車し、車からおりた。書店までは歩いて二分ほどで、ジムは自分がやろうとしていることの重みを肩に感じた。頭の中で小さな声が、やめろ、まずい考えだと囁《ささや》くのが聞こえた。

だが、行くべきだ、彼女が気づくはずはない、これは必要な調査だという、もっと大きな声もした。

こちらの声を、彼は信じた。

ジムとノリーンは、ポール・ストリートに面した裏口から書店に入った。ノリーンがジムより一歩先に出てドアを開いたとき、ジムは背中のこわばりが取れてリラックスするのを感じた。店は混んでいて、百人以上が集まって発する熱気や物音や喋《しゃべ》り声が、中に入ったとたんに二人を迎えた。

ノリーンの反応はジムとは逆だった。彼女は騒々しい人混みが嫌いで、なるべく避けようとした。ゆえにこうした状況では、要領よく立ち回れなかった。ジムはノリーンの様子が変化するのがわかった。急に緊張し、きょろきょろと周囲を見回し、不安げに顔をこわばらせている。

「あら」ノリーンは体を半分ジムのほうに向けて言った。店内の明るすぎる照明のせいかもしれないが、少し前より顔色が悪いように見えた。普段からうっすらと白い産《うぶ》毛《げ》が生えたままの口の上に、いくらか汗をかいているのは、人混みの熱気のせいだろうか。「どうしたらいいのかしら。思ったより混んでいて……」

ノリーンは助けを求めてジムを見た。

「もう来てしまったんだ」ジムは言った。「帰るわけにはいくまい」

ジムはノリーンを迂《う》回《かい》するようにして、店の奥、いちばん混みあっているあたりへ向かった。

そこには折り畳み椅子が何列も並べられていて、すでにそのすべてが埋まっていた。ジムは立っていなければならず、店内の片側に折り畳み椅子の列と向き合うようにおかれた小さなテーブルの、両脇にある二つの革張りの肘掛椅子の片方にイヴ・ブラックが腰かけたら、きっと目につくはずだった。いずれにしても、そこには舞台やスツールはなかった。イヴの視線は聴衆と同じ高さになる。それでも、だ。テーブルには水のボトルが二本と、小さな花瓶、そして隅に『ナッシング・マン』が一冊立てかけられていた。

ジムは肘や背中を押し分けるようにして、店の正面へ進んだ。メインの出入り口のすぐ内側に大きなテーブルが置かれているのが見えた。その半分ほどにワインや水の入ったグラスがならんでいて、その横にもう一つ同じテーブルがあり、そちらには本が山積みになっていた。その向こう、ノート類の棚の近くに、少し空間があった。そこに立てば、比較的近くから彼女が見え、向こうからは見えすぎない程度に離れていた。

ジムはその場所へ向かって進み始めた。

肩を叩かれるのを感じた。

ジムは振り返るつもりはなかった。たぶんノリーンか、前回ここに来たときにまちがって少しだけ話をした店員だろうと考えた。

でもそこで、呼びかけられた。「ジム？」

男の声。聞き覚えがあった。

振り向いた。

エド・ヒーリーだ。

この野郎。

「エド！」ジムは顔に笑みを浮かべ、手を差し出した。「久しぶりだな」

「ごぶさた」

二人はしっかり手を握り合い、三回振った。

「調子はどうだ？」ジムは訊《き》いた。

「ああ、元気だ。文句は言えないよ。そっちは？」

「ああ……汝《なんじ》自身を知れってところだな」

二人の男たちは、自然だと思われるよりほんの少し長く、互いを見ていた。

それからジムが言った。「まだ勤めを続けてるらしいな？」

「ああ、じつは……ぼちぼち辞めようと思ってる。クリスマスのころにはね。三十年は頑張ろうと思っていたが、物事は変わる。ある朝起きて、それを待ってるよりも自分の人生を生きたかったんだってことに気づく、わかるだろう？」

ジムは、エドが何を言っているのかまったくわからなかったが、とりあえずうなずいた。

「あんたはどうだ？」エドは訊いた。「最近はどうしてるんだ？」

「個人の警備員だ」元同僚たちに出くわしたとき、ジムはこう答えるようにしていた。

ジムも、引退した警察官がそう言うのをよく聞いたが、彼らが言うのは〝どこその金持ちの身辺警護〟であって、しようもないショッピング・モールの警備員ではなかった。

「へえ？」エドは言った。「地元で？」

「そうだ」

「仕事が懐《なつ》かしいか？」

「ぜんぜん」ジムはクスクス笑いに聞こえるといいと願う音を立てた。「おまえはここで何をしてるんだ？」

　ジムは、エドに訊かれる前にたずねた。

　若いほうの男は顎《あご》を上げ、ジムの背後のほうを指し示した。

「彼女の連れなんだ」彼は言った。

　ジムは振り向くまでもなく、エドの言っている人物が誰かわかった。背中に冷たい息を吹きかけられたかのように、彼女のことが感じられた。そちらを向くと、室内にいるほかの人々の姿はぼやけてしまい、識別できない塊になってしまった。

　その場には彼女しかいなかった。

　彼女はこの数分のうちに現われたにちがいない。革張りの肘掛椅子の近くに立って、男性と女性と話をしていた。男性のほうは、この前ジムが少し話した店長助手かもしれなかった。マイクを二本と、紙を何枚か持っているところを見ると、女性のほうが記者にちがいない。

イヴ・ブラックはジムが思っていた以上に背が高く、百七十センチほどありそうだった。平凡な人々が集まっているなかで、どこか優美な雰囲気だった。テレビで見たときほど痩せていないようだったが、着ているもの——レイヤード・ドレスか、スカートか——で体型が隠れ、どこまでが黒い布地で、どこから彼女の体が始まっているのかわからなかった。両手をポケットに入れ、上腕のあたりまでが布地のひだに隠れている。今夜はテレビのときより濃い化粧をしていて、肌にはぬくもりと湿度が感じられ、みっともない赤い口紅は、もっと自然なピンク色に抑えられていた。長いぶら下がるデザインのイヤリングをしていて、それについている小さな欠片《かけら》が動いて、彼女が頭を動かすたびに頭上の照明を反射し、彼女の目は大きくて、何かがちがう——

イヴが、まっすぐに彼を見詰めていた。

そして手を振った。

一瞬、ジムはそれに応《こた》えて手を振りたい衝動に駆られたが、視野の端で、エドが手を振るのが見えた。

彼女はジムではなく、エドを見ていた。

ジムは言った。「知り合いなのか？」

イヴはそれまでの会話に戻った。

「ああ、まあな……」エドは眉《まゆ》をひそめた。「イヴ・ブラックだよ」

「イヴ・ブラック？」

エドの表情は不可解で、ジムは、知らないふりをしすぎたかもしれないと心配になった。

「生存者だ」エドは言った。「パッシージの家の」彼は近くの、『ナッシング・マン』の本が積まれているテーブルを指さした。

「ああ……」ジムは言った。「ああ。そうか。すまない、エド。飲みこみが遅くて。妻に引っ張ってこられたんだよ。ここへ来てから、なんの本なのか気づいた。わたしの得意なものじゃなさそうだ」

エドは眉を上げた。「そうか？」

「ああ。それこそ、汝を知れだ。三十年も警察の仕事をしたあと、逃げられたやつのことなど読みたくないだろう。そうじゃないか？」

エドは言った。「ふうん」彼はジムを、数分前とはちがう、あらたな表情で見ていた。

穿鑿《せんさく》するように。

「じゃあ、おまえはこの本に関わっているのか？」

エドはうなずいた。「あんたもオプティック作戦にいたんじゃなかったか？　当時だよ？」

「なんらかの形で誰もが関わっただろう。わたしは何度か、電話係を手伝っただけだ」

「やっと見つけたわ！」

こめかみに汗を浮かべたノリーンがジムの左に立って、苛立《いらだ》った表情で彼を見上げていた。

彼女はエドに言った。「こんばんは。ジムの妻のノリーンです」

ジムは彼女を睨《にら》んだ。

ジムはエドがノリーンと初めて会い、どう思っているだろうかと考えた。背が低くて太っていて、垢抜《あかぬ》けない。ノリーンは、ジムに言わせればテーブルクロスのような、けばけばしい柄のワンピースに、白い運動靴を履いている。灰色の髪の毛は鳥の巣のようで、いつものことながら化粧もしていない。まったくひどい有様だった。

ジムはノリーンの顔を思い切り殴り、手近な硬いものに頭から叩きつけてやりたかった。唇を噛《か》んでわざと痛い思いをして、この場に留まり、衝動に駆られて動きださないようにした。

エドは自己紹介をして、ノリーンと握手した。

「あなたが、彼をここに引っ張ってこられたんですね」エドは愛想よく言った。

ノリーンは口を開いて何か言おうとしたが、やめて、問いかけるようにジムを見た。

「さて、みなさん」部屋の反対側から声が響いた。「準備はいいですか？　よければ席に座って……」

この合図に救われた。

ジムはノリーンの肘に手をおき、皮膚を乱暴につかんだ。

「場所を探そう」ジムは言った。「ここからじゃあ、何も見えない。会えてよかったよ、エド。またあとでな？」

ジムはすでに踵《きびす》を返し、ノリーンを促して動いた。

彼は彼女を引っ張って、人混みをかきわけて部屋を横切り、二人で立っていられる場所を見つけた。

イヴが見えて、彼女からはジムたちがよく見えない場所だ。

全国に生放送しているテレビ・カメラの前に座っていないと、イヴ・ブラックは様子がちがった。彼女は周囲を気遣う様子ではあるが、落ち着きのなさは消えていた。ジャーナリスト――ダニエルなんとかという女性――が始めるのを待つあいだ、自信に満ちて寛《くつろ》いだ様子で、静かに座っていた。紹介のあいだ（「……彼女は著者で、生存者で、探偵でもあります」）イヴは集まった人々を見回し、見知った顔を見つけて微笑《ほほえ》み、あちこちに軽く手を振ったり、うなずいたりした。

「どうでしょう」ダニエルは言った。「少し本を読むことから始めましょうか」

イヴはうなずいた。彼女は身をかがめて、椅子の足元においてある大きなハンドバッグから本を取り出した。それは『ナッシング・マン』だったが、そうではないとも言えた。表紙は柔らかい紙で何も書かれておらず、背の部分に白い文字で〝ナッシング・マン〟と印刷されている以外真っ黒だった。

彼女は水を少し飲み、咳払《せきばら》いをした。

「こんばんは、みなさん」彼女は言った。「お集まりくださって、ありがとうございます。この本の冒頭部分、イントロダクションを少し読もうと思います。まだ安全な部分です。無理に聞かせたくない部分もある……ご存じですよね」一拍おいて、「かなり陰惨な場面も」

聴衆のあいだに、囁き声が広がった。まちがいなく何人かは——大半だろうか？——そのために来ていた。

ジムは、そのような連中ががっかりしているといいと思った。そう考えると、愉快だった。

イヴはまた咳払いをして、それから力強い声で読み始めた。マイクの必要もなく、部屋の隅々まで充分に届く大きな声だった。マイクは彼女の椅子の横、テーブルの上にあったが、すっかり忘れられていた。

「〝誰かと会ったとき、わたしはたぶんイヴリンと名乗り、「よろしくね」と言うだろう。差し出されたあなたの手を握るためにグラスを反対の手に持ち替えるが、動きがぎこちなく、白ワインをこぼして、あなたにも自分にも飛沫《しぶき》をかけてしまうことになる。わたしは謝り、困惑して頬を赤らめるかもしれない。あなたは手を振って、いいえ、かまわない、大丈夫だと言うが、その日のためにドライ・クリーニングしたのかもしれないシャツをちらりと見て、こっそり汚れの程度を確認するのを、わたしは見逃さない。何をしているのかと訊かれて、わたしは会話が続いて残念なのか、ほっとしたのかわからない……〟」

ジムの注意が逸《そ》れた。この奇妙な状況に、我を忘れた。

ジムはここに立ち、イヴ・ブラックが彼について書いた本の朗読をするのを聞いていて、ナッシング・マンの調査を手助けした（成果はなかった）エド・ヒーリーが近くに立っている。

そしてノリーンが、すぐ横にいる。

地上何百メートルかで飛行機の開口部に腰かけ、足をぶらぶらさせながら飛び降りる合図を待っているスカイダイバーは、こんな気持ちではないかと思った。死に直面しているがゆえに、これ以上なく生を感じている。そのいっぽうで、何もかも計画どおりにいくという自信に満ち、何も怖がるものはなく、彼らとはちがって、こちらは然《しか》るべき代償を払っているのだと考える。

「〝これがいつも、あたらしく誰かと出会うときにわたしが恐れることだ。なぜならば、たしかにわたしは、その人物だから。

わたしは、あの女の子なのだ。

男がうちに押し入って、母と父と、当時七歳で永遠にその歳《とし》のままの妹アンナを殺したとき、わたしは十二歳だった……〟」

ジムは集まった人々を観察し、ナッシング・マンがまさにこの部屋に、彼らと同席しているとわかったら、どんな反応をするだろうと考えた。

逃げるだろうか？

それとも彼に向かってきて、質問を浴びせ、話を聞こうとするだろうか？

答えはわかっていた。誰もイヴ・ブラックに興味などない。これらの人々が本当に知りたいのは、イヴ・ブラックを今の彼女にした男、彼女を特別な存在にした男のことだ。彼について、もっと知りたいのだ。ゾディアック事件（米国で一九六〇－七〇年代に発生した未解決の連続殺人事件）の犯人や、彼より前に何人かがしたように、マスコミに接触しようかと考えたこともあったが、ここはアメリカではない。アイルランドは、そのような道化を演じる舞台としては狭すぎるし、それ以上に、鑑識技術が進んだ。

それでもなお、彼は心の一部で、自分の物語を話したいと思っていた。

だがそうはできず、ここに立って、戯言《たわごと》を聞いているしかない。

「〝うちはこの男が襲った最後の家族だが、最初ではなかった。うちは、二年のあいだで五件目だった。マスコミは、警察は彼について何も《ナッシング》わかっていないといって、男にナッシング・マンというあだ名をつけた……〟」

彼の前に立っていた男性――今ジムは気づいたが、それは店員の一人だった――が、突然レジのほうへ顔を向けた。遠くで電話が鳴っていた。男性はそれを取ろうとして急ぎ足で去った。ジムとイヴとのあいだに、遮るものが何もなくなった。

いま彼女が顔を上げれば、彼をよく見ることができる。

「〝……わたしは三十歳になった今、自分が失ったものについて、実際に失った十二歳のときよりもはるかによく理解する。その責任を負う怪物はまだどこかにいて、自由にしており、身元もわからない。もしかしたら、男はその間ずっと家族と過ごしていたのかもしれない。その可能性――その見込み――を考えると激しい怒りに駆られ、耐えられないほどになることもある。最悪の場合は、自分も殺してほしかったとさえ思う〟」

わたしもだと、ジムは考えた。わたしもだ。

だが正しい行為をするのに、遅すぎるということはない。

イヴは目を上げて、聴衆のほうを見た。

「そう、わたしはナッシング・マンから生き延びた女の子でした」彼女は言った、もう読んではいなかった。「今、わたしは、彼を捕まえようとしている女性です」二十年だと、ジムは考えた。大晦日《おおみそか》の夜にバリーズ・レーンの家に電話をかけて以来、およそ二十年が経《た》ち、そのあいだ、誰一人彼を突き止めることはできなかった。

アイルランド警察の力量をもってしても、忌々《いまいま》しいエド・ヒーリーにも、使命感に燃える一人の女性にだって無理だ。

イヴは顔を左のほうへ少し回した。

あたりを見た。

探すように。

彼女の目は、ジムで止まった。

「そう」彼女は言った。「信じてください。必ず捕まえます」

部屋が割れるような拍手が湧《わ》き起こった。

ジムは寄りかかるつもりで近くの本棚に手を伸ばしたが、その拍子に、どこかのばかが菜食主義の料理本の前の狭い空間に放置したワイングラスを倒してしまった。ノリーンはふくらはぎに酒がかかって飛び上がり、近くにいた五人か六人が、何事かとこちらを向いた。そのうちの二人がジムの顔を見てから、また前を向いた。

彼は寒くて、暑かった。口の中が渇き、舌が腫《は》れて分厚くなったような気がした。手のひらがじっとりしていた。

あれは、なんだったのだろう？

彼女は彼だと、わかったのか？

イヴは聴衆に向かって、ありがとうと言っていた。その横でダニエルが笑顔を浮かべ、やはり拍手し、それからマイクを手にして言った。「さて。いかがでしたか。今のはイントロダクションに過ぎません」

さらに大きな拍手。

イヴは自分のマイクを取って言った。「ありがとう。本当にありがとうございます、みなさん。ありがとう」彼女の頬がかすかに赤く染まった。イヴは当惑しているようだ。

あるいは、そのようなふりをしている。

「それでは本題に入りましょう」ダニエルは言い、手元のメモをめくった。「わたしはよく、本というのはそれに注ぎこまれた大変な労力を、特別にうまく隠していると思うんです」彼女はイヴとのあいだの小さなテーブルの上にある『ナッシング・マン』に手を触れた。「ここにすばらしい作品があります――繰り返し言わせてください、これはまさに驚くべき読み物で、きっとみなさん、今夜は夜更《よふ》けまで起きていることになるでしょう。でも、どのようにこれが書かれたかについて少しお話しします。そもそもの始まりに戻りましょうか、イヴ。多くのひとが、オンラインで読んだあの記事が『ナッシング・マン』の元だと思っています。でも本当は、創作クラスのエッセーだったんですって……？」

ジムは周囲を見回した。まだ少し水の入っている、縁に口紅のついたグラスが、近くの棚の縁におかれていた。彼はその持ち主に気づかれないうちに、素早くその水を飲んだ。舌は湿ったが、ひどい喉《のど》の渇きは変わらなかった。彼は聴衆に囲まれていて、動きたくなかった。これ以上、自分に注意を引きたくなかった。背中の下のほうが急に冷や汗で濡れた。鈍い頭痛が、こめかみのあたりに始まっていた。浅い呼吸しかできなかった。

彼はノリーンを見た。

ノリーンは体をひねって、スカートの後ろの汚れを見ようとしていた。不機嫌で苛立った様子で前に顔を戻した。それから顔を上げて、ジムを見たとたん、彼女の顔が変わった。

まず、驚いて目を見開いた。

次に、心配そうな表情になった。

小声で囁いた。「大丈夫？」

ジムはノリーンの両手を見た。何も持っていない。ノリーンは飲み物を取らなかったのだ。

ジムの役には立たない。

彼はノリーンを無視して、顔をそむけた。

イヴは水を一口飲んで、少し待たせたことをダニエルに謝った。

「かまいません」ダニエルは優しく言った。「ごゆっくり」

それから、イヴのエッセーについての話がしばらく続いた。イヴは締切りの間際までそれを忘れていたこと、その日がアンナの誕生日だったこと、エッセーに対する教授の反応を説明した。彼女は教授を〝有名な小説家〟と呼んだ。本の中で使ったのと同じ表現だった。彼女は、事件から何年も経ってからこうしたものを発表することが、犯人を捕まえる手助けになる可能性を考えて、自分の素性を明かす恐怖を乗り越えたと話した。ダニエルに向けて話をしながら、両手を動かした。はっきり、簡潔に話した。室内にいる一人ひとりが、彼女の発言に夢中になっていた。

ほぼ、全員が。

ジムは彼女を見て、待っていた。

また彼を見るためには、彼女はダニエルから顔をそむけ、彼女自身の左肩ごしに見やらなければならない。最初のとき、そうしただろうか？　記者から顔をそむけて、聴衆からもそむけて、彼のほうを見たか？

それとも、すべては彼の想像にすぎなかったのだろうか？

なぜイヴに、彼のことがわかるだろう？　彼女は階段の上に立っていて、彼はその下の階の影の中、一番下の段から数十センチ離れたところに立っていた。

十八年前だ。

彼女が十二歳のときだ。

「大変なことだったでしょう」ダニエルが言っていた。「過去を再訪するというのは。ところどころ、読むのさえ辛《つら》いところがあったのに、あなたはこれを生きてきました。どうして、それについて書くに至ったのでしょうか？　特にあの夜のことを――本に書いてあるとおり、あなたにとっては大半が音による体験だった。その……襲われたあとまで、何も見はしなかったんですね」

イヴは髪の毛を左の耳にかけた。彼女の薬指で、何かが照明を反射した。ジムはエドが使ったおかしな言葉を思い出した。〝彼女の連れなんだ〟

「あの夜のことで何を覚えているか、説明するのは難しかった――それは今もです。わたしが、どのように覚えているか。それらは一連の、断片的な記憶です。駒《こま》撮りのアニメーションって、わかるかしら？　ほら、〈ナイトメアー・ビフォア・クリスマス〉みたいな？」ダニエルはうなずいて、低く笑った。聴衆の何人かも同じようにした。「それの、出来の悪いものですね。動きが滑らかじゃなくて、飛び飛びなの。ぎくしゃくしてる。いくつかの駒が欠けているからです。たぶん、たくさんの駒が欠けているんでしょうね。でも覚えてはいます。だけどそこで問題になるのは、わたしが何を覚えているかです。わたしはあの場にいたけれど、いなかった。バスルームの暗がりに隠れていました。物音は聞こえたけれど、当時、それがなんの音なのかはわからなかった。怖かったのは確かですが、それ以上に混乱していました。そして……」

イヴは息をのんだ。「みなさんがご存じのように、その後の様子を見ました」

部屋はすっかり静かになった。

「でも彼のことは見なかった」ダニエルは言った。「ナッシング・マンは見なかったんですね」

イヴは首を横に振った。いいえ。「ほかには誰も見ませんでした。家族だけです。そして家族を見たときには、みんな……」

声が震えはじめ、イヴは言葉を切って水を飲み、ダニエルは気の毒そうにイヴを見て微笑んだ。

「先へ進みましょう――」彼女は言い、風船に釘《くぎ》を刺したように、室内の緊迫感がいっきに緩んだ。聴衆は求めてきたものを与えられないと知って、全体的に座席に沈みこんだように見えた。

イヴは嘘をついている？　それとも本当に覚えていないのか？

彼はついさっきあったこと、彼女が自分を見た様子を思い出し、じつは彼女はすべてを完璧《かんぺき》に覚えているのではないかと思い始めた。

「そののちですが」ダニエルは続けた。「あなたはおばあさんに連れられて、西へ行った。何がどうなっているのか、何が起きたのか、すぐに理解できましたか？」

「そうでもありません」イヴは言った。「祖母は多くのことを、わたしから隠していました。もちろん、ママとパパとアンナが死んだのはわかっていました。悪いひとがうちにきて、家族を殺したのは知っていましたが、本当に理解していたとは思えない、わかりますか？　たぶん理解したくなかったんです。わたしはとても小さかった。それが可能だったかどうかもわからない」

　ダニエルはうーんという声を出した。「ジャーナリストに追いかけられたことは……？」

「ナニーは、何人かが村をうろついて、わたしたちについて、さりげないとはいえない様子で訊いてまわっているという噂《うわさ》を聞いていたと思います。小屋に来たひとも、一人いたわ」イヴはあきれた顔をした。「いいえ、二人ね。カメラマンと記者だった。一緒に働いていると言っていました。浜辺からの小道を歩いて戻ってきたら、小屋の門の横で男のひとと女のひとが待っていて、わたしに質問をしてきたんです。奇妙なことに、わたしの名前を知っていた。わたしのことを知ってるひとたちなんだと思ったわ。それで質問に答えそうになったとき、ナニーが家から走って出てきて、二人に怒鳴って、わたしには中に入りなさいと言った」

「ほかにもいましたか?」ダニエルは訊いた。宙に指で引用符を描いてみせながら、「〝ナッシング・マン〟については、何か考えましたか?」

「中等学校に入ってからですね。想像がつくでしょう。十代の子たちは噂好きです。祖母は全力でわたしを守ろうとしてくれましたが、インターネットまでは手が回らなかった。わたしはこっそり図書室に行って、両親の名前をインターネットで調べました。でも、見つけたものを読む勇気はなかった。おかしいと思われるかもしれませんが、二つの世界があるみたいでした。自分のいる世界と、両親と妹がナッシング・マンの犠牲となって新聞に載っている世界。それはとても……かけ離れているというか? わかりません。説明するのは難しい。でも、スパニッシュ・ポイントにいた時期、すべては遠いところの出来事のようでした」

一拍、間があった。

「さて」――ダニエルは腕時計を見た――「時間が気になりますし、みなさんからの質問にも答えたいと思います。でもお終《しま》いにする前に……あなたは調査中に、ナッシング・マンの正体を突き止められなかったと明かしても、ネタばらしにはなりませんよね――」

「ええ」

「――でも、新しい情報をたくさん発見した。そうですね？」

イヴはうなずいた。「そのとおりです。わたし一人でできたことではありません。じつはエドは、元々の捜査を担当していたエド・ヒーリーにはとても感謝しています。彼が――最初に――複数の事件をこの地に連続殺人犯がいると気づいた人物なんです。彼が――最初に――複数の事件をつなげたんです」イヴは首を伸ばして、部屋を見回した。「どこにいるのかしら、エド？」

聴衆も同じようにして、彼を探した。

「あそこにいるわ！」ダニエルが、ジムがエドと別れてきた部屋の隅のほうを指さした。ダニエルはふたたび聴衆に向かって言った。「この本を読んだら、きっと、この男性がこの事件のため、恐ろしい殺人鬼を見つけるためにどれほど献身的だったか、きっと驚くでしょう。彼は今も動いています」

「彼にも拍手をお願いします」イヴは言った。

聴衆は、これに応じた。

ジムにはエドの姿は見えなかったが、何人もが同じ場所に向かって微笑んでいるのがわかった。彼らは何に拍手をしているのだろう？　エドはナッシング・マンを見つけたわけではないし、たった今、ナッシング・マンと同じ部屋にいることに気づいてもいない。

ダニエルは適当な時間をおいてから言った。「さて、新しい情報ですが。どんなことを教えてもらえるかしら？　たぶん――」

「ナッシング・マンがどうやって相手を選んだか、わかっています」イヴは言った。

部屋じゅうに、興味をひかれたつぶやきが広がった。

突然、ジムの世界が急停止した。

「まあ」ダニエルは小声で言った。

ありえない。それはできない。誰にもわからない。不可能なはずだ。

ジムはノリーンが何か言っているのに気づいた。

「ジム？　ジム、どうしたの？　そんなに頭を振って」

イヴは微笑んでいた。「これについては、とても嬉《うれ》しいと認めざるをえません」

「それはそうでしょう」ダニエルは言った。「だって……あの箇所を読んだとき、驚きました。それに、あのまとめかた……スリラーを読んでいるようでした！」彼女は聴衆を見た。「これ以上は言いません。お楽しみを奪いたくないから」

ジムは、心臓が胸から飛び出しそうだった。

ノリーンはまだ彼を見ていて、答えを待っている。

「最後にもう一つ」ダニエルは言った。「心配ではありませんか」――ここでいったん言葉を切った。ドラマを盛り上げる、見え透いた演出だ――「彼が襲いにくるんじゃないかと？　つまり……わたしたちの知るかぎり、彼はまだ自由の身です。今もこのコークにいると思いますか？　この本のことを知っていると思いますか？」

イヴは考えこんで、深く息を吸いこんだ。

「わたしはこう考えます」彼女は言った。「もし彼がまだ生きているなら、たぶんまだここにいて、ここにいるなら、たぶんこの本のことを知っている。でも、だからといってなんだというのでしょう？　わたしは彼を恐れてはいません。今では歳を取っているはずです。二十年近く、何もしていなかった。この二十年、捜査技術は飛躍的に進歩しました。もし今日《こんにち》、彼が何か罪を犯したら、数日で捕まるはずです。もしまだこのあたりにいるのなら、それを知っているでしょう。だからこそ、彼はやめた――もう逃げおおせられないとわかったからです。彼は――昔も、今も――けっきょくは臆病者《おくびょうもの》です。わたしはちがいます。わたしは彼に迫っている。本を書き終わっても、わたしの調査は終わりません。実際、この本が――みなさんがこれを読み、反応し、事件を思い出すことで――あらたな手掛かりを引き出してくれるだろうと考えます。ですからあなたの質問に、こう答えましょう。いいえ。心配ではありません。わたしは決意しています。彼を探し出すと」イヴは間をおいた。「絶対に探し出します——それも、まもなくです」

ダニエルは聴衆にイヴへの拍手を求め、満場の喝采《かっさい》のなか、ジムはノリーンに顔を向けて言った。「行こう。今すぐだ」

「でもケイティの本にサインをもらわなきゃ」

ケイティ。

ジムは、ここへ来た理由が娘であったのをすっかり忘れていた。

「わかった」彼は言った。「でも急げよ。裏口で待ってる」

ノリーンは何か言い返そうとした。ジムは、その時間を与えずに彼女に背を向けた。まわりじゅうで、人々が立ち上がり、お喋りしながら、イヴ・ブラックが座っている椅子の前に長い列を作り始めた。

ジムはそこから離れ、裏口のほうへ進んだ。

書店は幅も奥行もあり、中央で少し曲がっている。ジムは本の載っているテーブルやレジ、色とりどりの旗の下がった児童書のコーナーを通り過ぎた。店の正面から離れるほど、人混みはまばらになり、問い合わせのコーナーに着くころには、一人ぼっちになった。

ようやくだ。

彼は近くの本棚に寄りかかり、この数分で初めてのように感じられる、まともな呼吸をした。

〝ナッシング・マンがどうやって相手を選んだか、わかっています〟

わからないはずだ。不可能だ。

彼は家に帰って、あの本を手に取り、読み進める必要があった。

「ジム！　そこにいたのか！」

エド・ヒーリーの声だ。またもや。近い。あの男はすぐ後ろに立っているにちがいない。ジムは嬉しそうな表情を作ってから振り向いて、目の前にいたのは——

イヴ・ブラックだった。

とても近く、二人のあいだは五十センチほどしかなかった。ジムには、イヴの頰の産毛さえ見えた。瞼《まぶた》に塗られた光沢のあるアイシャドー。喉元の小さな窪《くぼ》みにおさまっている、細い金のネックレスの下で、かすかに動いている鼓動。

彼女はジムを見詰めていた。

それから、彼に微笑みかけた。満面に笑みを浮かべた。きれいに揃《そろ》った、真っ白な歯が見えた。

「イヴだよ」エドは言った。「イヴ、ジム・ドイルだ」

イヴは握手のために手を差し出さず、彼に近づこうともしなかった。彼女はその場に立って、じっと彼の顔を見ていた。

「あなたを覚えてるわ」彼女は言った。

ジムは膝《ひざ》から力が抜けそうになり、意識的に脳からの適切な指令を伝達して、しっかり立っているように指示しなければならなかった。彼は口を開いたが、何も出てこなかった。

もはやどこにも、言葉などなかった。彼の頭の中は、すっかり空っぽだった。自分の体の中にいるのではなく、近くに立ってこれを見ているような気分だった。

「覚えていませんか？」彼女はまだ、探るようにジムを見ていた。「当時は、ぜんぜんちがう外見でした。髪は長くて、暗い色だった」

ジムは心臓発作の経験はなかったが、今、それが起きているのかもしれないと考えた。突然胸が詰まり、喉が酸味を帯びて熱くなって、締め上げられるようだった。まったく呼吸ができない。遠くから押し寄せる津波のように、パニックを感じた。

イヴは問いかけるように彼を見た。

何か言え。何か言え。何か言うんだ。

ジムは言葉を絞り出した。「いや……覚えてないな」

イヴはちらりと、エドと視線を交わした。

「いいんです」彼女は言った。「たいしたことではありません」

ジムは、全身が炎に包まれるような気がした。舌先で唇を濡《ぬ》らそうとした。「あの——どこで……？」

「トガーの警察署です」イヴは言った。彼女はどうでもいいというように手を振り、彼に微笑みかけた。「すごく短いあいだだったから、気にしないで。覚えているとは思っていませんでした。わたしは顔を覚えるのが得意なんです」

冷水を浴びせられたかのように、突然彼は思い出した。二年か三年前だ。彼はトガー署の受付デスクにいた。彼女が入ってきて、ある警察官と話したいと言った。その警察官は、ダブリンのハーコート・スクエアのはずれの、国家犯罪捜査局《GNBCI》に異動になっていた。エイスリング・フィーニー。なんでもないことだった。せいぜい、三分か四分だ。

ジムがそのやり取りを覚えている唯一《ゆいいつ》の理由は、エイスリング・フィーニーだった。コヴェント・コートの女性を訪ね、ソファーのクッションの下に見つけたナイフとロープを押収してきた二人の女性警察官のうちの一人だったのだ。それを正式に証拠物として登録したのはフィーニーだった。袋に彼女のサインがあった。

それらを証拠物保管室から持ち出し、処分して以来、ジムはその名前を覚えていた。だがそれは何年も前のことで、警察官はあらゆる種類の仕事に関わるものだし、ジムの知るかぎり彼女に会いたいという女性は何かの関係者で……

だがあれは、イヴ・ブラックだったのだ。

「ノリーンとはぐれたのか？」エドはジムに訊いた。それからイヴに向かって、「彼は今夜、奥さんに引っ張ってこられたんだ。たぶん、奥さんはサインの列に並んで、きみを待ってるんじゃないかな」

「あら、そうなの？」イヴは言った。それからジムに、「ノリーンですか？　注意しておきます。ご主人が本を書くのに協力してくれたと話しますね。〝彼の名前を注意して探してね、そこに書いてあるから〟って」

〝そこに書いてある〟

「どんな調子ですか？」ジムは、だしぬけに言った。こうした状況で、普通のひとはこう訊くだろうと考えてのことだった。みんな、イヴのことを気にかける。彼女を気の毒に思う。いろいろあったけれど、その後イヴには楽しい人生を歩んでほしいと願う。「つまり――」彼は咳払いをした。「最近は、元気にしているのかな?」

一瞬、イヴは当惑したような顔をした。

「わたし――」彼女がその先を言う前に、誰かが彼女の肩を叩《たた》いた。書店員のようだった。行列について何か彼女の耳元で言い、彼女はうなずいて、すぐに行くと言った。それからジムに顔を戻した。「呼ばれているみたいです。みんなの本にわたしの名前を書きにいかなくちゃ。会えてよかったわ、ジム。悪く思わないでね。困らせてしまったわ。覚えていないだろうと思ってました。でも、助けてもらってありがとう。感謝しています。ノリーンに気をつけておきますね、あなたのことを褒められるように」今度は彼女は手を伸ばしたが、握手をするためではなかった。彼女は指をジムの左手首に回し、そこをつかんだのだ。イヴはジムと目を合わせた。「来てくれてありがとう。また会いたいわ」

ジムの頭の中のもう一つの声、危険を冒すのはいい案だと言った声が深みから現われて、言葉が――

「彼を捕まえられるといいですね」

――ジムの口から転がり出た。

「ありがとう」イヴは微笑んだ。「きっと捕まえます」

そうしてイヴは立ち去り、エドが別れの挨拶《あいさつ》を口にして、ジムの頭の中の雑音が大きくなり、彼は店から出ようとして歩きだした。しだいに人混みがばらけて、その大半が本を持っていた。彼は自動ドアを通り抜け、外の通りに出た。空は暗く、砂利は雨で濡れていて、霧雨が顔にかかり、彼は呼吸を落ち着けて心臓のリズムを元に戻そうとした。

彼女は知っている。

彼女は彼がナッシング・マンだと知っている。

だが知るはずがない。ありえない。

だが彼女は、彼の名前が本に書いてあると言った。三年前に二分ほど話した人物について書くことなど、あるだろうか？

それに、つながりを発見したというのはなんなのか？　それも不可能なはずだ。

彼は家に帰る必要があった。本の残りを読まなければならなかった。

背後のドアが開いて、ノリーンが出てきた。

「あら」彼女は言った。「待っててくれてありがとう」

ジムは、店内は混み過ぎてたとかなんとか、ぶつぶつと言った。

二人は通りを歩き始め、ノリーンは寒いのか、コートのボタンを留めた。

「サインをもらったのか？」ジムは訊《き》いた。

「ええ」

「彼女は何か言ってたか？」

「誰のこと？」

「著者だ」

「どういうこと？」

心の中で、ジムは叫んでいた。

「本にサインをしてもらうときだ」彼は、一つ一つの言葉を強調するように発音して言った。「なんて言われた？」

ノリーンがこちらに顔を向けるのがわかったが、彼は前を見たままで、彼女が急ぎ足にしなければ追いつけないほど、歩調を速めた。

「なんという名前を書くか訊かれて、来てくれてありがとうと言われただけよ。ほかに何を言われるというの？」

ケイティか。

本に書いてもらった名前はケイティだった。だからイヴは何も言わなかったのだ——ノリーンという名前の女性を待っていたはずだから。

家に帰る道中は、ずっと静かだった。家に入って、ジムはノリーンに本を見せろと言った。ノリーンは眉をひそめたが、それを渡した。

ジムはタイトルのページを開いた。ケイティという名前とイヴのサインが、緩やかな曲線を描く、同じ手書きの文字で書かれていた。

ノリーンもそれを見た。

「あの子、喜ぶわ」ノリーンは言った。

ジムはその瞬間その場でそのページを破り取り、何千もの小片にちぎってしまいたいという衝動を必死にこらえた。

9　つながり

わたしはすぐにでも本を書き始めたかったが、修士課程を終えなければならなかった。数ヵ月間、わたしはナッシング・マンのことを考えないように努めたが、たいていは惨《みじ》めに失敗した。コークに戻って、彼を探すための調査を始めたくてたまらなかった。最後の課題を提出した日、またバーナデットと会って、本の契約書にサインをした。それから荷造りをしに家に帰って、アパートメントを何週間か、あるいは何ヵ月か留守にする準備もした。

出発の前に最後にしたのは、ジョーとリアノンとの、会話のない落ち着かない夕食会だった。二ヵ月以上関係が続いた、数少ない友人たちだ。アイルランド国立大学で、新人歓迎週間の梯子《はしご》酒《ざけ》のさいに出会ったから、ほかに類を見ないほど長期にわたる友人と言える。この三人組は、バランスが均一ではなく、わたしがどちらかと会うよりも、二人は頻繁に会っていた。でもわたしは彼らを失いたくなかった。記事が出てから、二人が離れていきそうなのを感じていた。この夕食会はお祝いのはずだったが、二人はいまだにわたしが有名な犯罪の被害者であったという事実をうまく受け入れられておらず、わたしたちの誰も、少なくともこれから一年、わたしが自分の家族やほかの四つの家族に起きた最悪の出来事を詳しく調べて過ごそうとしているのに対して、シャンパンで乾杯するのが正しいのかどうかわからなかった。

別れ際《ぎわ》、わたしは週末にでもコークに遊びに来て、うちに泊まってくれと言った。深く考えたわけではない、とっさに口を突いて出た、気軽な招待だった。

「あなた、どこに滞在するの？」ジョーが訊いた。

わたしはこれに答えるのをためらい、それで彼女は顔を青くした。リアノンは、不快なのを隠せず、顔をそむけた。

わたしたちの友情が続くのかどうかわからなかった。もっとまずいのは、わたしがそれをどうでもいいと思っていることだった。真実を言えば、わたしは二人から離れて出発し、エドとコークと事件の暗黒部分に戻りたくてたまらなかった。それ以外の事柄は、気を散らす邪魔ものだった。わたしは大人になってからずっと、自分の正体を隠そうと一生懸命だった。今は、自分そのものであること以外、何も望まなかった。爽快《そうかい》だった。恐ろしかった。

翌日の朝一番に、わたしは車でコークへ行った。

そこにわたしが持っているのはあの家だけで、あの家の中に本を書くという行為を持ちこむのは不敬だと思った。エドの〝オフィス〟は使えないし、わたしは民間人なので、好き勝手にアングルシー・ストリートに出入りするわけにもいかない。題材の性質上、どこか人目につかずに仕事のできる場所が必要で、コーヒー店や図書館もだめだった。運のいいことに、エドのいわゆる〝オフィス〟から歩いて五分もかからないエグリントン・ストリートに、コワーキング・スペースがあった。空いていた最小の個室を借りて、机二つと本棚と、錠のかかるファイリング・キャビネットを三つおいた。大きなホワイトボードと小さなコーヒー・マシンを持ちこんだ。ブラインドを閉めて、必要なものはなんでも壁に貼《は》れるようにした。建物のマネジャーには、わたしたちはアイルランドの政治に関する本の仕事をしている、掃除は自分たちですると話した。

二〇一五年十一月の最初の火曜日、エドは青いプラスティック製の箱を積んだ車輪付きの小さなカートを引っ張ってやってきた。箱には〝警察署〟という文字があったが、近隣の好奇心をあおらないように、テープを貼って隠していた。それは八回の運搬のうちの一つだった。エドのところの署長は、わたしたちのオフィスが安全であること、その場所や活動を、事件に関して直接協力する者以外には明かさないこと、アングルシー・ストリートに戻す以外にどこかへ移動させないことを条件にして、それらを持ち出すことを認めてくれた。エドは、埃《ほこり》まみれのコンピュータや古いプリンターのケーブルをおいておく場所が増えて、たぶん上層部は喜んでいると冗談を言った。

何時間もかけて、わたしたちは荷《に》解《ほど》きをし、ファイルを整理した。エドは陸地測量局作成の、コーク市とコーク県の地図を壁に掛けて、赤いマーカーで重要な箇所に印をつけた。わたしは自分の机に、お気に入りの家族写真をおいた。二〇〇一年八月、クレアで一緒に過ごした最後の休暇のときの、ナニー、両親、アンナとわたし。

わたしたちは、おおまかな計画を立てた。夏までに、ナッシング・マンに関してできるかぎりのことを見つけることにした。確認すべき事柄、話を聞くべき人物、訪れるべき場所のリストを作った。その大半は、わたしがしなければならないはずだった――エドはフルタイムで仕事を続けるが、できるだけこちらにも時間を割くということだった。（そのため、それから十八ヵ月間、彼の自由時間のすべてはこの仕事に費やされることになった）そして九月に、わたしは実際に本を書き始めるはずだった。

翌朝、目覚ましのアラームが鳴るはずの時間よりもずっと早く、わたしは間に合わせの寝室で目覚めた。何かがちがっていた。家のせいだ、夜のうちに誰かが家に入ったのではないか。でも、わたしだった。わたしがちがっていたのだ。どこか、軽くなった。元気だった。まるで……興奮しているような？　そう、それだ。わたしは、エドと一緒に始めようとしていることで、興奮していた。そしてそれを、恥ずかしく思った。

　でもベッドにじっとしていられなかった。家にもいられなかった。とにかく動きだしたかった。いろいろなことがあったあとで、そうする必要があった。暗い、人気《ひとけ》のない道を走って町へ行き、机につき、コーヒーの一杯目を半分飲んだころ、仕掛けておいたアラームが鳴り始めた。

　わたしたちがまず最初にしたのは、事件全体の概要を見直すことだった。元々の捜査のあいだに作られたあらゆる書類——声明、報告書、記事など——に一枚残らず目を通し、新たな視点から検分しようとした。この作業の進行は、二つの要因によって滞った。技術的なことについてはエドに近くにいてもらう必要があったが、彼の時間は限られていて、書類の量は途方もなかった。まず、情報提供の回線に五千以上の電話があり、そうした電話についての一ページの報告書が五千枚以上あって、それらを見直さなければならなかった。古い大学時代の知人に、ボストンで育って、そこで父親が警察官として働いていた女性がいて、彼女は大人になってから、何かしらフィクション作品——テレビ番組、本や映画——が警察の捜査について勝手な描写をしていると、大声で悪態をつくのを習慣にしていた。「あんなの、ありっこない」と、叫ぶのだ。「あんなことにはならないわ」エグリントン・ストリートの小さなオフィスで過ごした何ヵ月かのあいだに、わたしは何度も彼女のことを思い出した。作品が現実に忠実でなければならないのなら、登場人物たちはただただ何時間も書類を睨《にら》んでいるばかりで、ものすごく退屈なものになっただろう。

　わたしたちはマスター・ファイルのようなものを作り、最も意味があると思われる情報をそこに入れた。わたしはすぐにエドから、物事を選別し、陳述書や証拠物件などを捨てる作業が、ファイルに入れるのと同じくらい重要であることを学んだ。それでも、何かを分類しようとするたびに迷い、事件の解決につながる決定的事項を手放そうとしているのではないかと、一瞬立ちすくんだ。決められなくて、夜眠れないこともあった。

　わたしたちの目的は、干し草の山の中から、干し草の山全体を吹き飛ばしてしまうほど影響力のある針を見つけ出すことだった。ナッシング・マンの被害者たちの関係だ。そんなものは、ないのかもしれなかった。彼はただ暗闇《くらやみ》を車で走り回って、無作為に襲う家を決めたのではないか？　オサリヴァン家はコーク市の端から十四キロ離れたベッドタウン、カリガラインのはずれに住む、子ども四人大人二人という構成の家だった。クリスティン・キアナンはコーク市南部の郊外に、一人で住んでいた。リンダ・オニールは三十五キロ離れた、県北部の町ファーモイに夫と一緒に住んでいたが、襲われたときは夫が不在だった。ウェストパークでナッシング・マンはコーク市に戻り、郊外の住宅団地に住むカップルを襲った。襲われた五軒のうち三軒は一戸建て、一軒は二戸建てで、もう一軒は両脇《りょうわき》が隣家とくっついているタウンハウスだ。女性たちは二十代、三十代と四十代で、平均的に魅力的である以外に特別な身体的特徴もなく、ウェストパークの家ではナッシング・マンは男性を一人殺した。わたしの家では、男性と女性と子どもが殺された。

　だが共通点があると、エドは指摘した。一見それらの家は散在しているようだが、地図に書きこんでみると——実際、書いてみた——一つを除いては、すべてがコーク県内の比較的小さな円内におさまった。ファーモイが唯一の例外だった。（ナッシング・マンはその地域に住むか、働いていたのだろうか？　何か馴染《なじ》みがあって、そこで犯行をおこなったのだろうか？）女性というのは、明らかに共通の要素だった。三回目までの犯行は女性一人を対象としていて、女性を含まない犯行はない。それから、被害者のあいだに最も明白な、見落としようのない共通点があった。あまりにも明白で、特別に考えもしなかったことだ。すべての被害者は、それぞれの自宅で襲われた。彼は被害者を道路上で連れ去ったり、別の場所に動かしたりはしていない。母も含めた二人などは、ベッドから動かなかった。

ソファーのクッションの下にわたしがナイフとロープを見つけ、クリスティンの隣人にも同じことがあったため、ナッシング・マンが家の住人を襲う前に、何度かそこを訪れていたらしいとわかる。電話の件で、ナッシング・マンは被害者をからかったり威《い》嚇《かく》したりするのが好きだとわかり、電話番号を知っていたのだから被害者についての情報を集めていたのだろう。彼は被害者の名前を知っていた。バリーズ・レーンでは、アリス・オサリヴァンの耳に四人の子どもたち全員の名前を囁《ささや》いて脅した。エドは、ナッシング・マンは犯行に先駆けて、何週間か、場合によっては何ヵ月も、被害者を秘《ひそ》かに追いかけまわしていたと確信していた。ウェストパークでは、住人が入る前の空っぽの完成した家で、錠のピッキングや窓の破壊、暗闇での行動などを練習していたにちがいない。ナッシング・マンは非常に注意深くて、現場には心的外傷と悲しみとお気に入りの青いロープ以外、何も残さず、役に立つ繊維やＤＮＡは採取できなかった。一度だけ、オサリヴァンの家の外の路上でクレア・バーディンに姿を見られたが、その似顔絵の男性を知っていると名乗り出るひとはいなかった。

　こうしたことから、ナッシング・マンが何者なのか、どのように犯行をおこない、何に突き動かされていたのか、多くの事柄がわかった。彼は前もって準備し、調査をしてから他者を襲う犯罪者だ。優越感を抱き、被害者や警察よりも自分のほうが賢いという自信がある。前もって家を訪れるのは、窃視症《せっししょう》の傾向を暗示している——犯罪者としてのキャリアは、覗《のぞ》き見から始まったのかもしれない。こうした事柄から、被害者を無作為に選んだと考えるのは筋が通らない。なんらかの方法で、彼らを選んだのだ。何か理由がある。でも元々の捜査ではそれが突き止められず、非公式に事件の見直しを始めてから十ヵ月経《た》った時点でも、エドとわたしもそれをつかめなかった。振り出しに戻り、行き詰まった。

　二〇一六年九月。アイルランドの夏の温暖な気候は、学校が再開する週にそのピークに達しそうだった。エドとわたしは珍しくバチェラーズ河岸のバーの外で、夕方の太陽を浴びながら休憩をしていた。そこは賑《にぎ》やかで、会社員たちがシャツの袖《そで》をまくり上げて裸足《はだし》になり、椅子《いす》に寝そべって陽光を顔に受けていた。エドと自分がそこにいる理由、自分たちのしていることを忘れるのはたやすいことのように思え、その晩、わたしは心の一部でそうしたいと願っていた。絶望しかけていた。すべてに目を通したのに、新しい発見はなかった。わたしたちはぼんやりと、汗をかいているビール瓶のラベルを剝《は》がし、ビールを飲むあいまに、何か見落としていることがあるはずだと話した。

そこで、わたしはあることを思いついた。事件のファイルにあらたな発見はなかったが、それらを見直したのは、新しいことを発見したからだった――これほどの年月が経ってから、わたしがクッションの下にロープとナイフを見つけたことの意味がわかった。わたしはパズルのピースを持っていたのに、最近までそれに気づかなかった。ほかの生存者たちも無自覚のままそんなピースを持っていないかどうか、話してみる価値があるのではないか？

簡単にいくとは思えなかった。クリスティン・キアナンはナッシング・マンに襲われた心的外傷により、何週間か後に自らの命を断った。リンダ・オニールは再婚して、サンフランシスコに住んでいた。彼女は電話でエドに、わたしがナッシング・マンの正体を突き止めようとする気持ちはわかるが、自分は人生のあの時期を思い返す気はないと言った。彼女は再婚後の名字を明かさないでくれと言い、謝ったうえで電話を切った。ウェストパークの事件には生存者はいないので、あとはナッシング・マンの最初の被害者であるアリス・オサリヴァンが残るのみで、この人物はバリーズ・レーンの家にはもう住んでいないことがすぐにわかった。数本の電話と、たくさんの手詰まりのあと、ようやくダブリン県マラハイドの電話番号に行き着いた。そこへ電話をかけたとき、残念ながらアリスは二年前に骨肉腫《こつにくしゅ》で亡《な》くなったと言われた。そのとき電話に出たのはアリスの娘のナンシーで、二十七歳になっていた。

ナンシーは結婚して子どもが二人いて、家族がバリーズ・レーンの家から移り住んだ家に住んでいた。父親も、五年前に心臓発作で亡くなっていた。でも彼女の話では、マラハイドへの引っ越しによって家族は事件をある程度過去のものとして前進し、その後、両親は家族とともに楽しく暮らし、外国旅行などもしたとのことだった。ナンシーは正義を求めるわたしの思いをよく理解し、喜んで協力したいが、彼女からつけくわえられる情報はあまりないと言った。彼女は寝室にいて、幸いなことに家の中の出来事を知らず、当時十歳だったので、いま思い出せることはほとんどないという。でも彼女には提案があった。〝兄のトミーに電話してみるわ。兄ならもっと覚えていることがあるかもしれないし、兄は一九九九年の大晦日《おおみそか》に直接ナッシング・マンと話しているのよ〟

トミーは熱心に話をしてくれた。彼はオサリヴァン家の長男で、事件後の様子をはるかによく見聞きしていた。ナンシーが両親は楽しく暮らしていたと言ったのは真実だったが、それは彼女なりの真実、彼女の見解だった。年上のトミーは、ちがう意見を持っていた。彼は、母親は衰弱性のうつ状態に苦しみ、癌《がん》の診断を受けるまで、心的外傷後ストレス障害で毎週セラピーに通っていたと教えてくれた。ナッシング・マンが彼らの家にいたのは一時間足らずだったが、治ることのない心的外傷を残した。もう二度と、心から安心できることはなくなった。ナッシング・マンは顔のない怪物となって母親の心の隅にうずくまり、トミーはその責任を負う男が捕まらず、罰も受けずにいることに腹を立てていた。彼は本を、そしてエドとわたしがしている調査を歓迎した。でも彼は今、アブダビに住んでいた。ぜひ直接会って話したかったが、彼が戻ってくるのはクリスマスで、三ヵ月も先だった。エドもわたしも電話やビデオ通話では何かがちがうと感じ、旅行を正当化もできなかった。わたしたちはするべきことのリストにあるほかの事項に忙しくしながら、待つことにした。

十二月半ば、わたしたちは飛行機でやってくるトミーに会いに、ダブリン空港へ向かった。到着ロビーで、人々がスライディング・ドアから流れ出てきて、待っていた愛する者たちの腕の中に飛びこむかたわらで、彼を待った。周囲は歓声や涙にあふれ、〝おかえりなさい〟という手書きの看板を持っている者もいた。わたしはというと、会ったことのない、お互いの人生を変えた殺人犯について話し合うはずの男性の名前を書いた看板を持っていた。こんな状況が、暴力的犯罪の被害者にはよくあるのではないかと思う。外見は元気そうに見える。普通に見える。ほかのみんなに溶けこんでいられる。でもじつは秘密があり、そのせいで、〝別のひと〟に分類される。周囲の人々の人生は自分とはあまりにもちがい、SF小説のようかもしれない。わたしは到着ロビーで家族を待った経験はない。わたしは家族全員を失った。もし将来、自分の家族を作ることができたら――そのために必要な段階を考えたら、まったく不可能に思えたが――わたしは家族を、自分の同伴なしでどこかへ行かせたりはしないだろう。あまりにも怖すぎる。家に一緒にいたとしても、安全だとはいえないのだから。わたしはその証拠を、直接見ていた。

　トミー・オサリヴァンは三十三歳で、航空宇宙関係の会社でエンジニアとして働いていた。黒髪と髭《ひげ》に白いものが混じり、カジュアルにジーンズをはき、革のメッセンジャー・バッグを肩にかけていた。彼はアブダビからロンドンに飛び、ロンドンからここへ飛んだのだが、荷物は最初の行程しか運ばれなかった。彼は結婚指輪をしていた。妻のアマンダはイングランドに家族がいて、そこで数日過ごしてから、マラハイドのナンシーの家で合流することになっていた。トミーは温かくて気さくな感じで、話しやすく、何度も急いでいないと言って、寛大に時間を割いてくれた。わたしたちは中二階のバーでテーブルにつき、コーヒーを注文した。わたしは会話を携帯電話で録音してもいいかと訊き、彼は承諾してくれた。

彼は、この日を長いこと待っていたと言った。あと数週間で十七年。

警察はあの家でトミーに事情聴取したが、短い時間だけで、事件直後の朝でもあり、トミーは――彼自身の表現では――まだその出来事に呆然《ぼうぜん》としていた。何ヵ月も経ったあと〈クライムコール〉を見て、いたずら電話が事件に関係していたと気づいたとき、また警察に話したが、やはり聴取は短時間だった。彼はずっと、自分は警察が考えるよりも多くのことを知っていると感じていた。トミーは、あの事件は無作為の犯行ではなく、彼の家族が狙《ねら》われたのだと確信していた。選ばれた、という表現を、彼は使った。何年も経った今でさえ、彼はその理由に悩んでいた。なぜ彼のところだったのか？　なぜこの男は、あんなことをしたのだろう？　そしてなぜ、捕まらないのだろう？

トミーはその夜の出来事を話してくれた。彼にとっては、それはナッシング・マンが立ち去ったあと、早朝に始まった。電話が鳴り、それを受けると、早朝でしかも隣の部屋にいるはずの、父親の声がしたという。施錠された寝室のドア。父親が外に出て、トミーに警察に通報しろと叫んできたこと。少し開いたバスルームのドア越しに、母親のナイトガウンを見たこと。その日遅く、治療を受けてきれいになった状態で病院から出るまで、母親をまともに見ることはなかった。警察の対応。すぐさま警察も父親も、タイガー誘拐がうまくいかなかったのだと仮定したこと。

「うまくいかなかっただなんて、なんなんでしょうね？」トミーは両手を上げるようなしぐさをして言った。これだけの年月が経っていても、まだその仮定に対する怒りがふつふつと感じられた。「タイガー誘拐にはギャングと車がつきものです。それはどこにあったというんでしょう？　男が一人いただけで、車などはなかった。いったいどの時点でうまくいかなくなった？　そもそも誘拐じゃなかったんだから、成功するはずもない。証拠は何もありませんでした。そういうことになったたった一つの理由は、父が銀行の支店長だということで、それを警察に言うというまちがいをおかしてしまった。こんな調子でしたよ。〝ああ、すばらしい。謎《なぞ》は解けた。タイガー誘拐だ。さあ、次！〟」彼の話は事件の二週間前の電話にさかのぼった。友人が大晦日のいたずらでかけてきたと思ったというものだ。彼はその声を、そしてその印象を描写した。がさがさしていて、奇妙で不自然だった。芝居がかった囁き声。〝ゲームをしよう〟〈クライムコール〉を見ていて——たまたま、チャンネルをあちこち替えているあいだに映った——あの電話が事件の一部だった、自分はナッシング・マンと直接話したのだと気づいて、ぞっとしたという経緯を語った。

わたしは彼に、事件の前の何週間かに、家の中で何かおかしなものを見つけたことはなかったかと訊き、自分がナイフとロープを見つけたことを話した。でもトミーには、バリーズ・レーンの家で同じようなことがあったという記憶はなかった。

エドは、まず最初にトミーに会いたかった理由を説明し、できるだけ多くの生存者に会いたいと思っていると話した。とにかく、ナッシング・マンが選んだ被害者たちのあいだに、関連を見つけたかった。何かあるにちがいないのだが、何を探しているのかが明確にわからなければ、それを見つけるのは難しい。

でもトミーとわたしはナッシング・マンに狙われた家族の最年長の子どもで、お互い、何キロメートルかしか離れていないところで育った。事件があったころの家族との暮らしの中の出来事を共有し合えば、何か共通のものが見つかるかもしれない。〝ナッシング・マン・スナップ〟というおかしなゲームのようで、かなり時間がかかる。でも、わたしたちにはそうするしかなかった。

わたしたちは、基本的な事柄から始めた。学校と教師、友人、親戚《しんせき》、クラブやその他の活動。そこから話を広げていった。みんなで行ったレストラン、よく訪れた映画館、何度も通ったショッピング・センター。母がどこでまとめ買いをしたか。休日はどこに行ったか。天気が良ければ、どこに行ったか。そうでなければ、どこに？　バスの路線、美容院、病院。家に届けられたもの。トミーの記憶のほうがわたしよりずっとよかったが、それは彼のほうが年上だったからだ。彼は、家族が使った図書館や、弟や妹のうちの二人が習っていたピアノの教師、母親が好きだった園芸用品店などを覚えていた。そこに一緒に行ったとき、カフェで何を頼むのが好きだったかまで思い出せた。でもわたしたちのあいだをつなぐものは、何もなかった。

　ナッシング・マンが家に来たとき、トミーはわたしより四歳年上だった。彼には、家庭以外での生活が始まっていた。友人たちと、たくさんの時間を過ごしていた。それで世界が広がった。彼の家族は、日曜日の午後にドライヴしたり、休暇で出かけたり、気候のいいときは海に泳ぎにいくなどしたが、うちの家族の活動は、ナニーの家に昼食を摂《と》りにいくか、短いあいだ外遊びをするかぐらいだった。母に用事ができると、母は出かける途中でわたしたちを祖母の家に預け、帰りに拾うというのが常だった。それが、みんなに都合がよかった。わたしは週末に友人の家に行くことはあっても、学校の外の活動はあまりせず、アンナはまだ小さすぎた。トミーには親戚がたくさんいて、うちは両親のどちらも一人っ子で、祖父母もナニーしかいなかった。こうして、世紀の変わり目におけるわたしたちの世界をベン図で表現すると、彼の円はわたしの円より数倍大きくて、重なった部分に書くべきことは何もなかった。

わたしたちは、話題が尽きるまで粘った。トミーはまだ時間は大丈夫だと言ったが、見るからに疲れていた。彼は、なんとしてでもつながりを見つけると決心していた。

わたしたちはコーヒーを追加で注文した。

わたしは会話を録音していたが、このあたりは長く無言が続いて、ときどき陶器のカップの内側にティースプーンが当たる音が聞こえる。

やがて、ほとんど発言していなかったエドが、口を開いた。

「もしかしたら、彼のほうが来たのかもしれない」彼は言った。「家の外で会った誰かではなかったんだ。当時、家に来訪者はなかったかな？　見知らぬひとや、ご両親の新しいお友だちで、その後は会っていないようなひとは？　何かの販売員、チャリティーの集金人、作業員——そんなひとは？」

わたしがそれに見合うようなことがなかったか、記憶を掘り起こしていたとき、トミーが低い声で言った。「警察官が来た」

エドはすぐさま反応した。「警察官？　襲われる前に？」

トミーはうなずいた。「そう。数ヵ月前だった」彼の記憶では、こうだ。

ある晩、まだ暗くはならないが日の暮れたころ、玄関の呼び鈴が鳴った。トミーは居間でテレビを見ていて、その傍らで母親が学校用のシャツにアイロンをかけていた。それらは新品で、ビニール袋から出したばかりだった。母親は、アイロンで折りじわを伸ばそうとしていた。トミーによれば、このためにこの出来事が学年の始まるときだとわかり、だから一九九九年九月のことだった。

トミーは寝椅子に座っていて、開いた居間のドアから廊下の先、玄関の端の数メートルほどを見ることができた。母親が玄関のドアを開けたとき、まちがいなく警察の制服を着た人物の右腕と肩が見えた。好奇心が湧《わ》いて、トミーは会話を聞こうとしてテレビの音を消した。男性の声が、このあたりで窃盗が起きていると説明するのが聞こえた。これを住人に知らせ、必要ならば家の警備体制の強化を促すために、警察官が戸別訪問をしているという。このあたりで、トミーの父親も玄関に出ていった。

「それで覚えているんです」トミーは言った。「母が父に顔を向けて、〝だから言ったでしょう。温室のドアを直さなくちゃって〟みたいなことを言った。警察官の前で、です。母はそのドアのことをいつもぶつぶつ言っていて、父は必ず誰かに見させると言いながら、けっきょく何もしなかった……それから数ヵ月後に、そのドアからナッシング・マンが入ってきて、警察官の来訪後も、近くで窃盗事件があったと聞いたあともあのドアについて何もしなかったことを、わたしは呪《のろ》いましたよ。でもいま考えると……」トミーは言葉を切った。「あの男は本物の警察官じゃなかったのかもしれないな」

「車は見ましたか？」エドは訊いた。

トミーは、車を見たり、その音を聞いたりした記憶はないと言った。

「窃盗があったのはどこの家か、覚えていますか？」

「いいえ」

「その男性がどんな風貌《ふうぼう》だったか教えてもらえますか？ 顔は見ましたか？」

「残念ながら、見なかった。父と同じぐらいの身長だったと思うが、それだけです」

一瞬、落胆をはらんだ静けさが落ちた。

わたしは大きく息を吸いこんだ。

「うちにも、警察官が来たかもしれないわ」わたしは言った。「そんな気がする」

二人の男性たちがとても真剣な顔でこちらを見たので、わたしはすぐにこれを言ったのを後悔した――わたしの記憶は、実際あったことというよりは、その可能性に過ぎなかったからだ。

暗くなってから呼び鈴が鳴った。その時間に聞くと、それは奇妙に耳障《みみざわ》りに響いた。

わたしは宿題を放り出して、なんだろうと思って階段の上に立った。普通じゃない出来事に興味があったが、階段を駆け下りて自分でドアを開いたりしないぐらいの分別はあった。廊下に明かりがついた。影が伸びて見えた。男性の声がしたが、言葉は聞き取れなかった。母が、〝まあ、誰ですか？　ロス？　コレット？〟みたいなことを言った――それらは父と祖母の名前で、それまで母がその名前で呼ぶのを聞いたことはなかった。見えない男性がさらに何かを言って、母はほっとしたような声を出した。それから、ドアの錠をしないことについて何か言った。

「覚えているのはそれだけ」わたしは言った。「いつだったかはわからないけれど、警察官だったかもしれないわよね？　母は、誰かが死んだとか、事故に遭ったと知らせに来たと思いこんだ。でもそのひとは――たぶん、だけど――窃盗の話をした。どう？　そうだったかもしれないでしょう？」男性は二人とも何も言わず、わたしは困惑して、頰を赤くした。「いいの、すごく曖昧《あいまい》だわ。夢じゃなかったとは言いきれない。気にしないで」

　エドはわたしから、トミーへ視線を移した。

　トミーは彼を見た。

　エドは言った。「それだ。それだ。それだ」

単語がジムの目の前で揺らいだ。彼は本を閉じて、そのまま膝《ひざ》の上に落とした。両手が震えていた。

では、彼らは知っているのだ。彼らは知っていて、そして知らない。彼らはパズルのピースを集めた。うまく組み合わせるのは、時間の問題だ。彼にどれほどの時間が残されているのか、見定めるのは難しい。でも時計の針は進んでいる。

それが、彼には見えた。

感じられた。

ジムは居間にいて、ケイティの『ナッシング・マン』を読んでいた。ノリーンは何時間も前に、イベントから戻ってまもなく、頭痛がするとつぶやきながら寝にいった。よく眠れるという副反応があるといって好んで使う、痛み止めを探していた。ジムは以前のように小屋へ行こうかと考えたが、外は寒かったし、ケイティの本がここにある。ここは暖かくて、座り心地のいい椅子もあった。

ありそうにないが、ノリーンが下りてきたとしても、慌《あわ》てる必要はない。本を見ていただけだと言えばいい。彼はエドを知っている。イヴ・ブラックが本のための調査をしていたとき、トガー署で彼女と会ったことがあるとわかった。

彼女が彼のことを探していたときに。

彼女は彼を見つけないかもしれないが、彼につながる道を発見した。

ジムは本を脇におき、飲み物の戸棚に向かった。あまり馴染みのない場所だ。彼はほとんど酒を飲まない。でも、気持ちを鎮《しず》める何か、頭の中の興奮を冷まし、もう少しはっきり考えられるように、物事を落ち着かせてくれるものが欲しかった。

埃を被《かぶ》った、半分ほど空いているウィスキーの瓶を選び、氷を縁まで入れた背の低いグラスに注いだ。椅子に戻り、グラスをテーブルにおいた。しばらくのあいだ、グラスについた水滴が流れ落ちるのを見ていた。氷が溶け始めた。

酒を一口飲み、その味に顔をしかめた。喉《のど》から胸へかけて、焼けるように液体が落ちていくのを感じた。

ジムはまた本を手にしたが、開かなかった。以前したようにカバーを撫《な》でた。自分の本は用心のためにカバーを捨ててしまったので、できないことだった。

今は注意する必要はない。

文字は箔押《はくお》しで、滑らかで光沢があった。ジムに向かって、盛り上がっていた。

ナッシング・マン。

今や、暗闇から現われ出ることになった。これほどの年月が経ってから。いや、暗闇から引きずりだされるのか。

彼がそうさせればの話だ。

なにもかも、トミー・オサリヴァンのなにげない発言のせいだ。当時は十代だった人物。もう一人いた！　彼とイヴが共謀している。

ジムの仕事、警戒、技能、計画、才能――そのすべてが、二人の育ち過ぎた子どもたちによって台無しにされようとしている。

まったく、腹の立つことだ。

一九九〇年七月に、彼はそれを思いついた。

当時、ジムはマローの警察署の新人だった。三年間勤めたミルストリート――警察学校を出てすぐに配属された――で上司との関係が悪くなったあと、ここに異動になった。彼はマグカップをつかんで壁に投げつけただけだったのだが、上司がその壁の前に立っていて、マグカップには熱いお茶が入っていた。ジムは七歳の少年がフロントガラスを破って放り出されて、七メートル下の道路に落ち、そこで反対側から走ってきたトレーラートラックに轢《ひ》かれた現場に立ち合ってきたばかりだった。少年の死体は、道路からこすり取らなければならないような有様だった。ジムは見てきたものを持て余したと言い、もっともらしくするために二、三粒の涙を見せさえした。この騒ぎのせいで、彼はマローに異動になった。でも真実をいうと、ジムは愚かな奴《やつ》らに愚か者のように扱われるのにうんざりしていて、その日、ついに耐えられなくなったのだった。

署の外では、彼は自分にふさわしい尊敬を得られた。制服には特別な力があり、彼を愚かな公衆や犯罪を犯す闇社会や、スピード違反をしたり飲みすぎて閉店時間にパブから出てきて何を見ているんだと言ってほかの愚か者を殴ったりするような愚か者とは区別してくれる。通りを歩くとき、彼は必ず親指をベストにひっかけ、ベルトやそこからぶら下がっているもの全部の重みが腰にかかるのを感じ、とても気分がいい。背が高くなったような。強くなったような。通りすがりのひとたちが彼を見て、見ないふりをし、信号が変わる前に道を渡ったり駐車禁止場所に車をおいたりゴミを捨てたりするのを躊躇《ちゅうちょ》するのに気づく。たしかに些細《ささい》なことだ、でも、彼らは彼の存在に気づいている。

彼を見ている。

彼に敬意を示している。

現場に立ち合わなければならないとき、目撃者の事情聴取をしたり、誰かに手錠をかけて車の後部座席に乗せたりするとき、同じ感覚が最高潮に高まり、低く脈打つような音を、実際に聞こえはしないが胸の中に感じるような気がした。こうした瞬間、彼はそれまでの人生が今この場所、この仕事に至るまでの前振りだったように思った。彼は、自分のするべき仕事をしているのだと感じた。

署の中では、話がちがった。彼は階級の最下位にいた。物笑いの種でさえあった。

誰も彼に敬意を払わなかった。誰も彼を好きではなかったが、そんなことはどうでもよかった。同僚たちは彼に近づかず、隠れて彼のことを嘲《あざけ》っているのではないかと、彼は疑い始めた。同僚の一人にミルストリートに友人のいる者がいて、署じゅうに、ジムが交通事故の少年のことで取り乱したと言いふらした。ほかの職員が現場から戻ってきて涙を拭《ぬぐ》い、マグカップを要求し、上司を探すようなふりをすることが、二度ほどあった。

すべては、ジムが彼らより優れていて、それを彼らが知っているからだ。彼らはそれを知っていて、我慢できないのだ。

あの日、すべてが始まった日、ミードウブルックについての電話があって、ジムとデイヴィッド・トゥーメイが戸別訪問を手伝うように命じられたとき、ジムはデイヴイッドがこの組み合わせに嫌そうな顔をするのに気づいた。二人は現場まで押し黙ったまま車で走っていった。たぶんそれでよかったのだ。デイヴィッドは運転がへたで、ジムとしては、彼の気を散らして事態を悪化させたくはなかった。

こんなことが起きていた。前の晩、手ごろな価格の二戸建て家屋の並ぶ、ミードウブルックという団地住宅の敷地内で、三軒が、住人の就寝中に窃盗に遭った。窃盗犯は居間の電子機器、現金、眠っている女性のベッド脇にあった宝石類などを持ち去った。狙われた家は地所内に散在していたが、これをやったのが誰であれ、犯人は迅速に動き、そこにいることさえ誰にも気取られず、次々と仕事をこなした。明らかに、事前に計画を立てていた。ここ何週間か、そのあたりでその時間帯に何度も白いワゴン車が目撃されていた。ジムとデイヴィッド・トゥーメイは地所内の家を戸別に訪問して、ほかの住人で白いワゴン車を見た記憶のある者がいないかどうか訊《き》いてまわる仕事の手伝いをすることになった。

二人組でやってもいい仕事だった――すでに現場には、充分な人員がいた――だが、責任者と会ったとき、デイヴィッドはある提案をした。一人ずつ分かれて動けば、同じ時間に二倍稼げるだろう。たしかにそのとおりだが、ジムは、デイヴィッドがなぜこう言ったか承知していた。ジムから離れたかったのだ。ジムもそれでけっこうだった。彼のほうも、相手から離れたかった。

彼らは家の長い列を二つに分けた。ジムが通りの片側の家を、デイヴィッドが反対側の家を受け持った。最初の四軒はごく普通だった。警察に喜んで協力するという姿勢で、ドア口で彼の話を聞いたり、中に招き入れて、制服姿の彼に何か提供できないだろうかと、単調な日々の記憶をたどったりした。みんな、彼を喜ばせ、感心させようとした。でも誰も重要な情報を持ってはいなかった。

それから、五軒目に、アルバがいた。

この女性はドアを開けたとき、気が散っていて、ぴりぴりしており、すぐにでも奥のほうから聞こえる金切り声のほうに戻りたい様子だった。

ジムは暗い目と、きつくカールしている乱れた髪を見た。

彼女は彼の制服を見て、表情を変えた。一歩前へ、光の中に出た――

ジムはそこに、ジーンが立っているのを見た。

もちろん、それはジーンではなかった。そんなはずはない。本当のところ、二人の女性は似ても似つかなかった。似ているような感じだったと言ったほうがいい。彼の胸の奥で、ドアが開いた。ミードウブルックの家の戸口に立ったその瞬間まで、彼は、ジーンだけがその鍵《かぎ》を持っていると思っていた。

ジーンは彼のベビーシッターだった。彼が七歳から十四歳までのあいだ、ほぼ毎週土曜日の夜、ジムのおばのアグネスがその週に夢中になっている若いツバメとともに町へ出かけるさい、彼の世話をするためにやってきた。ジーンは面白かった。複雑なゲームを考え、おかしな映画を持ってきて見せたり、彼女のお得意の隠し味だという蜂蜜《はちみつ》を使ったチーズ・サンドを焼いてくれたりした。彼女は暗い日々における明るい光で、彼女が帰ったあと、ジムは次に来る日を指折り数えたものだった。

だがそうこうするうちに、二人とも成長した。いつも彼女のほうがずっと年上に見えていたが、年月が経つうち、ジムは何かの魔法で、彼女に追いつけるのではないかと思い始めた。何年にもわたる土曜日の夜を経て、ジーンは歯列矯正具がはずれ、髪型が変わり、ちがった服装をし始めた。そして彼女自身も変わり、ちがった体型になった。ジム——彼女はいつも、ジミーと呼んだ——はこれに気づき、特別な思いを抱くようになり、彼女がいないとき次回を待つ以上に彼女のことを考えるようになった。彼女が来たときの態度が変わり、土曜日の夜は、あらたに危険をはらんだ緊迫感のあるものになった——すくなくとも、ジムにとってはそうだった。

ジムはジーンに恋焦《こいこ》がれた。この気持ちを癒《い》やす唯一《ゆいいつ》の方法は、彼女のことを夢想することだった。彼女への想《おも》いにどっぷり浸《つ》かり、目を閉じて夢中になる。彼の想像の中では、二人はいつも一緒だった。幻想の世界で、彼は淡いピンクの肌に触れ、彼女のブラジャーに手を押しつけて、その下へ滑りこませる。ジーンは両目を閉じて、呻《うめ》き声を上げる。その次の段階はぼやけて曖昧で、正確な手順はわからないが、彼は二人でベッドに横たわり、ジーンが彼の首元に顔を押しつけているところを想像する。ときどきこんな夢を見て、冷たく湿ったシーツの下で独りぼっちで目を覚ました。

最後の夏のある夜、ジーンはキッチンでピザを作っているとき、体を伸ばしてスウエットシャツを脱ぎ、Tシャツの裾《すそ》を持ち上げて、ジムに初めて青白い肌と右脇の滑らかな曲線、そして青いブラジャーの端を見せた。その動きは意味深で――奇妙にゆっくりで、わざとらしかった――ジムは自分のためにしてくれたのだと考えた。そうにちがいない。彼女のほうも同じように感じていると、知らせようとしている。でもそれは嘘《うそ》だった。からかったのだ。ジムが、テレビで見た男性が女性に近づくやりかたでジーンに近づくと、彼女は身を引いた。

そして怒った。

そして笑った。

彼女は体を二つに折って、目に涙を浮かべて笑った。キッチンにパンの焦げるようなにおいが立ちこめ、オーヴンを開けたら煙がもくもくと出てくるようになるまで笑った。ジムの体中が恥ずかしさで白熱球のように熱くなるまで笑った。ジムが踵《きびす》を返して逃げ出し、階段をのぼって寝室へ行っても、まだ笑っていた。ジムは拳《こぶし》で壁を叩《たた》き、手の感覚が麻痺《まひ》し、関節が裂けて壁紙に赤い染《し》みができた。

あの夜以降、ジーンは二度と現われなかった。誰も来なかった。アグネスは彼を〝小さな変態〟と呼び、一人で留守番してもいい年齢だと言った。でもおばはそれを真夜中までと決めて、その時間までに一緒に出かけた相手を連れて戻ってきた。ジムはベッドに寝かされ、おばたちは居間にいる。最初にそうなったとき、ジムは奇妙な物音を聞き、様子を見に下へ行ってみた。男性が優しくないことをしていたら、おばを助けなければならないと思った。おばを助ければ、ジーンとの出来事の失点を取り戻すことができる。だがおばは困っていなかった。開いている居間のドアから盗み見たところ、おばは男性がしていることを楽しんでいた。階段の物陰に数分間隠れていて、ジムは、それを見ているのが楽しいのに気づいた。

ジムは何年もジーンのことを考えていなかった。彼より年上の彼女は、今ごろ皺《しわ》ができて体が弛《たる》み、みんながそうなるように、子どもができて太って醜くなっているだろう。でもここ、ミードウブルックの戸口には、アルバが立っていた。十七歳か十八歳だろうか。喋《しゃべ》ると、スペイン語風の癖があった。ここにずっと住んでいるわけではなくて、〝オーペア〟という制度で滞在しているとのこと。白いワゴン車を見たことはなかったが、家の主人が見たかもしれない。母親も父親も、晩には帰宅するはずだ。彼女のＴシャツはネックラインが深くＶ字に開いていて、裾はジーンズのウエスト部分まで届いておらず、黒く日に焼けた滑らかな肌が見えていた。ジムはそこに触れたかった。

でももはや、ジムは十四歳ではない。彼女のほうが、彼よりずっと年下だ。

今では彼は警察官になって、彼女の前に制服姿で立っている。
彼女は彼を笑うまい。笑わないはずだ。

その夜、夕食後に、ジムはノリーンに一時間ほど署に戻らなければならないと言った。鞄《かばん》に制服を入れて出て、コークとダブリンを結ぶ道路の待避場所で着替えた。それからミードウブルックに向かった。車を地所の奥の車回し場所にとめ、外に出て、アルバの家へ歩き始めた。家の前に着くまで、帽子は脱いでいた。

だが彼は、最後まで考えていなかった。雇い主たちが帰宅していれば、彼女が玄関に出てくる必要はなかった。家の持ち主は感じのいい専門職の夫妻で、三十代で街で働いていた。ジムは彼らに白いワゴン車や怪しい人物のことを訊いたが、二人とも何も見ていなかった。

「あまりここにはいないんです」夫のほうが言った。「残念ながらね。アルバとはもう話したんですね？」

ジムは話したと答えた。「彼女はここの」――ノートを見るふりをして――「オーペアなんですね？」

夫妻は勢いよくうなずき、この若い娘がどんなにすばらしいか、話し始めた。彼女がいなければ、やっていけない。前の子より長くいてもらいたい。彼女はいくつで

（十九歳）、どこから来て（スペインのジローナ）、どの日に休むか（夫妻の都合がつけば土曜日の半日と、日曜日）まで話した。この家には二階に小さな予備の寝室があるだけだったので、車庫を小さな独立したスタジオに改修し、アルバは今そこに滞在しているとのことだった。それでも狭い空間なので、来週、夫妻が二人の幼い子どもを連れてロンドンの夫の親戚を訪ねて出かけ、アルバが家を独占できるようになるのを楽しみにしているかもしれないと。まあ、彼女の姉だか妹だかがジローナから来て数日間滞在する予定なので、本当に独りぼっちになるわけではないとつけくわえた。

　ばかなやつらがいるものだと、彼は自宅に向かって車を運転しながら考えた。

　翌週、ちがった時間に三度、彼はその家に行き、外の物陰からアルバたち姉妹を盗み見した。三度目には、彼は女性たちが寝ているあいだに家に入り、キッチンを歩き回り、洗濯かごから小さなものを二つポケットに入れ、アルバの寝ている部屋の開いている戸口に立った。彼女が寝返りを打ち、むきだしの片脚を毛布の上に投げ出すのを見た。彼女は先刻トイレに行くために起き、廊下の窪《くぼ》みに隠れていた彼のすぐそばを通り過ぎたが、彼がそこにいるのにまったく気づかなかった。

　あの夜、彼は覚醒《かくせい》した。スイッチが入り、生き始めた。こんな夜があるのなら、日中がどれほどひどくてもかまわなかった。よそで起きること——しまりのない、頭の足りないノリーン。署の愚か者ども。夜に目を閉じると見えてくるアグネスおばがやっていたこと――それらはすべて消えてなくなった。

ほかのみんなは、こうしてこの世で生きるすべを学ぶにちがいない。みんな、こうして顔に微笑《ほほえ》みを浮かべ、落ち着いて日々を過ごしているのか。なんらかのはけ口、救済策、対抗手段を見つけているにちがいない。それが唯一の説明だった。

今、彼も自分のそれを見つけた。

だがミードウブルックは使えなくなった。三度目の、最後のアルバへの訪問の翌朝、仕事に出ると、前夜に隣人から不審者の通報があったことがわかった。同僚二人の乗った車に、ぎりぎり出くわさずに済んでいた。

彼はほかを探す必要があった。

その後も、次の場所を。

ジムが必要なのは、〝蓄え〟だった。

まもなくある夜、彼はノリーンに監視の仕事があると言い、町から十五分ほど離れたところに新しくできた住宅団地に車で行った。道路の脇《わき》に車を止めて、制服に着替えた。ドアをノックし始めた。

住人がドアを開くと、彼はバッジをちらりと見せた。彼はその下の透明なポケット部分に新しい身分証を入れておいた。それには彼自身の写真と、ちがう名前があった。自分の身分証のコピーを取り、細かい修正をしてからもう一度コピーした。インクのかすれたただの紙切れで、すぐにばれるだろうが、暗くなってから戸口で指で隠しながら――ちらりと見せるだけなら――充分に役に立った。「お邪魔して申し訳ありませんが、この地区で窃盗事件があって、この数週間か数ヵ月、見知らぬ人間や怪しい車両といったものを見なかったかどうか、住人に訊いてまわっていて……」

この方法について、あることがすぐさま明らかになった。あらゆる質問が、彼に向けられるということだ。実際に窃盗事件があったわけではなく、住人たちは初めてそれを耳にする。彼らは驚き、心配になり、もっと詳しく聞きたがる。ジムは最初の二軒を適当にやりすごしたが、三軒目で応対に出たのは、地元の町内会の会長だった。翌日、この男性はこの実在しない事件について問い合わせの電話を署によこした。ジムは幸運だった。その電話を取ったのは彼自身だったのだ。だが同じようなことが起きる危険は、もう冒せなかった。

平凡な光景の中に隠れるほうが簡単だと、ジムは気づいた。小さな住宅地の事件に着目した――押しこみ、窃盗、器物損壊などだ。実際に戸別訪問による捜査が必要となることもあったし、そうでないときもあった。彼は一週間ほど待って、捜査が終わるか立ち消えになったと確認してから、夜その地区に、修正した身分証を持ち制服を車の後部座席において出かける。住人に〝警告〟する窃盗事件は実際にあったものだが、彼の訪問にはそれとは無関係な三つの目的があった。住人を値踏みし、家を観察し、情報を集める。

彼自身のために。

ジムはどんどん大胆になっていった。気に入った家を夜のあいだに再訪し、外から見ることもあれば、中に入ることもあった。ときどき、ベッドからわずかな距離のところに立って、女性たちが眠っているのを見た。ある家では、そこに住んでいる女性が洗面台で化粧を落とすあいだ、カーテンを引いたシャワー室の中に立っていた。

だが時が経つにつれ、古い感情が毎日の生活に戻ってきた。苛立《いらだ》ち、怒り、恥辱。彼の夜間の活動が生きている苦痛に対する解《げ》毒剤《どくざい》だったとしたら、人生はそれに対する抵抗力をつけ始めた。ノリーンが腕を折った。仕事場ではまた別の事件があった。今回、彼はコーク市のトガー警察署に異動になり、そこで内勤をさせられることになった。

ジムには何か新しいことが必要だった。もっと強力な何かだ。

10　合言葉

窃盗事件。二十年近くも経《た》ったあとで、わたしたちはついに、ナッシング・マン事件のすべての謎を解く合言葉を見つけたと思った。

次にわたしたちがしなくてはならないのは、トミーとわたしがこうした出来事を正しく覚えていると確認することで、さらには、ほかの三軒のナッシング・マンが訪れた家でも同じことが起きていたかどうかも調べたかった。それが確認できたら、次はこれらの来訪を検証する。この男は本当に警察官だったのか？　窃盗事件は本当にあったのか？　これらがどうつながるのか？

すぐにエドが、一九九九年九月にバリーズ・レーンのトミーの家の近くで窃盗事件があったことを確認した。九月五日の午後、ある家が、年長の所有者の葬儀のあいだに押しこみ強盗に遭った。何千ポンドもの価値のある骨董品《こっとうひん》がたくさん盗まれて、当時そのあたりで目撃されていた（偽《にせ》の）引っ越し会社の名前が記されたワゴン車が使われたものと思われる。この事件はニュースになり、故人の息子が地元のラジオ番組に生出演して、涙ながらに、今は亡き父親が生涯をかけて集めたものを取り戻すのに力を貸してほしいと世間に訴えた。

　これは警察が〝注文に応じた窃盗〟と呼ぶ種類のものだ。これは普通の家屋への押しこみではない——犯人はこの家に何があるかを知っていて、盗み出した物品のその後の処理の仕方も承知していた。こうした犯罪の解決方法は、骨董品のディーラーの協力を得ることだ。盗まれた物品を売ろうとする者がいたら、警察に通報する。警察は売り手から売り手へと経路をさかのぼり、そもそもの初めに盗んだ人物を突き止める。捜査に関わった誰かが、地元の家を訪れて警戒を促すなどというのは意味がない。やはり家にたくさん骨董品があって、家族じゅうが葬儀に行っているあいだ無防備におきっぱなしにしておかないかぎり、同じ被害に悩まされる危険性はゼロだ——だから警察は、それをしなかった。事件の直後に事情聴取を受けた、狙われた家のすぐ隣の家以外、警察官が戸別訪問をして警戒を促したという記録はなかった。

　クリスティン・キアナンのところに、事件の前の何週間かに警察官が訪れたという記録はない。彼女の両親との微妙な会話のあと、わたしは彼女がそんなことを両親に話したりはしなかっただろうと考えた。でも、その地域で押しこみ強盗があったので、エントランスに門を設置しようという話があった。わたしはロープとナイフを見つけた隣人であるマギー・バリーとすでに会っていたので、もう一度彼女に電話をして、そのようなことや警察官の来訪を覚えているかどうか尋ねた。答えはノーだった。だがマギーはこのときコヴェント・コートの住民組合の書記をしていて、組合のファイルの管理が彼女の仕事の一つであり、それには年次総会や特別な会合の記録が入っていた。彼女はファイルを調べて、クリスティンが襲われる六週間前の二〇〇〇年六月の初め、ある会合でこの問題が持ち上がっていたのを発見した。その書類には、〝ブラックロック・ロードで押しこみ〟とあった。それを記録した人間は、その後、括弧つきで〝フロリダ〟と書いている。

エドが調査して、二〇〇〇年四月二十九日に、ブラックロック・ロードの一戸建て住宅での窃盗事件に関する報告書が提出されているのを見つけた。ある家族がオーランドのウォルト・ディズニー・ワールドで二週間の休暇を過ごして帰宅したとき、家じゅうがかきまわされ、荒らされていた。エドもわたしも、マスコミでのこの事件についての言及は見つけられなかった。ということは、三つのうちの一つだ。マスコミで取り上げられたが、エドがそれを見つけられなかった。一人、あるいは複数のコヴェント・コートの住人が、個人的に被害に遭った家族かその家族を知っている誰かを知っていて、それで事件のことを知った。コヴェント・コートの一人、あるいは複数の住人が、そのことについて注意喚起する警察官の来訪を受けた。どの説も排除できず、エドがよく言うように、証拠がないのは、そうでないということの証拠にはならない。これが被害者たちのなんらかのつながりだというわたしたちの論理は、まだ生きている。

エドは警察がうちに来たというわたしの曖昧な記憶の裏付けになりそうなものを二つ見つけた。モンクスタウンの農場で器具が盗まれ、パッシージ・ウェストの郊外のモナストリー・ロードに面した家で電子機器と現金が盗まれた。これらの事件は両方とも、わたしの家族が殺される前、六週間以内に起きていた。捜査した警察官による記録は不充分だったが、捜査官の一人が今でも現役で、彼はエドに、やはり狙われた家とすぐ隣り合っている家以外には、これらの事件の関係で戸別訪問をした記憶はないと話した。わたしがエドに、正式な捜査とは別に、地所内の住人が被害に遭うのを防止するため、警察官が戸別訪問をするような住宅保安計画があったのではないかと言ったら、笑い飛ばされた。警察官がそのようなことをするという筋書きは、どんなときにも、どんな場所にもあったためしはなかった。

ウェストパークやその近辺の窃盗については調べる必要がなかった。エド自身が、住人が入る前ではあるが捜査していた。その後の事件についての報告書はなかった。もちろんマリーやマーティンに、警察官の訪問を受けたかどうか訊くことはできない。ナッシング・マンに襲われた家は、全部で五軒だ。そのうちの二軒が、事件に先駆けて、その地域で最近起きた窃盗事件について警告する一人の警察官の訪問を受けた——でもそのうちの一軒は、男のひとがドア口にいて、母が父と祖母の名前を口にしたという、わたしの曖昧な記憶に基づいている。五軒のうちの四軒では、事件の前に近くで窃盗事件があったことを確認できた——だが窃盗事件はよくある犯罪であり、いつ無作為に五軒のコークの家を選んでも、関連のある同じような事件が見つかるだろう。

もしこれが本当にナッシング・マンの被害者を結びつけるものであっても、なぜわたしたちだったのかという謎を解く鍵であっても、まだ遠くぼやけて見えるだけだった。

それでもまだ、ファーモイのリンダ・オニールを調べなければならなかった。

わたしたちは何ヵ月も電話や電子メールの返事をもらえず、職場に手書きの手紙を送ることさえしたあげくに、ようやくリンダ・オニールと連絡を取ることができた。

エドと一緒にダブリン空港でトミーと会う直前、わたしは彼女のことを諦《あきら》め、手元にある素材、つまりは警察の報告書と、当時のマスコミによる彼女のインタビューだけで彼女の事件についての章を書くことにした。それでもエドの職権を利用して、ようやく彼女と電話がつながった。でも彼女は、この本に関わるつもりはないと彼に――わたしに――言って、すぐさま電話を切った。もう一度彼女に連絡をして、ファーモイの家に警察官が来なかったかと訊くのがいいこととは思えず、正直言って、倫理的な問題以外にも、もう一度何ヵ月もかけて彼女を追いかける気にもなれなかった。その代わり、エドが、事件の前の数ヵ月間あの家で長い時間を過ごしていて、喜んでわたしたちと話すと言ってくれた人物に会いにいった。現場監督のジョニー・マーフィーだ。

　ジョニーは今でも建築業界にいたが、今では自分の会社の社長になっていて、彼の詩的な表現によると、もはや建設現場で股間《こかん》を冷やすのではなく、ポータキャビン社製のプレハブの中の室内暖房機で股間を焙《あぶ》っているとのこと。エドが「事件の前にオニールの家に警察官が来たりしなかったかな？」と訊くと、すぐさまジョニーは答えた。「ああ、来た――変なやつだった」

　正確な日付はわからないが、彼のチームが現場で作業を始めた直後だったそうだ。

二〇〇一年三月初旬、オニール家の工事計画申請が通ったころということになる。ある日、遅い時間、おそらく五時か六時に、ジョニーは一階のキッチンの横にある作業室にいた。彼はそこを、一時的なオフィスにしていた。その晩、いくつか書類仕事をするために居残り、現場には彼だけがいた。リンダとコナーはバスルームの設備の調達に、コークへ行った。キッチンで物音がしたとき、夫妻が思ったより早く戻ってきたのだと思った。でも様子を見にいくと、制服を着た警察官とばったり会った。

ジョニーは生まれてこのかたずっとファーモイに住んでいて、委員会の集会やＧＡＡでの試合に定期的に顔を出し、地元のパブの常連だった。ファーモイ署で働く警察官とは、近隣で見かけたり店で出くわしたりするので、みんな顔見知りだった。でもこの警察官は見覚えがなくて、知らないうちに家の中に入っているという事実が気に入らなかった。警察官がバッジを見せたとき、ジョニーは意識的にそれをよく見て、身分証にある名前を記憶しておこうと思った。ロナン・ドノヒュー巡査。身分証がちょっと胡散臭《うさんくさ》いような気がしたが、間近で本物を見たことはなかったから、本来どんなものなのかは知らず、小さな二つ折りの財布の中に一緒に入っているバッジは本物のようだった。ジョニーは十代のころ、今では深く悔やんでいる時期に多少の警察沙《ざ》汰《た》を起こしたことがあり、大人になってからは警察に対して敬意をもって、従順で丁重な態度を取るのを基本としていた。

「なんの用ですか？」ジョニーは訊いた。

ドノヒューは、その地域に窃盗事件があったと言った。彼は地所の保安について所有者たちと話をしたいという。特に建設中は〝あらゆる種類の人々〟が出入りするだろうから。そのとおりだった。ドノヒューは、開いていた玄関のドアから、こうして中に入ってこられた。（ジョニーはドアを開けっぱなしにした覚えはなかったが、自信はなかったので何も言わなかった）ドノヒューは所有者について訊いた——誰なのか、この地域の新参者か、子どもがいるのかどうか、作業がおこなわれるあいだここに滞在するのか。

ジョニーはドノヒューに批判されているような気分になった。ジョニーたちのチームが、現場の保安について不手際《ふてぎわ》だと言われているようで、気に入らなかった——特に、この警察官は町では新顔で、ジョニーは古株だというのにだ。ドノヒューが喋れば喋るほど、ジョニーは苛立った。それでもジョニーは我慢した。敵対するようなことは何も言わなかった。ドノヒューが立ち去るころには、ジョニーは耳から湯気が出そうな気分だった。こいつは、何様のつもりだ？　誰に対して喋ってると思ってるのか？　生意気なやつだ。

ジョニーはこの来訪のことをリンダやコナーに話しはしなかったが、ジェラード・バーンという、初等学校で教師をしている友人に話した。バーンは、ジョニーの考えすぎだ、過剰反応だと思うと言った。でも、バーンの知る限り――彼はそれに詳しい人間のはずだったが――ファーモイ署には〝ドノヒュー巡査〟は勤務していないとも言った。

ジョニーはこの件について何もしなかった。署に確認の電話をしもしなかった。何者かが警察官のふりをしていると通報しなかった。ジェラード・バーン以外の誰にも、この来訪のことを話さなかった――リンダが襲われたあともだ。わたしの意見では、この来訪にはもっと重大で不吉な意味があったにちがいなかったのに。ジョニーはそれを忘れてしまった。エドから電話を受けて、そのようなことがなかったかと訊かれるまで、考えることもなかったという。

時計を逆戻りさせて、この話の、ロナン・ドノヒュー巡査だという人物がファーモイの家を出て、ジョニー・マーフィーが戸口に立ってそれを見送る時点で警報を鳴らしたい。警報ではなく――空襲のサイレンにしよう。決定的な瞬間だったのだ。森の中で二つに道が分かれる地点だ。もういっぽうの道に彼を追いかけていったら、うちの家族はまだ生きていただろう。

でもわたしは、その後どうなるかを知っている。何者かがオニールの家に入ってものを動かし、好き勝手に動き、何か——リンダの日記——を持ち去ったりすると知っている。リンダが自宅でひどい暴行を受けて死にかけることを知っている。その後数ヵ月のうちに、エドがこの事件を、わたしの家族の殺害を含めたほかの四件と結びつけると、二十年近く経ったのちに、エドとわたしが警察官を装《よそお》った男の関与というもう一つのつながりを発見すると知っている。

　でもジョニーは、そのどれも知らなかった。ある日、五分ほど不愉快な会話をし、それについて友人に話し、その友人は地元の警察署にはその名前の警察官はいないと思うと言った。だからなんなんだ？　よくある意味のない出来事、些細な事柄に過ぎず、それはまもなくジョニーの頭から消えてしまった。

　ある晩ドアを開けたら、制服を着た警察官が立っている。なんでもない、心配いらない。形ばかりの訪問だ。この地域で窃盗事件があって、この家が次に被害に遭わないように回っているだけ。ちゃんとドアと窓に鍵をかけること。警報装置の設置を考えること。何分か話をする。裏のドアの錠がかからないと話すかもしれない。ここで一人暮らしをしているとか。あるいはこの家を所有している二人は工事中もここに住んでいる――いや、そのうちの一人だけがいて、夫のほうは来週から何週間かサンフランシスコに戻るとか。何も情報を漏らさないつもりでも、なにげないお喋りのあいだに向こうは情報を集めている。玄関ドアの錠の信頼性。一階の間取り。あなたの外見が気に入るかどうか。ほかでやったことを、あなたにもしたいかどうか。

きっとそうやって、彼は狙《ねら》う対象を決めたのだろう。警察官の制服を身に着け、本当にあった窃盗事件のあとの戸別訪問を装って。だが彼は、本当に警察官だったのか？

トミーもジョニーも、警察の車を見た覚えはなかった。実際はよく似たものを着ていたに過ぎないとしても、市民の目には、警察官の制服を着ていると思わせるのは比較的簡単だっただろう。本物の制服だって、容易に手に入れられたかもしれない――罪のない人々を殺そうというのだ、衣類を盗むぐらい喜んでしただろう。そのうえこの行為は、現役の警察官にとってはかなりのリスクがある。地元の署に電話を一本かけるだけで、この邪悪な偵察任務は台無しになる。

わたしには何も言わなかったが、エドはこの幽霊警察官が本物だという説に、べつの反対意見を持っているようだった。彼は、警察官にこれができるはずはないと考えていた。リンダ・オニールを強姦《ごうかん》して瀕死《ひんし》の状態で放置した人物が、自分のような人間から市民を守る組織の中で働きたいと思うだろうか？　エドには、それができるとは思えなかった。

　わたしとしては、それは簡単だったと思うと認めざるをえない。本物の警察官ならば、それらしく振舞うのがうまかっただろう。報告書や活動の情報を入手できて、住居の押しこみのあった場所や、同僚たちが正式な戸別訪問調査をする時間などを知っていただろう。捜査手順に詳しくて、物的証拠を残す意味も承知していたはずだ。そしてすでに、本物の制服やバッジを持っている。

　ジョニー・マーフィーを似顔絵画家に会わせて、〝警察官〟ドノヒューの絵を描いてもらったが、男の顔についてのジョニーの記憶は、話したときほど細かくはなかった。だが男の制服については多くを覚えていた。番号が縫いつけられている肩章があったと言い、何番だったかは思い出せないが、肩章の一つが曲がって――文字どおり――ぶら下がっていたという。

　エドはこれを聞いて、その男は本物ではなかったかもしれないが、制服は本物だったと考えた。数字の部分は取れやすく、エド自身も制服を着ていた時代の悩みの種で、万が一のためにクリップを持ち歩いていたという。（間に合わせにつけておくのには、クリップを使うのがいちばんだった）平《ひら》の警察官はそういった備品をなくしたり置き忘れたりしたら上司に報告しなければならないが、二十年近く経ってからそのようなものを探すのは徒労に決まっている。でもこの筋書きについて話し合っていて、エドはある紛失物の報告書を思い出した。

よくあることではないが、ときどき、犯罪現場と証拠物保管室のあいだでものがなくなることがある。たいていは現金か薬だ。社会のどの部分でもそうだが、警察にも腐敗行為がはびこっていた。もし気づかれれば、勇敢で高潔な警察官に通報されるだろうが、それでも起きた。エドは署長のケヴィン・テイラー——すでにたくさん協力してくれている人物——のところへ行って、ナッシング・マンの最初の犯行の前十二ヵ月間の、コーク県でのそのような報告書を見せてもらった。テイラーはエドとわたしと同じことを望んでいた。この事件を、ついに解決したかったのだ。

一九九九年十月、リンガスキディでの手入れのさいに押収された十三個の武器のうちの一つである拳銃《けんじゅう》が、発見された農家と、それが運びこまれたはずの証拠物保管室のあいだで消えた。それがナッシング・マンが使ったのと同じ拳銃かどうかは知りようがないが、リンダ・オニールが提供した拳銃の描写と衝突はしないモデルだ。ナッシング・マンは拳銃を、犯罪現場から盗み出して手に入れたのだろうか？　もしそうだとしたら、答えが出る。彼は本物の警察官だった。でもなくなった拳銃とオニールの家で使われた拳銃が同じものだったという証拠がないので、理屈の上で二十年近く前にその拳銃を手に入れられたはずの警察官全員を捜査することは、倫理的あるいは組織的に問題がなくても、法的あるいは手続き上の問題があった。

　こうしてわたしたちは、またもや行きどまりにぶち当たった。

　ほかに何ができるだろう？　二十年前に制服を着た警察官の五分ほどの来訪を受けなかったかと、電話で訊きまくる？　受けたのを覚えているひとがいたとして、話を聞き出すだけでなく、効率よく情報を集めて整理するのにも、かなりの人員がいる。

　信じられなかった――最初は、信じることを拒否した――でもこの新しい情報にうっすらと埃《ほこり》がたまるころ、エドとわたしはもう一度行き詰まってしまった。幽霊警察官という手がかりを追いかけたのに、何もつかめなかったのだ。

　窃盗事件。二十年近く経ち、わたしたちはこれがナッシング・マンの事件のすべてを解き明かすための合言葉だと思った。

　でも、ちがった。

11　ナッシング・マン

ドクター・ネル・ウィアーは、ダブリン大学トリニティ・カレッジの、法心理学の准《じゅん》教授だ。四十代半ばで、ウェールズのポート・トールボットで生まれた。大学のウェブサイトの、彼女の紹介ページを見ると、そこにはよくありがちな教授然とした顔写真はない。ドクター・ウィアーは、マサチューセッツ州フォール・リヴァーのリジー・ボーデン・ハウスの外で撮った、スナップ写真のようなものを載せている。一八九二年にボーデンの父親と継母の、斧《おの》によって傷だらけになった死体が発見された場所だ。今日《こんにち》、そこは悪趣味な観光アトラクション施設であり、朝食付き宿泊所としても人気だ。写真の中で小さな光を放っているのが、ドクター・ウィアーがコートの襟につけているお気に入りのアクセサリーだ。すぼめた唇に、〝連続殺人犯について話そう〟という文字がある。これこそ、彼女が〝普通の怪物たち：連続殺人犯の頭の中〟と題する新入生向けの講座でおこなうことだ。この講座はとても人気があって、彼女は要望に応じて年に二度これをおこない、それでも公正を期するために、受講生は学生番号の抽選で決まるほどだった。「大学で唯一」ドクター・ウィアーは電子メールに書いていた。「こっそり教室に入ろうとする学生を取り締まるために、見張りをおくクラスです」

二〇一七年一月の、とある火曜日の朝、わたしは入門的な講義を聞きにいった。少なくとも百人は座れる階段教室でおこなわれ、わたしが着いたとき――ドクター・ウィアーが来るはずの時間より十分以上も前で、早いと思ったのだが――すでに座席はすべて埋まっていた。ドアの近くに立っていたら、十代の女の子たちがわたしを気の毒に思い、身を寄せ合って詰めて、ベンチの端に座らせてくれた。部屋は熱気を帯び、わたしは緊張して少し気分が悪かった。ドクター・ウィアーは、この講義の四十五分間では血まみれの詳細は扱わないし、ナッシング・マンについても話さないと請け合ってくれていたのだが。

横の女の子たちが好きな実話もののポッドキャストを言い合っていたとき（「行方不明になった子どもたちの話。あれはすごくよかった、夢中になっちゃったわ！」）、ドクター・ウィアーがやってきて、教室の正面に向かって中央の階段を下りていった。映写幕のスイッチを入れたとき、そこには最も有名な役、料理とワインと人肉の目利《めき》きである、ハンニバル・レクターを演じているアンソニー・ホプキンスのクローズアップ写真が映し出された。

ドクター・ウィアーは正面の机の向こうに立ち、わたしたちに微笑みかけた。その場が静かになるのを待つ必要はなかった。彼女が部屋に入ってきたとき、自然にそうなっていた。空気中に、眩暈《めまい》のするような期待感がみなぎっていた。

講義を始める前に、ドクター・ウィアーは学生たちの現在の知識を測りたいと言った。彼女はみんなに、連続殺人犯の名前を知っている者は手を上げるように呼びかけ、彼女に当てられるか、ほかに当てられたひとが自分の考えているのと同じ名前を言うかするまで、手を上げたままでいるようにと言った。

部屋のほぼ全員が手を上げ、ドクター・ウィアーは無作為に指さし始めた。

アイルランドのウィル・ハーリー、別名カナル・キラーがふたたびニュースになっていたので、この名前が最初に挙げられたのは驚きではなかった。それからアメリカやイギリスの要注意人物が続いた。テッド・バンディ。ジェフリー・ダーマー。ジョン・ウェイン・ゲイシー。エド・ゲイン。フレッド・ウェスト。ピーター・サトクリフ。ハロルド・シップマン。

「ナッシング・マン」ある学生が言った。「でもまだ、この人物が何者かわかっていません」わたしは秘《ひそ》かに、〝まだ〟という言葉に感謝した。

これらの名前が出たあとも、半分近い手がまだ上がっていた。そこへ、洗礼時につけられた名前よりもあだ名のほうが知られている者が挙がった。ゲイリー・リッジウエイ、別名グリーン・リヴァー・キラー。リチャード・ラミレス、別名ナイト・ストーカー。デニス・レイダー、別名ＢＴＫ。テッド・カジンスキー、別名ユナボマー。

いまや、三つの手だけが残っていた。ドクター・ウィアーが差して、以下の三人が挙がった。ゾディアック事件の犯人と疑われている、アーサー・リー・アレン。ジャンニ・ヴェルサーチェを銃殺したアンドリュー・クナナン。二〇〇二年に六件の殺人の罪で処刑された、映画〈モンスター〉でシャーリーズ・セロンが演じたので有名なアイリーン・ウォーノス。

「さて」ドクター・ウィアーは言った。「感心しました。どうぞ、自分たちに拍手してください」学生たちはよろこんでこの言葉に従った。「それでは同じことをもう一度しますが、今度は、被害者の名前を挙げてもらいます」

静寂――手は一つも上がらない。

「フルネームでなくてもいいですよ」ドクター・ウィアーは言った。

学生たちは、椅子《いす》の上で身じろぎした。何人かが、近くの者と気まずそうな笑みを交わした。咳払《せきばら》いや、咳が響いた。

「誰か、いませんか？」

　ドクター・ウィアーが待っていると、やがて、アンドリュー・クナナンを挙げた学生がヴェルサーチェと言ったが、ドクター・ウィアーは、もうそれは一度彼が言及していることだし、ヴェルサーチェはほかのことでも有名だから、数に入らないと言った。一列目に座っている女性が手を上げて、自信なさげに、質問に近いような調子でキャロライン・ランチという名前を言った。キャロライン・ランチ……？　ドクター・ウィアーは、勇気は買うが、バンディの車から奇跡的に逃げて、のちに裁判で彼に不利な証言をしたキャロル・ダロンチのことではないかと言った。別の学生が、カナル・キラーの被害者には〝パウラなんとか〟がいたのではないかと言った。（いなかった）別の学生は最近デヴィッド・フィンチャー監督の〈ゾディアック〉を見ていて、〝ポール・アヴリー〟という名前を口にした。これは映画の中でロバート・ダウニー・ジュニアが演じた〈サンフランシスコ・クロニクル〉の犯罪専門記者で、ゾディアックの被害者ではなかった。

「そう、これが」ドクター・ウィアーは言った。「問題なんです」

　ドクター・ウィアーは、リジー・ボーデンの家の写真や変わったピンバッジで自分が何をしているか、ちゃんと承知していた。（彼女のピンバッジのコレクションには、〝ちょっと！　テッド・バンディは格好よくない！〟や〝わたしに犯罪の実話を教えて〟などがある）彼女が〈サイコ〉や『テッド・バンディ…「アメリカの模範青年」の血塗られた闇《やみ》』や『羊たちの沈黙』を講座の教材にしているのには、理由がある。それらは学生たちを引き寄せる。いったんクラスに入ったら、ドクター・ウィアーは学生たちに、彼らが連続殺人犯について知っていると思っていることはすべてまちがいだと言う。

「連続殺人犯に魅了されるのはいいんです」彼女は講義のあと、オフィスでわたしに言う。「わたしだって、そうですから。彼らは、外見はわたしたちと同じでありながら、わたしたちがけっしてしないことをする。でも、特に知的というわけではない。当局より、一枚上手ということはない。デヴィッド・バーコウィッツを知っているでしょう？　サムの息子ね？　彼が捕まったのは、犯罪現場の一つで駐車違反の切符を切られたからだった。彼らは退屈で、普通の、不出来な男たちで――もちろん必ずしも男性とはかぎらないけれど、大半が男性です――わたしたちが十代のころになんとか身に着ける、世界と折り合いをつけて生き、愛し、感情に対処する方法を知らない連中なんです。黒魔術なんてものはない。特別な技能があるわけじゃない。彼らが捕まったからこそ、わたしたちには彼らの名前がわかっているという事実を、みんな忘れてしまうみたい。事実、彼らに関して唯一特別なものは、世界から彼らが消し去ったもの。被害者たちの存在よ。彼らの名前こそ、わたしたちは知っていなければならない」

わたしがドクター・ウィアーに会ったのは、最初は、いちばん切実な疑問に対する答えが欲しかったからだ。なぜ、ナッシング・マンは犯行をやめたのか？　なぜやめられたのだろう？　それともやめたわけではなくて、どこかへ移動したか、方法を変えたか、死んだのか？　彼女の講義を聞いたあと、わたしはその答えは予想しているものではないのではないかと思い始めた——そのとおりだった。彼女と同席して一時間以上経ち、ようやく質問できたとき、ドクター・ウィアーは肩をすくめ、両手を上げて言った。「つまらないと思うでしょうが、たぶん、ただやめただけなのよ」

彼女は二〇〇五年八月にＦＢＩが開いたシンポジウムの話をしてくれた。百人以上もの連続殺人の専門家が集まった。連続殺人犯を捕まえるのは法執行機関にとって特別な挑戦だが、よく考えられるような理由からではない。連続殺人は非常に珍しく、どの年をとってもすべての殺人事件の一パーセントに満たない。だが人々はそれに果てしなく魅了され、関心を寄せる。それは不釣り合いなほどで、捜査にも最初から注目が集まり、迅速な進捗《しんちょく》のプレッシャーが警察にのしかかることになる。

だが連続殺人はとても珍しいため、それらに関する科学的データは比較的少ない。一般大衆は連続殺人犯についての情報を、ハリウッド映画や地元の書店の犯罪もののコーナーから得る。彼らは娯楽を求めているのだから、それでいい。問題は、意識的にしろ無意識にしろ、警察に所属している警察官たちも、同じところから連続殺人犯の情報を得ていることだ――彼らは実際の犯人を捜しているのだから、これではよくない。このＦＢＩシンポジウムは、連続殺人犯にまつわる、広く蔓延《まんえん》している神話や誤解を正し、法執行機関に事実を教えようという試みだった。

〝連続殺人犯：捜査のための学際的考察〟は、シンポジウムの二〇〇八年の報告書で、最もよくある連続殺人犯についての誤解が挙げられている。

――連続殺人犯は異常な一匹狼《おおかみ》である。

――連続殺人犯は白人男性である。

――連続殺人犯は移動し、あちこちの州で犯行をおこなう。

――連続殺人犯は頭がおかしいか、邪悪な性格である。

――連続殺人犯は殺しをやめられない。

じつは、連続殺人犯は結婚して家庭を持ち、仕事をし、地元の社会生活にも参加していることがよくある。連続殺人犯の人種の多様性は、彼らが犯行をおこなう母集団の多様性と合致する傾向がある。大多数は犯行を、明確な地理的範囲内か、〝心地よい環境〟とされる場所でおこなっている。これらの犯罪者は衰弱した精神状態や人格障害であるかもしれないが、精神障害ではなく、集団としては、一般大衆と同じ範囲の知性を示す。連続殺人犯はしばしば、重圧など、犯行の引き金となる状況が——たとえばより良い結婚などで——軽減されたり、ほかの活動に代用を見出《みいだ》したりすることで、捕まる前に殺しをやめる。たとえばデニス・レイダー、BTK（縛《B》って、拷問《T》して、殺《K》す）としても知られているこの男は、一九七四年から一九九一年のあいだに十人を殺したが、二〇〇五年まで捕まらなかった。彼は結婚して二人の子どもを持ち、軍務に就き、地元の政府機関で仕事を持ち、教会ではリーダーだった。

　もう一つ、ドクター・ウィアーは、連続殺人犯は単に、〝歳《とし》を取って足を洗う〟ということで、犯行をやめる可能性もあると言った。小児性愛のような、ほかの性的動機づけのある犯罪とはちがい、性的殺人が五十歳以上の人物によっておこなわれるのは、例外的に稀《まれ》だ。おそらくこうした殺人犯たちが五十歳に到達したとき、テストステロンの分泌量《ぶんぴつりょう》が激減し、殺したいという衝動が、まったくなくなるわけではなくても、少なくなるのかもしれない。

「連続殺人犯が犯行をやめることについて話すとき」ドクター・ウィアーはわたしに言った。「覚えておかなければならないのは、わたしたちが衝動的行為の話をしているのではないという点です。こうした犯罪者についてハリウッドが教えてくれる事柄のいくつかは、実際に正しい。彼らは計画を立て、準備をします。チャンスが巡ってくるのを待ち、実行に移すという選択をする。血に飢えて錯乱した何かの動物のように、殺したいという圧倒的な衝動に突き動かされて歩き回っているわけではない。管理できないわけではない。それをせざるをえないわけではなく、したいのです。余儀なくさせられるのと、能動的にするのとでは、大きなちがいがあります。歳を取ると、疲れて動きが遅くなり、ひとを殺したくなくなるのももっともです。昔は夜通しパーティーをしたかったけれど、もうすぐ五十歳になるという今、十時にはベッドに入りたいのと同じです。セクシーじゃないし、ハリウッド風でもなく、あまり劇的でもない——でも、たぶん真実でしょう」

　わたしはドクター・ウィアーに、彼女が知っている彼の犯罪行為に基づいて、ナッシング・マンはどのような男だと考えているか訊《き》いた。

「いわゆる〝プロファイリング〟をするつもりはないけれど」——彼女はプロファイ

リングという言葉を言うとき、引用符のような手ぶりをした――「でも、これだけは言える。彼は退屈な人間よ。退屈で普通で、目立たない。友人はいるかもしれないけれど、本当に彼を好いているような友だちは少ない。結婚はあまり成功していないでしょう。何をするにも上手じゃないし、たぶんやる気の出ないような、不満足な仕事をしてる。癌《がん》治療に携わってはいないでしょうね。基本的に、ひとを強姦して殺したという事実以外、特筆すべきことがない。ナッシング・マンというのは、この連続殺人犯にとても適切な呼び名なのよ、イヴ。彼が見つかったら、ほんとうに何もない男であることにショックを受けるでしょう」

自分の人生を振り返るとき、わたしたちは思い出を、冒頭と中盤と終結という一連の物語に仕立てがちだ。ジョーン・ディディオンが書いたように、わたしたちは生きるために自分たちの物語を語る。それを、今ここでわたしもすることになっている。生きるためにわたしの物語を語る。過去よりも未来のほうが豊かな人生であるために。最初から始めて、最終的にすべてをきちんと結びつける。

でも殺人犯を探していて、出版社が本の原稿を待っていて、その人物を（まだ）見つけられないとなると、適当な箇所で〝おしまい〟とするしかない。わたしはここで、そうすることにする。でも、終わりではない。わたしたちの調査は続く。わたしがこれを書いている机から一・五メートル離れたところで、エドがとても疲れた様子で、目をこすりながらラップトップの画面を見ている。真夜中近くだが、彼もわたしも、まだまだ作業をやめるつもりはない。

法的な理由があって、調査の途中でナッシング・マンについて発見した事柄のすべてを、この本に書くことはできない。でも、これは知っていてほしい。まだ、エドとわたしはいくつかの手がかりを追っている。些細《ささい》で微妙で、蜘蛛《くも》の糸のような手がかりだ。どこへ導いてくれるのかわからないが、わたしたちは、少しでも真実に近づけるように願っている。

本というのは、棚に並ぶよりもずっと前に書き上がっていなければならず、もしかしたらこれが印刷されるころには、ナッシング・マンの本名がすでに判明しているかもしれない。もしかしたら読者のみなさんは、彼がどんな顔なのかを知っているかもしれない。すでにニュースでその顔を見ているかもしれない。彼が世間から連れ出され、手首と足首を拘束されてむさくるしい暗い監房へ入れられるのを見ただろうか？　わたしはそこにいただろうか？　わたしも、それを見た？　そうでありたいと思う。この願いが、わたしを支えている。この願いが、この長い何ヵ月か動き続け、その前の辛《つら》く寂しい何年かを耐える力となった。終わり――本当の終わり――は近く感じられる。今までになかったほど近く。

でも、まだ彼が見つかっていない場合、みなさんにお願いしたいことがある。このおしまいを、始まりにして欲しい。わたしたちはナッシング・マンについてわかっていることを、できるだけたくさんここに書いた。この本には、元々の捜査から、この二年間のわたしたちの活動の成果まで、ほぼすべてがある。編集者の言葉どおり、今は安楽椅子探偵と素人《しろうと》捜査官の時代だ。彼らの集うフォーラムやフェイスブックをのぞくことがあるから、よくわかっている。だから今、わたしはあなたにバトンを渡す。どうぞ、彼を見つける手助けをしてほしい。

ナッシング・マンが誰なのか、誰かが知っているにちがいない。当時か、それともいま現在、似顔絵に心当たりがあったり、一緒に住んでいる人物が犯罪のあった夜外出したと、ずっと疑っていたりしないだろうか。どうか、わたしたち、被害者の家族のことを思ってほしい。あなた自身を思ってほしい。電話を手にして、警察に電話を。一八〇〇‐六六六‐一一一で、内報専用の回線につながる。正しいことをするのに、まちがった時間などはない。

ひとによく、今はどうしているのかと訊かれる。〝今は〟というのは、〝あの少女〟

以後、ナッシング・マンの生存者だと公《おおやけ》にしたあと、普通の生活を送ろうとするのをやめ、家族を奪った男を探すのに時間も財産もすべてを捧《ささ》げることにしたあとを意味する。これに答えるのは難しい。きっと、今の状態は長くは続かないはずだから。この本が世に出たら、その前には無理だったとしても、この顔のない殺人犯が捕まり、罪の責任を取って収監されると期待している。それでわたしも、終わりに近いものを感じられるかもしれない。

　それまでは、ずっとやってきたことを続けるしかない。全力を尽くして動き続ける。前進し続ける。立ち止まって考えたりしない。それをするのが怖い。感情は、動いている洗濯機のドラムの中身のように常に動き、変化し、転がっていく。一つの痛みを別の痛みと分けて分類するのは難しいが、いつかドラムが止まる日が来るはずだ。だから、あとでもう一度訊いてほしい。彼を捕まえたときに、訊いてほしい。長く待つ必要はないという自信がある。

　最後に、彼の名前はまだわからないが、これらはわかっている。アリス・オサリヴアン。クリスティン・キアナン。リンダ・オニール。マリー・ミーラ。マーティン・コナリー。

　父のロスと、母のディアドリ。

妹のアンナ。
どうぞ、これらの名前を憶《おぼ》えていて。

ジムは怒りに飲みこまれ、自分の行為をほとんど意識していなかった。居間の壁に何かが当たるゴツンという音、それに続いてガラスが割れる音が聞こえたが、遠くで聞こえたような気がした。夜気の冷たさに驚くまで、外に出たのに気づかなかった。小屋に入っても、古いゴブリン社製の掃除機を道具入れから取り出すまで理由がわからなかった。そのカバーを乱暴に取り、中の袋を取り出した。

それは少しふくらんでいて、重かった。裏側に自分でつけておいた切れ目を探った。その中に手を入れ、柔らかい布に触れ、それを通して、金属の確かな硬さを感じた。

ジムは掃除機の横に膝《ひざ》をついて、床に座りこんだ。

一つずつ中のものを取り出して、小屋の石の床に、きちんと一列に並べた。

覆面。

手袋。

拳銃。

ナイフは遠い昔に捨てた。ノリーンとケイティと三人で行った、初めての——そして最後の――外国旅行で、フランスに行くのに乗った旅客フェリーの後部から捨てた。

でも問題ない。イヴ・ブラックは素手で殺し、その瞬間のすべてを楽しんでやる。

あのメス犬め。やろうとすればできたときに、殺すべきだった。

太陽がふたたび昇ったころには、できているはずだ。

ロープはいらない。それほど長く生かしておかない。古いヘッドランプは十年以上も前に捨てたが、道具入れの中のどこかに新しいものがあるはずだ。ジムは探し始め――。

〝そこに書いてある〟

彼は手を止めた。

〝彼の名前を……書いてある〟

イヴは、彼の名前が本に書いてあると言った。

でも彼は最後まで読んだが、ジム・ドイルには何も触れていなかったし、考えてみたら、イヴがトガー警察署に行ったという記述もなかった。

彼は夜の闇の中に戻り、庭を横切ってテラスのドアへ行った。本は背を上にして開いた状態で、床に落ちていた。カバーが破れていた。

あちこちにガラスが散り、ウィスキーもこぼれていたが、掃除は後回しにできる。

問題は一つずつ済ませよう。

ジムは『ナッシング・マン』を取り上げ、何か見落としたものがないか、最後までページをめくってみた。

でも最後の章のあとには、謝辞があるだけだった。

謝辞

エド・ヒーリー、ジョナサン・エグリン、バーナデット・オブライエンとアイヴィー・プレスのみなさんがいなかったら、この本は書けなかった。時間をかけて惜しみなく援助してくれた、マギー・バリー、ジェラード・バーン、ブレンダン・バーン、ジョーン・コナー、エイスリング・フィーニー、ピーター・ファイン、エレイン・グレイディ、グレアム・ハリス、パトリシア・カーンズ、ジーン・ロング、ジョニー・マーフィー、デニス・フィリップス、ケヴィン・プレンダーガスト、ジェラルディン・ロッシュ、ケヴィン・テイラー、デイヴィッド・ウォルシュとドクター・ネル・ウィアーに。また、メリサ・ブロードベント、レイ・ブロフトン、アンディ・カーター、ケヴィン・G・コンロイ、ケント・コーレイン、アン・マリ・グリーソン、ケイシー・ハンソン、イアン・ハリス、ホルガー・ハス、キャサリン・ライアン・ハワード、シーラ・ケリー、クライスト・マクドナルド、ヘンリエッタ・マッカーヴェイ、ヘンリー・モルナー、レニー・ナッシュ、マリ・オハロラン、ジョアンナ・ペレ・ヴァスケス、サラ・ピッカリング、フランシス・クイン、サシャ・リーズ、ローラ・J・ローチ、J・H・シース、サンディ・スミス、ニッキ・テリング、オリヴァー・トロイ、ヒーザー・ウェブ、ジュディス・フェラン、ヴァレリー・ホィットフォードとクリスタル・ウィリアムズにも感謝を。アイルランド警察の寛大さに、特別に感謝している。トミー・オサリヴァン、ナンシー・カー、ブレファニーとエリザベス・キアナン、そしてリンダ・オニール。あなたたちには、どんなに感謝してもしきれない。

彼の名前は、そこになかった。

巻末を見ると、索引があった。ジムは小さな文字の列を指でなぞって、すべての可能性を調べた。名字のDの項を調べた。名前のJ。警察官《Gardai》のGやアイルランド警察、その職員。

彼の名前はなかった。

イヴがなんと言ったか、正確に思い出そうとした。〝ご主人が本を書くのに協力してくれたと話しますね。彼の名前を注意して探してね、そこに書いてあるからって〟

もしそれが真実ではないなら、なぜ彼女はそんなことを言うのだろう?

ジムは本の前のほうをめくった。イヴが調査を始めたあたりを見て、さらに前のほうへ、自分の名前を見落としていないかどうか確認しながらページを進んだ。でもそのままいちばん前まで行ってしまい、タイトルのページが開いた。

〝ナッシング・マン〟

彼のもう一つの名前。

彼が選んだわけではない名前。

彼のものだとは、誰も知らない名前。

イヴ・ブラック以外は誰も。なぜか彼女は見つけた。本の中には書かず、どうやら警察にも言っていないらしいが、彼女は彼に、それを知っていると知らせたかった。

なぜだ？　彼女は彼に何かを伝えようとしているのだろうか？　じつはあの夜のすべてを覚えていて、それを彼に知らせたいと——

「もう読み終わったの？」

ノリーンが『ナッシング・マン』を手にして、戸口に立っていた。

また別の一冊だ。

ジムは混乱して、彼女を見詰めた。

「わたしも買ったのよ」彼女は言った。「今夜ね。ケイティの本にサインをもらってから、外に出るときにもう一冊買ったの」彼女は本を持ち上げて、表紙を見た。「全部は読んでないけど、できるだけ読んだわ。あのひどい……描写のところは飛ばしたけど」

「何をするつもりだ、ノリーン？」ジムは、割れたガラスを彼女に見せまいとして、一歩前に出た。「気分が悪いんだと思っていたのに」

「悪くないわ」

「じゃあ、なぜ――」

「ケイティはこれを読むわよ、ジム。ケイティは――」出かかった言葉は、すすり泣きにのみこまれた。

涙がノリーンの頬を伝い始めた。

「わたしから言う」ジムは言った。「読まないほうがいいってな。きっと納得して――」

ノリーンが悲鳴を上げた。

その音は甲高く、生々しくて、抑圧されたものが解放されるようだった。耐えがたいほど大きかった。

ジムはそんな声が彼女の口から出るのに驚き、一瞬、瞬《まばた》きをして彼女を見詰めるばかりだった。今まで、彼女がこんな声を出すのを聞いたことはなかった。

そこでジムは、ノリーンが神経衰弱に陥ったのかと考えた。

「ノリーン――」ジムは声をかけた。

でも彼女は叫びながら彼のほうへ近寄ってきて、手にしていた本を振りかざし――

彼女は本を持って、彼に襲いかかった。

本で彼を打った。何度も繰り返し。力のかぎり。胸や脇《わき》や、彼がよけようとして上げた腕も。ずっと悲鳴を上げ、すすり泣きながら。

いや、悲鳴ではない。

悲鳴だけではない。

何度か繰り返されたあと、ジムは単語を聞き分けた。

「なんなの？　どうして？　どうしてこんなことを、わたしたちにしたの？　ケイティに？　わたしに？」

ジムは本をつかんで、部屋の向こうに投げた。

それからノリーンのことも、同じようにした。

静寂。ようやくだ。彼は両目を閉じた。

ふたたび目を開けたのは、ノリーンが低く泣き始めたときだった。

ノリーンは反対側の壁に寄りかかるようにして座りこみ、後頭部を手でそっと探っていた。手を前に持ってくると、指先が真っ赤に染まっていた。

「ノリーン」ジムは冷静に言った。「どういうつもりか知らないが、落ち着いてくれ。朝の四時だぞ。近所に聞こえる」

「絶対にさせない」ノリーンの呼吸は苦しそうだったが、それ以外は、奇妙なほど冷静だった。「ケイティの人生を台無しになどさせない。あの子に、父親がどんな男なのか知らせないわ」

「何を言ってるんだ？」

　ジムには見当がつかなかった。

　ノリーンが知るはずはない。ありえない。

「ケイティを身ごもっているときだった」ノリーンはゆっくり膝立ちになりながら、顔をしかめた。「真夜中に目が覚めたのよ、痛くてね……何かがおかしいと思った。あなたに連絡するために署に電話した、でもあなたは非番だと言われたわ。帰宅したとき、あなたは……何かがちがってた。興奮してるみたいだった。それとも、機嫌がよかったというか。それに、制服を着てなかった。でもあなたは、仕事だったと言った」ノリーンはうっすら笑みを浮かべた。「あのときは、きっと浮気してるんだろうと思ったわ」

　彼女の話がどこへ向かうのかわからなかったが、いずれにしてもジムは気に入らなかった。

「酒を飲んでるのか、ノリーン？　だからそんな話を？」

「別の日の朝、あなたが私服で帰ってきたとき、まただと思ったわ。何にせよね。あなたがシャワー室に入ってからすぐに、署に電話してみた。電話に出た警察官はわたしの声を知らなかった。前の夜に電話で話した警察官ともう一度話したい、その警察官の名前はジムなんとかだったと言ってみた。ジム・ドイルだったかしら？　〝ありえません〟その女性の警察官は言ったわ。〝彼は非番でした〟」

「もうやめろ」ジムは言った。「自分を笑いものにして、どうする」

「ニュースを見たとき、どうしたらいいのかわからなかった」ノリーンは、もうジムを見ていなかった。彼女の視線は、足元の床に向けられていた。「あの家族、パッシージ・ウェストのね。最初は四人が死んだと思われていた。それで別のときのことを思い出したの。メアリーボロ・ロードの家で起きた殺人事件のことであなたに電話があったから――なんだったかしら、ウェストパークだった？　あのときあなたがどこにいたのか訊くチャンスがなかったし、あなたを問いただす勇気もなかった。あの若いカップル。男のひとは車の下敷きになって、奥さんが二階で死んでた。すべての人員が駆り出されて、あなたも行かなければならなかった」ノリーンはいったん言葉を切った。「それからナッシング・マンのことが騒がれて、似顔絵がそこらじゅうに出て、あなたは急に体重を気にし始めて、運動をして、外見を変えて……だけど、その目よ、ジム」ノリーンは顔を上げて、ジムの目を見た。「わたしはその目を知ってる。

どこにいたって、わかる」彼女は苦労して立ち上がり、体がふらついて、壁に寄りかかって支えた。「信じたくなかったけど、心の中でそうだとわかってた。わたしは警察官の妻、あなたを通報しようとしたらどんなことになるかわかる。署にいるあなたの仲間たちは、わたしよりあなたの言葉を信じるでしょう。それでも彼らを責めはしない。警察に追われている男が彼らの仲間だなんて、誰が信じると思う？　それに、その後あなたに何をされるかもわかってた。だから……」ノリーンはあきらめたようにため息をついた。「わたしにはほかに行くところもなかったし、ケイティが生まれるのはもうすぐだった。予定日は何日か先だった。選択肢は一つだけ。ここに留まって、何も言わない。そしてあの子を守る。わたしの娘を守る」

「わたしたちの娘だろう」

ノリーンが話しているあいだ、ジムは自分の選択肢を考えていた。今ノリーンが負っているのは、壁に当たったときにできた後頭部の創傷だけだ。彼がつかんだとき上腕にも傷ができたかもしれないが、できていないかもしれない。ノリーンの髪の毛をつかんで階段の上まで連れていき、突き落としてもいい。でも悲鳴のことがある。もし隣人たちに聞こえていたら？　どうやって言い抜けられる？

それに、落ちても彼女が死ななかったら？

　ノリーンはジムの考えを読めるかのように、頭を振り始めた。

「手紙があるのよ」ノリーンは言った。「事務弁護士に送ってある。もしわたしに何かあったら、ケイティに渡してくれることになってるわ。それで、あの子は真実を知る。そんなことになって欲しくない。あなただって、それは望まないわよね」

　ノリーンは背筋を伸ばし、壁から離れて、体のバランスを取った。

「あなたが死にますようにとお祈りしたわ、ジム。毎朝、毎晩ね。神さま、お許しください、でも、そう祈った。でも何年も経《た》った今もこうしていて、そんな幸運はなかった。そして今」――彼女は本を指さした。床に投げ捨てられている、二冊の本――「みんなそこに、その恐ろしい本の中に書いてある。そしてその本が、世界じゅうのあらゆるところに出回って、うちのドアがノックされるのは時間の問題で、わたしは……」ノリーンは深く息を吸った。「もうこれ以上ケイティを守れない。それができるのは、あなただけよ。だから、お願いするの。あの子を守ってちょうだい」

　ノリーンはふらふらしながら、一歩、また一歩と、足を前に出した。廊下のほうへ。

　ジムは彼女を見詰めているしかなかった。

「あなたがこれを終わらせるときよ」彼女は戸口で立ち止まって言った。「やらなければならないことをしなさい。明日の暗いうち。それ以上遅くなってはだめ。誰かが何か訊きにきたら、あなたは夜のあいだずっとわたしと一緒にいたと言う。でも」――ジムのほうを向いて、彼に指を突きつけた――「そこまでよ。それでおしまい。今後この話はしないし、あなたは二度とこれをしない。そうでなければ、わたしがすべてをケイティに話す。わかった？」

少し間があったあと、ジムはうなずいた。

「いいわ」ノリーンは廊下に消えた。「ベッドに戻るわ」部屋履きを引きずるような足音が聞こえた。ノリーンは階段をのぼりはじめながら、ジムに呼びかけた。「誰かが怪我《けが》をしないうちに、ガラスを片づけなさいよ」

金曜日の朝というのは、センターポイントはいちばん忙しい。普通、ジムはそれが一週間の最後の勤務日であるうえ、時間が早く過ぎるので好きだったが、今日は、通常に機能している人間に見えるようにするのにありったけの努力が必要だった。アラームをかけ忘れたので、シャワーと髭剃《ひげそ》りを飛ばし、センターに着いてから、昨日の汗染《あせじ》みのついたシャツを着ていることに気づいた。こめかみに、鈍い痛みを感じた。

ノリーンは知っている。

昔からずっと、知っていた。

早朝の出来事を何度思い返しても、ジムは、実際にあったことだとは信じられなかった。

ビー、ビー。

その音で、ジムは現在に立ち戻った。雑貨類の棚の手前、新聞や雑誌の陳列棚の前にいた。無線機だ。ベルトからそれを取り、ボタンを押した。

「はい」

「ジム、来てくれ。上にいる」

　スティーヴだ。

「少し待てないか？　今、ちょうど――」

「カメラに映ってるぞ、ジム。忙しくないだろう。来い。すぐにだ」

　ジムは顎《あご》を上げ、目の前、数メートル先の天井に据えつけられている魚眼レンズをじっと睨《にら》みつけた。それから、冷凍食品の売り場の奥の〝職員以外立入禁止〟のドアに向かい、その向こうの、スティーヴの部屋に続く金属製の階段をのぼった。

　スティーヴは机についていて、朝食のロールパンを食べていた。パンが入っていた紙袋が、破かれた状態でラップトップのキーボードの上にある。スティーヴの顔には茶色いソースがついていて、目玉焼きの白身の部分と思われる小片が下唇からぶらさがっている。室内には、油と古いコーヒーのにおいが漂っていた。

　苦いものが喉《のど》にこみあげて、ジムは一瞬吐きそうになった。

　こめかみの鈍い痛みがひどくなり、脈打ちはじめた。

「ジム」スティーヴは口いっぱいに入れた肉を噛《か》みながら言った。「座れ」

　ジムの右側の壁にはモニターがたくさんあって、店内のあちこちが白黒で映っていた。ジムはスティーヴが自分を見ていたカメラの映像を探した。その映像はかなり大写しになっていて、新聞の見出しが読めるほどだった。

彼は机の前にある二つの椅子の一つに腰かけた。スティーヴは食べかけのパンをおき、背にもたれてジムを見た。微笑《ほほえ》んだ。その唇が、油で光っている。何を言おうとしているのであれ、それを言うのが楽しみなようだ。

「辞めてもらうよ、ジム」

スティーヴはそれだけ言って間をおき、ジムの反応を待った。

ジムは反応するのを拒んだ。

「苦情があった」スティーヴは続けた。「客からだ。昨日の午後。女性客が、店内を歩いていたとき、二度ほどおまえに見詰められたと言ってきた。いやらしく見た、というのが、彼女の使った表現だ。カメラで確かめたよ、ジム。どうやら、その女性客の言うとおりのようだ。おまえはすでに、反抗的な態度を取って警告を受け、男性客が何度もレシートを見せたのにビールを万引きしたと決めつけて騒ぎを起こした。ここには三振ルールというのがある。知ってるだろう。こうなったら致し方ない——」

滑らかな動作。

突撃。

ジムは立ち上がり、朝食のロールパンの残りをつかみ、机の上に乗りかかってスティーヴの首を片手で押さえ、もういっぽうの手でパンを彼の口に押しこんだ。

歯に叩《たた》きつけた。

無理やり深く、さらに深く入れ、相手は咳《せ》きこみ、ゴホゴホ言いながら喉を詰まらせた。

ジムはそこでやめ、体を元に戻して様子を見た。スティーヴは椅子から立って、前のめりに机の上に倒れた。喉をかきむしった。目を見開いている。口を開けるが、湿ったゼイゼイという音しか出てこなかった。顔が真っ赤になった。呼吸ができていなかった。

ジムは十秒ほど、何もしなかった。十五秒。

それから静かに机の向こう側へ行き、スティーヴの背後に立って、背中を五回、強く叩いた。スティーヴの体の前へ腕を回し、腹の上に拳《こぶし》を当てて、もういっぽうの手でその拳を上向きに打った。スティーヴはすぐに、いくらかのパンとソーセージと卵を机の上に吐き出した。咳きこみ、ゴホゴホと苦し気に息をしながら机にかぶさるように倒れた。

「もっと注意するべきだな」ジムは言った。

スティーヴは恐怖に目を見開いて、ジムを見た。一歩、ジムから離れるように後ろに下がった。それから、もう一歩。

ジムから視線をはずさずに、反対側の壁に背中がつくまで下がっていった。

ジムは満足して微笑んだ。

そして踵《きびす》を返して立ち去った。

ジムが家に着くころ、頭痛は悪化して、脳みそがハンマーにでもなって頭骨から飛び出そうとしているようだった。彼はドライヴウェーに、ゆっくり車を先頭から入れた。目の奥がズキズキ痛いのに、事故もなく家に辿《たど》り着けたのでほっとした。

デリクが隣のドライヴウェーにいて、車に乗ろうとしていた。カレンが老いぼれた犬をぎこちなく両腕で抱いて、家から出てきたところだった。犬はどこか痛いのだろうか、哀れっぽく鳴いている。

カレンは小さな、透明のビニール袋も持っていた。ジムは離れていたのではっきりわからなかったが、犬用ビスケットが二つ入っているようだった。

彼女は、車の中に座って彼らを見ているジムに気づいた。

ジムは、片手を上げて挨拶《あいさつ》をした。

彼女はジムを、すごい形相で睨んだ。

ジムは微笑み返した。カレンは好きなだけ怒った顔をすればいい。どうせ彼の仕業だと証明はできない。

二人が車で去ってから、ジムは家の中に入った。

ドアから鍵《かぎ》を引き抜きもしないうちに、ノリーンが、心配そうに顔をこわばらせて廊下に現われた。

いや、心配しているのか？　ゆうべ以来、彼はもう何も確信が持てなくなっていた。

特に、ノリーンに関しては何も。

「家で何をしているの？」彼女は言った。「どうしたの？」

「頭痛がするんだ」

ノリーンはそれが本当かどうか値踏みするように、彼をじっと見た。

「疲れてるんでしょう」それから彼女は言った。「ベッドに行きなさい。鎮痛剤を持っていってあげる。よく休むことよ」

ほかの日だったら、ジムは抗弁したかもしれない。ノリーンの言うとおりだとしても、そうするのが好きだった。でも彼は嫌な気分で、ひどい頭痛だったので、何も言わなかった。階段をのぼって、寝室に入った。

靴を脱ぎ、カーテンを引き、ベッドに横たわって、毛布を頭からかぶって光を遮断した。でも暗闇《くらやみ》の中で、痛みはさらに強くなるようだった。

あまりにも痛みがひどくて、ほかのことは何も考えられなかった。

ノリーンが、水を入れたコップと白い錠剤を二つ持ってきた。ジムはそれが何か確認もしなかった。それらを飲みこみ、また横になって、毛布の下に潜りこんだ。

彼はとても疲れていた。

でもやらなければならないことがたくさんあった。

今夜のための計画が必要だ。

準備しなければ。

頭の中で痛みが緩み始め、ジムは深い眠りに落ちた。

何時間も経った。

起きたとき、外は暗くなりつつあった。頭痛は消えた。彼は休み、生気を取り戻し、頭がはっきりしていた。

準備ができた。

料理をするにおいが、階下からただよってきた。

ジムがキッチンに行くと、ノリーンがこんろの上の何かをかきまわしているのが見えた。

「座って」彼女は言った。「食べなさい」

彼は言われたとおりにした。

ノリーンはジムに、湯気の立っているロースト・チキンの皿を出し、自分は反対側の、キッチン・テーブルの向こう側に座った。彼女の前には、水の入っている小さなコップしかない。

その後何分か、ジムが料理を食べる音しか聞こえなかった。

そこへノリーンが言った。「今夜はあなたと会いたくないわ、いい？」

ジムはチキンを刺したフォークを口に運ぼうとしたが、途中で止《や》め、問いかけるようにノリーンを見た。

「出かけるときよ」彼女は明確にしようとした。「見たくないのよ……あなたが準備した様子を。服装を整えたところを」ここでいったん言葉を切った。「彼を見たくないの。わかる？　彼に……会いたくない」

ジムは何も言わなかった。ふたたび食べ始めた。

彼は黒いスウェットパンツと黒いスウェットシャツ、黒いフード付きの上着をたんすの中に見つけた。ロゴや、特徴的なマークなどがついていないことを再確認してから、それらに着替えた。黒いワークブーツに足を入れ、紐《ひも》を結んだ。携帯電話の音を消し、ベッド脇のテーブルの引き出しに入れた。それから彼は階下へ行き、正面ドアから出て、家の脇を回って小屋に行った。真夜中近かった。

覆面と拳銃《けんじゅう》と手袋は、前の夜においたまま、床の上にあった。彼はそれらを、自分の道具一式を構成するほかのものと一緒に、あちこちのポケットに入れた。庭を横切り、家の背面の壁の、テラスに出るドアのすぐ横に背をつけた。視界に入らないように注意しながら、居間の中を盗み見た。

ノリーンは寝椅子《ねいす》に座っていた。体は彼のほうを向いているが、顔を横に向けてテレビを見ている。

ジムは周囲の家を見回し、窓を見て、それらが暗いか、カーテンが引かれているかを確認した。満足して、覆面を取り出し、それを頭にかぶって引き下げた。手袋をはめた。上着の中に手を入れて、拳銃を出した。

それからジムは、テラスのドアを開けて中に入った。

ノリーンはすぐに物音のほうへ顔を向け、ジムを見て、悲鳴を上げようとしたが声が出なかった。

彼女は動かなかった。逃げなかった。

体をこわばらせ、目に恐怖を浮かべて、寝椅子に座っていた。

「お願い、ジム」彼女は言った。顎が震えている。「お願い、やめて……」

彼は背後のスライディング・ドアを振り返り、一瞬、ガラスに映っている自分の姿に見入った。黒ずくめの服装をした、背の高い、肩幅の広い人影。覆面のスリットから目が見えるだけで、全身が覆《おお》われている。

それは常に彼の正体を隠してきたが、今は彼の年齢をも隠していた。目の周りの皺《しわ》や眉毛《まゆげ》の白髪などが見えるほど近づかなければ、誰も、仮面の下の人物が何歳なのか見当もつかないだろう。わかるのは、自分たちより強くて背が高くて大きな男だということだけ。もし前にも見たことがあるとしたら、それは悪夢の中でのことだろう。

その後ろには居間が映っていて、その温かい家庭的な雰囲気も、効果を高めるばかりだった。人々は暗闇で自分のベッドの足元に覆面をした男が現われると考えて恐れおののくが、そのような男がきちんと照明された居間を静かに歩き回っているほうが、はるかに恐ろしい光景だ。

彼は振り向いて、ノリーンのほうを見た。

彼女に向かって動いた。

「お願いよ、ジム」彼女の声は、不安げな囁《ささや》きに過ぎなかった。「こんなことはしないでと頼んだでしょう。見たくないって言ったじゃないの。お願い」

ジムはノリーンに覆いかぶさるようにして立ち、彼女が顔を上げて、ジムの顔をまともに見るのを待った。

目を合わせた。

ノリーンには、ジムのほんの一部しか見えなかった。

彼は拳銃を上げ、冷たい銃身の部分を、ノリーンの顔の脇につけた。それで彼女の頬を撫《な》でた。そっと。愛撫《あいぶ》するように。

「お願い、ジム」

彼は台尻《だいじり》で彼女の顎の線をなぞり、それを首の柔らかい部分に押しつけた。

今、ノリーンは泣いていた。

「ケイティのことを考えてよ、ジム」

彼は台尻を、さらに強く押した。

「お願い、ジム。やめて。ごめんなさい」

彼は背をかがめて、口をノリーンの耳元に寄せ、囁いた。「ジムって誰だ？」

ジムの声ではない、彼の声だった。

ナッシング・マンの声だ。

ノリーンの全身が震え始めた。

それが戻ってきて、すさまじい波となって彼に襲いかかった。肌に浸《し》みこんだ。全身を満たした。

彼を活気づけた。

ナッシング・マンが戻ってきた。

そして彼は、もうこれですべてを終わりにするつもりだった。

彼は体を起こし、一歩下がった。拳銃を上着の内側に滑りこませた。覆面を脱ぎ、畳んでポケットに入れた。手袋を取り、それらもしまった。

ノリーンは恐怖に震え、不安げな様子で、彼を見上げた。

「わたしがこれをするのは」と、ジム。「いずれにしても、するからだ。おまえは指図する立場じゃない。おまえから命令は受けない。今も、これからもだ。わかったか？」

ノリーンはうなずいた。

「よし」ジムは動き始めた。「起きて待っていなくていいぞ」

往来の監視カメラを避けるため、彼は裏道や間道を選んだ。

パッシージ・ウェストの家は町そのものの中ではなく、町へ行く手前の、急に曲がる狭い小道を進んだところにあった。

ジムはその曲がり角を通り過ぎた。

通りを百八十メートルほど進んだところに、〈ハーバー・マスター〉という遺棄されたパブがある。さらに五十メートルほど先に、明かりのない小さな待避場所があり、ジムはそこに車を入れて方向転換をし、来た方向へ向かった。家に続く小道まで来たとき、ジムはこれを利用して方向転換をして、また待避場所に戻った。この行為を三回繰り返してから、ちょうど車の往来が途切れたときに〈ハーバー・マスター〉の前に行った。彼の車がそこに入るのを、誰も見ていなかった。遺棄された建物の裏に車をとめれば、道路を通りかかるひとに、彼の車は見えない。

彼はエンジンを切り、待ちの態勢に入った。

午前二時、彼は徒歩でブラック家に向かった。大通りを横切り、小道に入った。拳銃は上着の内側にある。上着の外側のポケットには手袋と覆面、ヘッドランプと、もう一つ、使うのが楽しみな新しい玩具《おもちゃ》が入っていた。

小道に車の行き来はまったくなく、街灯もないし、物音はしなかった。田舎ではどれほど真っ暗になるか、彼は忘れていた。足元の穴につまずきそうになり、二分後、彼は落ち着きを失い始めた。正しい場所にいるのだろうか？　すでに家を通り過ぎたか？　こんなに小道の奥だとは思わないが……。

そのとき見覚えのある門が見えて、その向こうに家の輪郭がうかがえた。

ブラック家の建物は、以前と同じようだった。敷地の真ん中に、無造作においたように立っていた。周囲の土地には、なんの造園も――今日まで――されていなかった。家の外に車が一台とまっていて、玄関の上の明かりに照らされている。小さなハッチバックで、灰色だ。おそらくイヴのものだろう。家の正面のカーテンはすべて引かれていたが、玄関ドアのガラスを通して、ぼんやりした明かりが見えた。廊下の照明がついていた。

ジムは家を通り過ぎ、小道を歩き続けて、茂みにダブリンのナンバープレートのついた車が隠れていて、その中に退屈した人間が二人ばかり座っていないか、暗闇の中に何か動きがないかと見回した。何も見えなかった。

彼は満足して、引き返し始めた。

ジムは、イヴがなんらかの警察の警護を受けていると、本気で思っているわけではなかった。彼女は、自分が探しているのは二十年近くも殺しの衝動を感じていない老人だと思っていて、警察は、これほど長いあいだうまく逃げおおせてきた犯人は、そのままでいたいはずだと考えているだろう。ジムはそれをあてにしていた。

門に着いた。

目が暗闇に慣れてきて、門が変化したのが見て取れた。十八年前は鋳鉄製の柵《さく》のようなもので、傾き、ペンキが剝《は》がれていた。それを開けるには、柵の隙間《すきま》に手を差し入れて掛け金を上げればよかった。今はそれが頑丈そうな木製になり、少なくとも五十センチは高くなり、しっかり施錠されていた。しかも電子錠だった。暗闇の中で、ボタンの並んだ小さなキーパッドが緑色に輝いている。

門をよじ登るのは無理だった。昨今は、だめだ。周辺の生け垣から中に入るしかない。

今こそ、身なりを整えるべきときだ。

まず手袋だ。二組。病院で使うような、白いビニール製のもの。警察が使う標準的な青いタイプのものではなく、こちらを選んだのには明白な理由があった。彼はそれらをはめ、できるだけ長く腕のほうまで伸ばした。上着の袖口《そでぐち》より、五センチほど上までいった。それから、その上に重ねて、黒い革手袋。二重にすると多少動きづらくなるが、体毛が落ちるのを防げるし、指紋を残さずに済む。

　彼は頭にも同じような措置をした。まず、頭にぴたりとはまるゴム製の帽子をかぶる。これが本来は何に使われるものなのか、ジムにはわからなかった。女性の整髪だろうか。彼はそれを額まで引っ張り、髪の毛を中にたくしこんだ。そのあと、黒いニットの覆面をかぶる。彼は覆面を引っ張って顔から首まで下げて、その縁を上着の襟の下に入れた。目だけが出て、つけ心地が落ち着くように、位置を直した。

　胸に触れて、拳銃の頼もしい存在を確かめてから、生け垣がまばらになっている場所を探しにいった。

　そこから、中に入った。

　思ったより簡単だった。自分が通り抜けられる程度の隙間を作ればいいだけだった。向こう側の地面に着地するときの衝撃が激しくて、お尻が痛かった。きっと明日、痣《あざ》になっているにちがいないが、とにかく入れた。ジムはイヴの地所内にいた。

　ここから先は、忍耐強さが最も重要な強味になる。

　ジムは生け垣に背をつけて、息を殺してあたりを見回した。物音はしない。何かが動く気配もない。この夜の時間にそこにいるのが自分だけだと確信すると、彼は家に向かって進みはじめた。

近くで見ると、ジムの思ったとおりだった。家の中には一つだけ照明がついていて、それは廊下の天井に据えつけられたものだった。

静かであることと考え合わせると、イヴは在宅しているが、もうベッドの中にいるようだ。

彼はいったん家をぐるりと回り、窓に何か生き物の気配がないか、壁に警報装置がありはしないか確かめた。センサーライトがないのには驚いた。犬の鳴き声や、何かを引っ掻《か》く音などはしなかった。

ジムの望んでいたとおりだった。

ジムは裏口へ行った。ヘッドライトのゴムバンドを頭にはめて、視線が錠と同じ高さになるまで身をかがめ、明かりをつけた。明るいスポットライトが錠に当たったとき、十八年という年月が消えたような気がした。

この家の中で、四人がベッドで眠っていた——あるいは、彼はそう思っていた。

そのうちの一人が、起きていた。

そしてその人物は被害者にならなかった。

バリーズ・レーンの家には、鍵のかからない温室のドアがあった。コヴェント・コートの女性は、玄関のドアを閉めるのと、それに施錠するのとはちがうということを、習慣的に忘れた。ファーモイはしょっちゅうひとが出入りする建設現場だった。だがこの家とウェストパークの家は、裏口のドアの錠を開けるのに、手作りのバンプキーが必要だった。

今夜、彼は新しい玩具を持ってきた。

ジムはポケットに手を入れ、慎重にピックガンを取り出した。銀色の電動歯ブラシのようだが、ブラシの代わりに長くて細い針が一本ついている。彼はピッキング用の針を、その取っ手にマスキングテープで貼《は》ってきていて、それを剝がして取った。持っていたら便利だろうと思って、数年前に購入したものだった。今夜、これが彼の道具の中で最も重要なものとなるだろう。

素早く、静かな動きで、ジムは裏口のドアの錠にピッキング用の針を入れ、そのあとにピックガンの針を押しこんだ。これにはこつがあった——ちょうどいい圧力を感じるまで、それを回さなければならない――それに、ピックガンは機械的なカチカチという音を立てた。でも、古いバンプキーよりははるかによかった。何秒かのうちに、ドアの錠は開いた。

ジムはヘッドランプを消し、息を詰めて聞き耳を立てた。

何も聞こえない。

ピックガンと針をしまい、裏口のドアの取っ手を下げて、ゆっくり押し開けた。蝶《ちょう》番《つがい》が軋《きし》んだり音を立てたりすることなく、ドアは静かに開いた。

キッチンの暗がりの中へと足を踏み入れた。

空気は動かない。廊下の照明は、キッチンのドアとドア枠のあいだの隙間にうかがえるだけだった。目が暗闇に慣れると、そこはほとんど変わっていないのがわかった。家具などが減っているが、レイアウトは同じだった。

ジムはキッチンを横切り、ドアを開けて廊下に入った。廊下の先、正面に玄関のドアがあった。前回ここに立ったとき以降に、第二の閂《かんぬき》が、安全チェーンと一緒に追加されているのが見えた。

廊下には両側に一つずつ、二つのドアがあった。両方とも、少し開いている。居間は左手で、書斎が右手だった。

ジムは三歩前に出て、顔を回して階段を見上げた。

あれが起きたとき、十八年前の夜、まさにこの場所に立っていた。

すべてを変えた、あの瞬間。

あのとき、階段を見上げて、ジムはその上に幽霊のような小さな人影がいて、階段の下のほうに倒れている傷ついた体を見下ろしているのを見た。

「パパ……？」その子は言った。

小声で。不安げに。家の中で起きていることに、混乱しているようだ。

そのとき、何秒か前に起きたことに。

ジムも混乱していた。彼は階下に下りた。上の階に――彼の考えでは――男を動けないように縛って、もう一人の女の子はバスルームに隠れたままでおいてきた。その気になればバスルームのドアなど簡単に蹴《け》破《やぶ》れたのだが。だがそこで物音がして、廊下に戻って、それを目撃した。

階段の上で小さな人影が、両手を前に伸ばして走っている。

大人の体が階段を転がり落ちる。

下まで落ちて、止まる。

静かになる。

あの男だった。ジムが縛るのに使った青いロープが、まだ手首と足首についていたが、どうにかして、男を暖房機に縛りつけたロープから逃がれたらしい。手足の格好から見て命があるとは思えなかったが、確認のため、ジムはかがみこんで男の口元に耳を寄せ、呼吸音が聞こえないか、弱い動きが感じられないかうかがった。

何も感じられなかった。男は死んでいた。

ジムは階段の上にいる少女を見上げた。少女は男の体を見ていた。

それから少女の視線が上がり、彼をまっすぐに見た。

「パパ……？」

ジムを。

そのときジムは、自分が覆面をしていないのに気づいた。

覆面はキッチンのテーブルの上にあった。階下に来てから脱いだのだ。彼は廊下の明かりの真下に立っていて、その明るさは、彼が少女の顔を見るのに充分だった。まちがいなく、彼女が彼の顔を見るのにも充分以上だったはずだ。

イヴ・ブラックは彼を、本当の彼を、はっきり見た。

だが彼女はそれを誰にも言わなかった。彼女のしたことを、彼が見たからだ。

彼女はあのばかばかしい本に、ナッシング・マンへの質問のリストがあると書いていた。今夜、それを訊《き》かせてもいいが、その前に彼から質問をしたい。
彼には、質問は一つしかない。
〝なぜだ、イヴ。なぜおまえは父親を殺した？〟

ドアを開けたときに廊下から入った光だけを利用して、まずは居間の様子を調べた。カーテンは引かれていた。コーヒーテーブルの上には、冷めた紅茶が半分残っているカップの横に、テレビのリモコンがいくつか、きちんと並べておいてあった。ジムは革の手袋をはずして、テレビのリモコンの背面に触れたが、ゴムを通して熱は感じられなかった。何時間も、この部屋に誰かがいたことはなかったのだ。

イヴは書斎で寝ていると書いていた。彼はドアを出たところで立ち止まり、手袋をしなおし、気持ちを落ち着けて準備した。

でも何かが欠けていた。

十八年前ならば、この瞬間――自らの存在を明かす直前――が最高潮だったはずだ。アドレナリンが体じゅうを駆け巡り、力がみなぎった。期待感に満たされた。きっと素晴らしい夜になる。果てしなく可能性のある時間。ジムは興奮したはずだ。

だが今夜、そのような感覚はなかった。奇妙なほど冷静で、自分自身の犯罪現場を見物しているようだった。たぶん彼女を見て、本当に行為を始めたら、変わるのだろう。

ジムは拳銃を出した。書斎のドアを押し開けた。

すぐに、そこに誰もいないのがわかった。

廊下から入る光で、空のベッドが照らされていたが、それ以上のことがあった。彼は、それを感じた。空気が静かすぎる、動きがなさすぎる。それでも彼は、確認のために中に入った。けば立った古い毛布がベッドの上にかけてあった。彼はまた手袋をはずして、温かさを調べた。冷たい。今夜は、誰もここで寝ていない。

ジムは廊下に戻り、排尿の音や、水道の蛇口から水の出る音などに耳を澄ませた。何も聞こえなかった。機械の立てる音もない。家が軋むこともない。マットレスのスプリングが軋む音もしない。

ジムは、イヴ・ブラックが嘘《うそ》をついたのだと決めた。

まただ。

彼女は書斎で寝たりはしていなかった。彼女は階上の、どちらかの寝室にいる。それを認めたくなかった理由はわかった。どちらの寝室も恐ろしい場所だ。母親が死んだ部屋か、妹が傷つけられた部屋か。

ジムは階段をのぼりはじめた。極端にゆっくりと、体重が増えた彼が乗っても軋まないかどうか、確認しながら慎重に上がっていった。

半分のぼったところで、何かが変わった。空気だ。空っぽの部屋に音を消したテレビがあるように、急に何かの存在を感じた。

彼女がいる。寝室のどちらかに。

ジムにはそれが感じられた。

上までのぼりきったとき、両方の寝室のドアが少し開いていて、室内は真っ暗なのが見えた。

三つ目のドアはバスルームで、大きく開いていた。ジムはそこをのぞいてみた。空っぽだった。給水タンクは静かで、流しは乾いていた。彼は階段をのぼりきったところに戻り、次に近いドアへ向かった。

彼女の部屋だ。

イヴがかつて、妹と一緒に使っていた寝室。

中に入るまでもなかった。戸口に立つと、もう彼女の立てる物音が聞こえた。落ち着いた、規則的な呼吸音。

彼女はそこにいて、ぐっすり眠っている。

ジムはドアを押し開けた。廊下から差す光が、絨毯《じゅうたん》敷きの床を横切ってベッドまで届いていた。

彼女はシーツの下に丸くなっていて、裸足《はだし》の脚がベッドの横から出ていた。

しばらく、彼はそのまま彼女を見ていた。

そうしながら、遠くの波のようにそれを感じた。あの感覚だ。

集まってくる。

高まってくる。

こちらへやってくる。

彼は部屋に入った。暗闇の奥深くへ。イヴのベッドの近くまで行き、眠っている彼女の横に立った。彼女は横を向き、むき出しの腕に頭をのせている。

まだ眠っていて、寝息は深く、規則的だ。

これだけの時間が経《た》ったあとで、このときが来た。

ようやくだ。

ジムは目を閉じて、イヴの呼吸音を聞き、波の衝撃に身構えた。それは最高潮に達し、割れてとどろきながら彼に襲いかかり、彼を満たした。

ジム・ドイルを洗い流した。

ナッシング・マンだけが残された。

彼は片手で拳銃を持ち、もういっぽうの手を伸ばしてヘッドランプをつけた。
そしてイヴ・ブラックがすっかり目を覚ましていて、彼を見上げているのを見た。

彼は拳銃の台尻をイヴの首の横に押しつけ、囁いた。「ゲームをしよう」

イヴはヘッドランプの光を受けて眩《まぶ》しそうに目を細くしたが、そのほかはほとんど反応しなかった。

彼はさらに強く拳銃を押しつけて、イヴの顎のすぐ下の柔らかい部分にめりこませた。

イヴは痛そうに呻《うめ》いたが、動いたり身もだえしたりしなかった。

彼女はあきらめているのだと、彼は気づいた。

彼女は、この日が来るとわかっていた。今このようになり、それについてできることは何もないと承知していた。

「ジム」彼女は言った。

彼は口をイヴの耳元に寄せて、覆面をしたまま囁いた。「おまえを縛ったりしない。ただ、殺すだけだ」

ヘッドランプの光を彼女の顔に向けると、彼女の目が見開かれ、呼吸が浅く、速くなっているのがわかった。

いいだろう。

「好きなようにすればいい」彼女は言った。その声はかすれて、パニックを起こしているようだ。「でも、その前に話をさせて。理由を教えて。なぜこんなことをしたの？ これだけ時間が経ったんだから、答えを知りたいわ。これが終わりだとしたら、何が変わるの？」

ジムはこれを考えた。

彼はすべてを管理していた。それを利用するべきだ。イヴの肌に拳銃を押しつけて、引き金を引く。一分も経たないうちに家を出る。二分も経たないうちに車に戻る。十分で帰宅。服を捨てて、ナッシング・マンの最も有名な生存者が死んだと誰も気づかないうちに、形跡を隠す。

だが彼にも答えの欲しい質問があった。それにイヴの言うとおりだ。最後の最後で、何も変わりやしないのでは？

拳銃をイヴの首に押しつけ、ヘッドランプの光をイヴの顔に当てたまま、彼はベッドに腰かけた。空いているほうの手で、イヴの顎をつかんで自分のほうに向かせた。自分の口が彼女の顔から数センチのところになるまで、かがみこんだ。

イヴは嘆願するように、〝やめて〟というような言葉を言い、まぶしい光を避けて目を閉じた。

彼は囁いた。「おまえが先だ」

それから彼は、普通の話し方に戻って――今ここで、この最後の数分間に、演技をする必要はなかった――言った。「おまえがわたしの質問に答えて、それからわたしが答える」彼は座りなおした。光はイヴの顔からはずれたが、拳銃の位置はずれない程度に近くにいた。「なぜあんなことをした？」

「したって、何を？」小声で言った。

イヴは両目を開いて、瞬《まばた》きしながら彼を見た。

「わかっているだろう。嘘をつくつもりなら、すぐにこんなことはやめる」

だがイヴは、やはり困惑しているようだった。

「わたしはおまえを見た」彼は言った。「おまえのしたことを見た」

一瞬、間があった。イヴの顔が変化した。

彼女は頭を振って言った。「いいえ。いいえ。できない。お願い」

彼は銃口をイヴのこめかみに移動させ、空いている手で彼女の首をつかんだ。指を広げた。思い切り強く、締めつけた。

イヴは悲鳴を上げた。

彼はさらに力を入れ、イヴはあえぎ、もがいて手足をばたつかせた。

「話をしろ」彼は吐き出すように言った。

彼は彼女を放し、彼女が必死に息を吸うあいだ待っていた。

「最後のチャンスだぞ、イヴ」

イヴは激しく泣いていた。頬についた涙が、光を受けて輝いていた。

彼女は何かつぶやいたが、彼には聞き取れなかった。

彼はもう一度言えと言った。

彼女は言った。「あなただと思ったのよ」

その声には苛立《いらだ》ちが混じっていた。

「家族を救うつもりだった」彼女は言った。「あなただと思って、父を階段の下に突き落とした」

それはそうだろう。

彼は、もっと早く気づかなかったのはばかだったと思った。何年も前、彼女が両手を突き出して突然バスルームから走り出てきたとき、そして階段の上に立っていた男性に飛びかかったとき、彼女はそれがジムだと思って突き落としたのだ。

でもそれから廊下の光に照らされている死体を見て、さらにそこにジムが彼女を見上げて立っているのを見て、まちがいに気づいた。

恐ろしいまちがいに。

だが今、彼もまたまちがいを犯していたことに気づいた。

彼はあのとき、あの場で、階段をのぼって彼女を殺しておくべきだった。ためらうことなく。彼女は彼の顔を見た。それにどっちにしろ、家を出る前にそうする予定だったのだ。でも彼は、彼女が父親を殺すところを見た。十二歳の女の子が目の前で自分の父親を殺し、彼にはその理由がわからなかった。女の子が悪い子だからなのか？　父親が悪い男だったのか？　この家では、何がどうなっているのだろう？

ジムにはわからなかった。彼は急に、情報の大半を失った。制御できなくなった。

そこで彼は、踵《きびす》を返してキッチンを走り抜け、裏口から夜の中へ出た。

だが、同じまちがいを二度も犯したりはしない。

拳銃はイヴの首元に押しつけられていた。彼は左手を彼女の口にかぶせ、歯を使って革手袋をはずした。時間をかけて。イヴから目をはずさずに。それから、その下のゴム手袋についても同じようにした。

「わたしの質問は？」彼女は訊いた。

彼は彼女を無視した。

「理由だけ教えて」彼女は言った。「どうしてわたしたちだったの？　どうしてオサリヴァンの家の子どもたちのように、部屋に閉じこめるだけにしなかったの？」イヴの声が割れた。「どうしてうちの家族を破滅させたの？　目的は何？　どうしてわたしを生かしておいたの？　どうしてアンナを？　どうしてあんな小さな子を、ひどいじゃない？」

ジムはシイィと言った。彼は素手で毛布をどかし、顎を下げた。ヘッドランプが、イヴの首元の滑らかな青白い肌を、そしてその下の胸のふくらみをうかがわせる曲線を、直接照らした。

彼は素手で彼女の肌に触れた。手を強く押しつけた。

イヴは抗《あらが》って、身をよじった。

彼女の肌は温かくて柔らかかった。彼女は襟が丸く大きく開いた、ノースリーヴのシャツを着ていた。彼は一本の指で、片方の肩から反対の肩へ、布地の縁をたどっていった。

左から右へ一度。右から左へ一度。

それからその下に指を入れ、彼女の胸のふくらみにのせ、布地を取り去って手のひら全体を中に入れた。直接手を胸にかぶせて、手のひらの下で胸の先が硬くなり、蠢《うごめ》くのを感じ――

イヴは悲鳴を上げた。

ジムが聞いた何よりも、大きくて鋭い声だった。

だが、それが聞こえる唯一《ゆいいつ》の音ではなかった。

その上に、その下に、何かが近づいてくるような音がした。

なんだ――

足音。

叫び声。

人々。

突然、室内に何人もが駆けこんできて、誰かが叫んだ。

「捨てろ！　武器を捨てろ！　今すぐ、捨てろ！」

ジムには反応する時間もなかった。

閃光《せんこう》が光り、衝撃を受けて、ジムの全身が揺れた。彼は後ろ向きに、ベッドから床に落ちた。拳銃を失った。彼は着地して横向きに転がり、絨毯の上にうつ伏せになった。今の衝撃の中心と思われる、左脇《ひだりわき》を手で探った。その手を顔の前に持ってくると、それが真っ赤な血で光っているのが見えた。

「大丈夫か？　大丈夫か？」

新しい声。男性だ。

ジムは「いいや」と言おうとしたが、言葉が出てこなかった。

何が起きているのか見るために、仰向けになろうとした。半分ほどしか体を回せなかったが、それで充分だった。

忌々《いまいま》しいエド・ヒーリーがいた。

彼はベッドの上で、泣いているイヴを両腕で抱きしめていた。

部屋じゅうに暗い人影があり、彼に向かってかがみこんできた。

警察だ。

拳銃を持ち、野球帽をかぶっている。

武装警察隊だ。

痛みが引いてきたが、ジムは何が起きているのかを理解していた。それはいい知らせではなかった。

〝あなたがこれを終わらせるときよ〟ノリーンは彼に言った。

彼の視界の端から、暗闇がゆっくりと侵入し、それから急に全方向から押し寄せて、やがて中央に小さな光の点があるだけで、何も見えなくなった。
そして、何もなくなった。

一年後

ケイティは目が覚めている状態で横になり、アラームが鳴るのを待っている。テントは暑くて風通しが悪く、誰かの体臭がする。キャンプベッドの薄いマットレスのスプリングが、背中に当たる。寝袋は膝《ひざ》のあたりまでしかかぶっておらず、ふくらはぎに化学繊維の内張が貼《は》りついている。

もう一分待ってから起き上がり、アラームを解除し、明るい色の綿のシャツとお揃《そろ》いの短パンという制服に着替える。タオルをつかんで外に出る。

キャンプ場は、この時間は人気《ひとけ》がない。聞こえるのは鳥の声と、遠くでゆったりとリズムを刻む波の音だけだ。天気予報では、今日も三十度を超えるらしい。すでにあたりは暖かい。

ケイティはトイレ棟でゆっくり冷たいシャワーを浴び、キャンプ場のプールサイドにあるカフェで、コーヒーと煙草《たばこ》二本の朝食を摂《と》る。専門スタッフは、制服姿では利用者用の施設内に座らないことになっていて、煙草を吸うとなったらなおさらだ。だがここにはまだ、ウェイターと、網でプールに浮いている葉を集めている職員以外誰もいない。彼らはフランス語で喋《しゃべ》っていて、ケイティがいないように振舞っている。最近は、それこそ彼女が望む最高の状況だ。無視されること。

ここはフランスの南西部の海岸地方にある海辺のリゾートで、彼女はここに、もう何ヵ月も滞在していた。最寄りの町のレストランで、最後の十ユーロを温かい食事に使い果たし、海辺で寝る二晩目の夜を迎えようとしていたとき、インターレールパスを使って旅行しているイギリス人カップルの会話を小耳にはさんで、ここでの仕事を知った。ここまではヒッチハイクで、フランス人男性の車に乗ってきた。男性はケイティがシートベルトを締めもしないうちに色目を使ってきたが、彼女はもはや男性を怖いとは思わない。怖がっても無意味だと思う。すでに最悪の男性というのを知っていて、その人物を父親と呼んでいたのだから。

時間や日付のことはあまり考えないが、このところ季節が進んで静かになり、新しく到着する者の数が減っていて、あと数日で九月になるという事実を無視するのは難しい。何もかもが終わってから、ちょうど一年だ。

ケイティは流《る》浪《ろう》の身だ。ここでは、世界のほかの部分は切り離されて、遠く感じられる。携帯電話は持っていない。キャンプ場内にあるテレビはバーにあるものだけで、それらは常にフットボールの試合が映っている。仕事はつまらないもので、考える必要がない。最低限の宿泊設備。単調で単純な日々。

　これが彼女に合っている。

　罪の償いだ。

「すみません」一人の客――一週間ほどリヴィエラ・デラックス・タイプの部屋に家族と滞在している、背が低くていつも笑顔のぽっちゃりした女性――が、太陽を遮ってケイティの前に立っている。「お邪魔してごめんなさい、これからロスコフに出かけるところなんだけど、本を取り換えたいので、ちょっとだけ受付に入れてもらえないかしら……？」女性は二冊の、明らかに海水と日焼け止めクリームによって傷《いた》んだ、膨れてくたびれたペーパーバックを持っている。もういっぽうの手で、肩越しに、子どもたちが乗っている車を指さす。夫が運転席にいる。こちらが見ているのに気づくと、夫はあてつけがましく腕時計を窓に上げてみせた。

「いいですよ」ケイティは朝食を灰皿に押しつけながら言う。「大丈夫です」

　客たちと話すとき、なるべくアイルランド風の発音をなくすようにする。働き始めたときに学んだ。〝今のはアイルランド訛《なま》り？　どのあたり？　あら、そこにいとこがいるわ！　名字はなんというの？〟

　受付というのは、カフェから少し離れたところにある、改造されたトレーラーハウスだ。ケイティはドアの錠を開け、中にこもった熱気が耐えられる程度になるよう、自分が入る前に客を先に入らせる。

本はドアのすぐ近くの棚にある。交換方式で、一冊おいて、一冊取る。女性はペーパーバックをおき、小首を傾《かし》げてほかの本の背を眺める。

「そうね」女性は言う。「どうしよう……あなたが読んだ本はある？　お薦めはあるかしら？」

ケイティは、自分も本を見ようとして近づく。先週、ほかの客が夢中で喋っていた歴史物語を見つける。

「これがおもしろいですよ」彼女は言う。「舞台がペルピニャンで、ここから遠くないし」

女性はそれと、プロヴァンス地方の城の再建についての回顧録を手にする。

女性が立ち去ったあと、ケイティは居残って本を整理する。自分で意識する前に、彼女の手はその本の上にある。小型でソフトカバーのついたかたちでは、見たことがなかった。新刊にちがいない。背の色がちがう。フォントもちがう。彼女が読んだ本とは、まったく違った外見だった。同じなのはタイトルと著者だけだ。

『ナッシング・マン　生き残った者による真実を求める調査』

イヴ・ブラック

背の下のほうに、小さな文字で書かれている。〝後記を書き足した最新版〟

煙草の煙の後味が急にケイティの舌に酸《す》っぱく感じられ、苦いコーヒーが、それ以外は何も入っていない胃の中で渦巻いて気分が悪い。

それを手から放すべきだ。何もいいことはない。これ以上詳細を知る必要はない。悪夢の種は、すでに今後何年かで消費できないほどある。

ケイティはそう自分に言い聞かせながらも、本を棚から引き出している。カバーには父親の顔がある——半分だけだ。あとの半分は、目以外は黒い覆面でおおわれている。二つの顔が混じり合って、別の顔になっている。彼女は指で、中央のつなぎ目をなぞる。

でも本当は、彼には興味がない。

彼女が知りたいのはイヴについてだ。

彼女はどうしているのか、大丈夫なのか、前に進み、彼女の人生を送っているのかどうか知りたかった。ケイティは、ぜひともそうであってほしかった。信仰心が強いわけではないが、まさにそのことを願って、天に向かって声に出さない祈りを捧《ささ》げてきた。

父親は強姦者《ごうかんしゃ》で殺人鬼だったが、彼女はそれを知る前に十八年間の幸せな子ども時代を過ごした。父親はイヴから両親を奪った。妹を奪い取った。家族の死体を家に放置して、彼が何をしたかをイヴに見せた。

ケイティは心の中に、父親の被害者全員を抱えている。そこには母親も含まれている。少なくともケイティの知っている、若くて世間知らずで、どんな男に恋をしたか知らなかった母親も。その女性はもう死んだのかもしれず、だとしたら彼女が悼《いた》む女性。今も生きている母親は、彼が何者かを知りながら、彼のもとに留まって手助けをした。ケイティはその女性には何も感じない。見知らぬ人間と言ってもいい。

ケイティがいちばん考えるのはイヴのことだ。

ケイティは受付のドアの錠を内側からかけ、奥にあるクローゼットほどの広さのオフィスに行く。念のため、そこのドアも施錠する。彼女は座り、本のページをめくって、新しい部分を開く。

暑くてかび臭い空気を、大きく吸いこむ。読み始める。

後記　あの女性

わたしが十二歳のとき、男が家に押し入ってきて、母と父と、永遠に七歳の妹、アンナを殺した。三十歳のとき、わたしはそのことについての本を書いた。本が刊行された八日後の二〇一九年九月七日、同じ男が同じ家に押し入ってきて、わたしを殺そうとした。彼は警察に銃殺された。彼の名前は、ジム・ドイルだ。

今、わたしは思い切って、真実を告げなければならない。『ナッシング・マン』の初版で、わたしはとても重要な事柄を省いた。彼の名前だ。わたしは、それがジム・ドイルだと知っていた。どんな外見で、どこに住んでいて、どんな人物であるか知っていた。エドとわたしは、本の第一章を書き終わりもしない段階で、彼のことを突き止めた。でも証拠は情況的だった。わたしたちの発見を書いても、せいぜい徒労に終わるか、最悪の場合、書くことによってわたしは名誉棄損で訴えられ、裁判になればジム・ドイルが絶対に勝つことになるだろう。しばらくのあいだ、この事柄を省かなければならないのでは、本を書くこと自体に意味がないと考え、すべてをやめそうになっていた。でもエドに、本によって彼を誘い出せるかもしれないと説得された。それができる唯一の手段かもしれない。それでわたしは本を書き、本は刊行されて、何千人もが書店に行って買ってくれて、わたしはあなたがたに心から感謝している。物語のすべてを――今日まで――語ったわけでなかったことを、許してもらえますように。

　コヴェント・コートのクリスティン・キアナンの隣人、マギー・バリーを訪ねたとき、彼女はナイフとロープがトガー警察署でなくなったことを話してくれた。この本の初版に書かなかったのは、マギーが、それを彼女に告げた警察官の名前を憶《おぼ》えていたという事実だ。ジム・ドイル。そのときは、何も意味をなさなかった。ナイフとロープの紛失はチームの問題で、悪いニュースを知らせる役がこのドイル警察官に回ってきただけだろうと考えた。事件の再検討をしているあいだにエドと作っていたマスター・ファイルに足すべき、一つの小さな事実にすぎなかった。

　でもエドは、ジム・ドイルを少し知っていた。トガーで一緒に働いたことがあった。その前、ドイルがマローにいたことも知っていた――ファーモイから三十キロほどのところだ。さらに、トガーはコークの南側のさまざまな場所や、カリガラインに向かうN28をつなぐ主要環状道路の、すぐ近くにあった。ブラックロックとパッシージ・ウェストは、そこから簡単に行ける。じつは、ファーモイとマローとコーク市を地図上で結ぶと、きれいな三角形が描ける。だが、エドの興味をいちばん引いたのは、ドイルが前任地のミルストリートから異動になった理由だった。怒りを爆発させて、熱い液体の入ったカップを上司の顔めがけて投げたのだ。

　エドは二〇〇四年の夏に撮影した濃紺の制服姿のジム・ドイルの写真を見つけた。それを見たとき、わたしは本能的に反応した。そうとしか、表現のしようがない。体が熱くなると同時に頭がくらくらし、恐慌《きょうこう》をきたした。プリントアウトを持つ手が、激しく揺れ始めた。体が震えていた。パニック発作を起こす寸前だったのかもしれない。彼だったからだ。わたしはナッシング・マンの写真を見ていた。本能のレベルで、それを察知した。

　だが知的レベルでは、それを確認する方法がなかった。あの夜、わたしは家でナッシング・マンを見なかった――すくなくとも、見たことを覚えてはいない。でもわたしの記憶には、自分が覚えている出来事の経緯が必ずしも信用はできないことを示すような矛盾がある。あの夜の記憶からすっかり抜け落ちている部分があるのではないかと、思わざるをえない。たぶん、最も重要な部分だ。わたしは実際にナッシング・

マンを見て、それを遮断してしまったのだろうか？　それは、彼がわたしを殺さなかった理由と関係があるのか？

　その答えを得る唯一の方法は、ナッシング・マン本人から聞くことだろう。でもドイルには近づけなかった。写真に対する生理学的反応では、訴追手続きの成功はもたらされない。

　ファーモイの現場監督、ジョニー・マーフィーに、ほかの四人の警察官の顔写真とともに、ドイルの写真を見せた。最初に彼が選んだのはドイルの写真だった。でもそれから考え直し、別の写真が〝ロナン・ドノヒュー〟のようだと判断し、最終的にはそれに落ち着いた。クレア・バーディンのことは探し出せなかった。警察の似顔絵の元になった、バリーズ・レーンで男を目撃した女性だ。それでも似顔絵とドイルの写真を比べると、明らかに類似点があった。ここまでのところ、これがわたしたちの手元にある最も有望な手がかりで、名前さえわかっていたが、わたしの反応を考慮外にすると――そうしなければならない――ドイルがわたしの家族を殺した男だと指名するのを正当化するのに充分なものは、何もなかった。もっと必要だった。はるかに多くを。否定しようのない、立証できる証拠だ。もし本当にジム・ドイルがナッシング・マンであるなら、どうしたらそれを証明できるのだろう？

会った初日にエドが警告したとおり、ナッシング・マンは非常に注意深い犯罪者だ。彼は自分と犯罪を結びつける物的証拠を絶対に残さず、被害者を選ぶ方法は難解で、二十年近く解明されなかった。彼を見つけたとしても、彼が自白でもしないかぎり、有罪判決は不可能だろう。そして、告発の裏付けになるような物的証拠がなくて、なぜ彼が自白などする？ 本の刊行が多少の刺激になって、マスコミに接触するとか酔っぱらって友人に話すとか、ばかなことをするかもしれないが、そこに保証はないし、唯一わたしたちにできるのは待って様子を見ることだった。

「もう一つだけ手がある」エドは、ある夜遅くに言った。「犯行中に彼を捕まえればいいんだ。だが、それには二十年ほど遅かったな」

このとき、その案を初めて思いついた。『ナッシング・マン』――そして著者のわたし――を、おとりにすればいい。

二〇一七年の夏、エドはジェイコブズ・アイランドに、コークのインナーハーバーの海を見渡せるアパートメントを持っていた。七月に、わたしたちはオフィスとして借りていた部屋を片づけて、彼のところの予備室に、『ナッシング・マン』執筆計画室を移した。調査や取り調べは、おおかた終わっていた。事件のファイルはアングルシー・ストリートに返した。実際に本を書き始めるときが来た。

　エドは助けてくれたが、この部分はわたしの責任だった。わたしはナッシング・マンと、大昔の夜の彼の来訪がわたしの人生に何をもたらしたかについて書いた。でも、ナッシング・マンに対して書いているとも言えた。自分がタイプする文章の一つ一つを、彼が読んでいるところを想像した。彼の犯罪行為の部分では、彼の記憶を再燃させるのに充分な程度に、詳細を書くようにした。わたしが彼をどう思っているのかを、必ず伝えようとした。彼を怒らせ、特にわたしに対して腹を立てさせる。世間から隠れ、自分の身の安全について被害妄想的になり、親しい友人にも名字を言わずに過ごしてきたのに、この本の読者には、コークにいるとき夜はどこで寝るかまで明かした。それはわたしにとって、このすべてが始まった家でだ。

　その読者に、彼も含まれている。

『ナッシング・マン』は犯罪の実話ものになるはずで、もしすべてうまくいったら、ナッシング・マンはもう一度犯罪をおこなう。でも、計画どおりにいくかどうか、わたしにはまったく見当がつかなかった。

　本は二〇一九年八月二十九日に刊行された。ちょうど一週間後、九月五日に、版元がコーク市の中心にある書店でイベントを開催した。それが始まる直前、エドが近づいてきて、あることを囁《ささや》いた。「ジム・ドイルが来てる」お互い驚いたのだが、わたしはエドを見て言った。「紹介して」

エドに連れられて彼のところに向かいながら、わたしは何も決めていなかった。ただ、普通に言葉を交わす、エドの古い同僚である元警察官に会うだけのつもりだった。でも人混みの中に彼が立っているのを見たとき、わたしは気づいた――彼はナッシング・マンであるだけでなく、調査中に会ったことのある人物だった。エドが見つけた警察の制服を着たジム・ドイルの写真がそうであったように、ナッシング・マンは若くて強くて細身だった。だがこのジム・ドイルは白髪で禿《は》げかけていて、首の皮膚はたるみ、お腹《なか》が丸く出ていて、店内の明るすぎる照明の下で、汗ばんで居心地が悪そうだった。彼は、わたしがなくなったナイフとロープについて話を聞きたいと思って訪れたトガー警察署の、受付にいた人物でもあるようだった。

わたしは彼に、以前にも会ったことがあるが、そのときはわたしの外見がちがっていたと言った。認めよう、わたしは彼をからかった。そしてこれも認めよう、それが楽しかった。怖いとは思わなかった。まわりにひとのいる公共の場だし、エドが横にいるし、ドイルはわたしが知っていることを知らない。このときだけは、わたしに力があった。エドが、ドイルはこのイベントに、奥さんに〝引っ張って〟来られたそうだと言ったとき、わたしは彼が必ず本を読むように仕向けたかったので、彼の名前が本の中にあると言った。厳密には、これは嘘《うそ》ではない。もしエドとわたしの彼に関する考えが正しければ、彼の名前――彼の別名――は、たぶん百回以上も本の中に現われる。

　刊行日以来、わたしはパッシージ・ウェストの家に寝泊まりしていた。エドは反対したが、わたしはそこに一人で滞在した。彼は外に警護措置を取るか、家の中に警備員をおくか、それがだめなら誰かが一緒に滞在することを希望したが、わたしはそれを拒否した。もしドイルがナッシング・マンであるなら、彼は元警察官でもある。どれほど隠しても、警察の存在には気づくだろう。うっかり他者を危険にさらすようなことはしたくない。わたしたちは、非常ボタンで妥協した。わたしがそれを押しても音は出ないが、警察官たちが警戒態勢で待機しているカリガライン警察署で警報が鳴る。何分かのうちに、警察官がうちに駆けつける。

　書店でのイベントのあと、九月七日の早朝、ナッシング・マンは午前三時前後に、彼の最後の犯行現場に戻ってきた。わたしはよく眠れず、彼が裏口から侵入したとき起きていた。彼はたぶん、わたしから十メートルほどの場所にいた。わたしは非常ボタンを押し、古い毛布をベッドにかけて、階上の自分の部屋へ行った。アンナと一緒に使っていた部屋だ。数分ほど、彼が下の階で動き回る音が聞こえていたが、その後静かになって、わたしの推測どおり、それは彼が階段をのぼってきたことを示していた。彼が寝室の戸口に現われるのが見えた。覆面をして、拳銃《けんじゅう》を持っている。わたしはこの本に書いた女性たち——アリス・オサリヴァン、クリスティン・キアナン、リンダ・オニール、マリー・ミーラ——が見たのと同じものを、自分も見ていることに気づいた。

　母が見たものだ。

　そしてアンナも。

　奇妙なことだが、わたしは彼女たちに近づいたような気がした。一緒にいるような。彼女たちの、会員制の恐怖クラブの一員になった。

　だが、怖くはなかった。正直いって、ほっとした。ずっと恐れてきたことが、ついに起きているという安堵《あんど》。もう恐れなくていいということだ。

　死んだ夜、ジム・ドイルは六十三歳だった。彼には三十年以上連れ添った妻がいて、一人娘は大学の二年目を始めるところだった。彼は不動産が高価で、いい学校があるので有名な、コーク市の南側の郊外にある、平凡な二戸建て住宅に住んでいた。警察官だったが、あまり優秀ではなかった。マグカップを投げつけたあと、さらにさほど深刻ではなかったが事件を何度か起こし、警察で過ごした年月の大半は〝書類仕事〟の担当で、基本的には雑用以外の何にも関与していなかった。勤続年数が年金受給に必要な三十年に達した日、彼は退職した。

彼が長年保持してきた状況が崩れ、抑制が利《き》かなくなってきていた印があった。それを促したのがこの本だったのかどうかはわからないが、彼の家で、この本が三冊見つかった。（そのうちの一冊には、おもて表紙の裏に手書きのメモまであった）わたしを殺すためにうちに来る何時間か前、彼は女性客からの感じが悪かったという苦情を受けて、スーパーマーケットの警備員の仕事を解雇された。それを告げられたとき、彼は喉《のど》に食べ物を詰まらせるという奇妙なやり方で上司を襲った。それと同じ朝、隣に住んでいるデリクとカレンというフィンチ夫妻は、何者かが彼らの飼い犬を毒殺しようとしていると通報した。夫妻は警察官に、彼らの見つけた殺鼠《さっそ》剤《ざい》の粒の入れられた犬用ビスケットを見せた。のちにこれと同じ殺鼠剤の袋がドイルの家の庭の小屋で見つかり、それとともに発見された掃除機の中の袋からは、リンダ・オニール、マリー・ミーラそしてわたしの母のものと合致するＤＮＡが採取された。警察がドイルの妻の事情聴取をしたとき、彼女の顔の側面に、目立つ傷があった。彼女は警察に、彼らには何も話さない、ナッシング・マンについては何も知らないとだけ言った。

　ドイルは一九五六年七月、両親が結婚して七ヵ月後に、メイヨー県カッスルバーで生まれた。このときショーン・デレイニーは四十二歳だったのに対し、エメル・ドイルは二十一歳だった。結婚後、エメルはデレイニーの農場の家に移り住んだ。二人の結婚生活がどんなだったかについては何も記録がないし、それを教えてくれそうな者は生きていないが、これだけはわかっている。デレイニーは酒に酔うとおかしくなる――暴力を振るう――ことで、町じゅうで有名で、一九六一年十二月二十六日、自分の妻の頭部を撃ち抜いたあと、自分にも銃口を向けた。五歳のジムは無傷だったが、隣人が急を報じるまでの二日間、たった一人で家にいた。警察が家に入ったとき、男の子はベッドで、母親の血まみれの死体に寄り添って、ぐっすり眠っていた。

　その後、ドイルはダブリンのラスマインズに住む、母親の妹のアグネスに引き取られた。アグネスはこの子に母親の名字を名乗らせ、地元の学校に入れた。彼は平凡だがいい生徒だった。アグネスは遊び好きな独身女性で、土曜日の夜、幼いジムは十代のベビーシッターとともに家におかれた。ベビーシッターの一人、ジーン・ロングが、彼の死後わたしに連絡してきた。彼女の描写によると、彼は激しい男の子で、どこかおかしな感じの少年になり、じっと見詰めたり、不適切な性的な言葉を口にしたりしがちだった。一度、彼女の胸をつかもうとしたことがあった。

一九七四年に十八歳になると、ドイルは軍に入隊しようとするが、適性検査で不合格となった。翌年の一九七五年四月、アグネスは頭部動脈瘤《どうみゃくりゅう》で急死した。その後、十年ほど公的記録にドイルは現われず、一九八六年一月に、ウィクロウ県エニスケリーの十八歳のメアリー・ホワイト（仮名）と結婚したという証明書がある。何ヵ月か後、ドイルは警察に入った。

なぜ彼は、あんなことをしたのだろう？　それを彼に訊《き》くチャンスはなかった。武装した警察官が部屋に入ってきて、ドイルが拳銃を持っているのを見て、わたしも彼も何も言わないうちに、彼を銃殺した。しかしながら、なぜ彼が犯行をやめたのか、なぜうちの家族の事件が最後になったのかは、答えがわかるかもしれない。ドクター・ウィアーは、連続殺人犯が殺しをやめる理由の一つに、〝歳《とし》を取る〟ことがあると言った。ドイルは二〇〇一年には四十五歳だったはずだ。だが彼女はまた、犯行をやめるのは、犯人を取り巻く状況の変化が理由であることもあると言った。二〇〇一年は、彼の娘が生まれた年でもあった。

ジム・ドイルの人生の概略から、彼がまったく目立たない人物だったとわかる。彼は、しようとした物事すべてに失敗をした。軍に入れず、警察で昇進できず、警備員として働いていた店を解雇された。言わせてもらえば、彼が死んだ日に妻の顔にあった傷から、夫としても失敗し、娘は今後の人生を、彼が父親失格者であると承知したうえで生きていかなくてはならない。彼を知る誰もが彼のことを嫌い、肉体的には盛りを過ぎていた。逆であるという情報はないので、彼の犯行動機は標準的な、〝連続殺人犯の初歩〟に書いてあるものであるようだ。強度女性嫌悪症《けんおしょう》。彼は女性から好かれないため、女性を嫌った。残念ながら、これもまた平凡なことだ。ドクター・ウィアーが指摘したように、ナッシング・マンというのは連続殺人犯にとって非常に適切な名前だ。「彼が見つかったら、ほんとうに何もない男であることにショックを受けるでしょう」彼女は言ったが、そのとおりだった。

数ヵ月前、エドに、レイチェル・モンローによる『残忍な欲望：女性、犯罪と妄執についての四つの真実の物語』という本をもらった。表紙には死んだ少女の姿がある。黄色いワンピースを着ていて、顔は血まみれで、濃い色の髪にも血がついている。でもすぐに、その少女がじつは人形であると気づいた。エドの気は確かなのだろうかと疑いながら、彼に説明を求めた。彼は、付箋《ふせん》をつけてあるページを指さした。そこを開くと、黒い鉛筆で下線の引いてある文章があった。〝あなたはわたしに、たった一人で住む惑星へ行く切符を買ってくれた〟それは〝被害者〟という章の一部だった。意味を理解して、電気が走るような衝撃を受けた。

何年も、わたしは悲しみの描写を集め、わたしの感じていることを表現してくれているものを探してきた。自分では言葉にできなかったからだ。でも、それらのどれもぴったりではなかった。今はその理由がわかる。ナッシング・マンの来訪のあとにわたしが経験したのは、悲しみではなかったのだ。それだけではなかった。家族を病気や事故や年齢のせいで亡《な》くすのは、つらいことではあるが、暴力的犯罪で愛する者を失うのとは別の種類の痛みだ。これはもっと複雑だ。多くのひとがそれを理解できず、ほかの者たちから分離されることになる。わたしは十二歳のときから孤立してきた。そうでない状態がどんなものであるかを知らない。

またわたしは、かなり大きな罪悪感を抱えている。あの夜、うちで別の行動を取ればよかったと思う。ナイフとロープのことを誰かに話せばよかったと思う。わたしは生き残った唯一の人間で、そうなるに値しなかった。一人生存者があるはずならば、わたしより前にほかの三人が候補に挙がっているべきだった。なぜわたしは何もしなかったのだろう？　なぜ階段を駆け下りて、急を知らせなかったのだろう？　なぜ妹を守らなかったのか？　我が身には何も起こらず、怪我《けが》さえしなかったのに、どうして自分を被害者とか生存者と呼べるだろう？

それにこの恩恵、逃げられたこと、この余分の時間で、わたしは何をしただろう？ごく最近まで、何もしなかった。夢遊病者のように人生を過ごした。生きているというより、存在しているだけだった。痛みに負けた。そうして、さらに罪悪感が強まった。もしアンナが生きていたら、一秒も無駄にせず有効利用したはずだ。彼女なら家族を作り、職歴を積み、与えられた以上を与えるすばらしい人間になっただろう。彼女なら、ナッシング・マンを生き延びる価値があった。わたしは、自分にはそんな価値はないと思う。自分を許せと言われるけれど、まじめな話、そう言うのは、実行するよりずっと簡単だ。

とはいえ、この世にいる時間を有意義に過ごすようにしたいと思う。その第一歩が、この本を書くことだった。母と父とアンナは、本の中で永遠の存在となった。これを読んだ誰もが、彼らがここにいたと知る。この本の執筆で、彼らを奪い去った男を捕まえる手助けもできた。そして奇妙なことに、まったく偶然にもすてきな男性と知り合って、彼は今年の初めにわたしの夫となった。あと数週間で、娘が生まれる予定だ。

最近友人に、娘がナッシング・マンがうちに侵入した夜のわたしの年齢になったとき、自分がどれほど無邪気で小さくて幼かったか、十代に入ったばかりのころにどれほど子どもの部分が残っているかわかる、そうしてようやく、自分がどれほど幼かったかを理解するだろうと言われた。まだできていないとしたら、そのとき自分を許せるだろうと言われた。それについては、わからない。どうなることか。

十九年近く前、ジム・ドイルはわたしに、たった一人で住むしかない惑星への切符を買ってくれた。行きたくはなかったが、そうするしか選択肢はなかった。わたしはあまりにも幼くて、その旅を撤回するには呆然《ぼうぜん》としすぎていて、すっかり途方に暮れ、困惑し、引き返す道を見つけられなかった。わたしはまだ、そこにいる。最近まで、ずっとそのままなのだろうと諦《あきら》めていた。

だが予想外のことがあった。来訪者があり、彼は引き返す道を知っている。彼はわたしを一緒に連れていくという。わたしたちはまもなく出立する。わたしはようやく、家に帰ろうとしている。

イヴ・ブラック

ダブリン、二〇二〇年

〈著者紹介〉
イヴ・ブラックはパートナーのエドと娘のアンナとともにダブリンに住んでいる。
『ナッシング・マン』は彼女の初めての作品である。

謝辞

わたしの夢の仕事を続けることを可能にし続けてくれる人々に感謝を。エージェントのジェーン・グレゴリーとデイヴィッド・ハイアム、コーヴァス／アトランティック・ブックス、ブラックストーン・パブリッシングとジル・ヘス社のみんな。サラ・オキーフ、ありがとう、ありがとう、ありがとう、ありがとう（一冊につき一回ずつね！）。あらたな冒険に、幸運を。警察の捜査手順についてのすばらしい相談役だったケイシー・キングと、イヴの献辞の中で名前を使わせてくれたツイッターのフォロワーたちに感謝する。犯罪ものの作家仲間であるメイソン・クロス（とパール・ジャム）に、題名について感謝を。この題名はこの本のためだけでなく、ジムにとっても完璧《かんぺき》であることがわかった。わたしの仕事を親切に支援してくれた書籍販売業者や論評家や読者の方々に——とてもありがたく思っている。わたしの正気を保ってくれて、楽しませてくれて、フレンチ75を飲む言い訳になってくれたヘイゼル・ゲイナーとカーメル・ハリントンに。ママ、パパ、ジョンとクレアにはすべてに感謝しているけれど、ねえ、ほんとうに、書店で働いていないかぎり、本の山を移動させたりしてはいけないのよ、わかった？　それについては話し合ったわよね……。

〝連続殺人犯について話そう〟という唇のピンバッジは本当に買えるが（わたしはクリスタン・セント・キャットで買った）、〝ちょっと！　テッド・バンディは格好よくない！〟は実際はボトル・オープナーに印刷されていて（やはりクリスタン・セント・キャットのもの）、〝わたしに犯罪の実話を教えて〟はニューヨーク市のグレニッチ・レタープレスで買ったグリーティング・カードに書いてあった。

わたしは『ナッシング・マン』の案を、ジョセフ・ジェームズ・ディアンジェロ（黄金州の殺人鬼として知られる連続殺人犯）がカリフォルニアで逮捕されたあと一週間も経《た》たないうちに、故ミシエル・マクナマラの『黄金州の殺人鬼：凶悪犯を追いつめた執念の捜査録』を読んで思いついた。まだ読んでいないようなら、こちらもぜひ読むように、そしてオーディブル・オリジナルの〈イヴィル・ハズ・ア・ネーム〉を聞くこともお勧めする。レイチェル・モンローの『残忍な欲望：女性、犯罪と妄執についての四つの真実の物語』も、強くお勧めしたい。

最後に但《ただ》し書きを。これはフィクション作品だ。つまり事実も含めて、すべてわたしの作り話ということだ。

解説——緻密《ちみつ》な計算により読者を未体験の刺激でもてなす著者、その最愛の一冊

村上貴史

■『56日間』に先立つ第四作

いやいや、おっかない小説を読んでしまった——本書『ナッシング・マン』（二〇二〇年）を読み終えた直後、そう強く感じた。

本書は、二〇一六年に英国推理作家協会新人賞最終候補となる『遭難信号』でデビューしたキャサリン・ライアン・ハワードの第四作だ。彼女はこの『ナッシング・マン』に続いて昨年邦訳が刊行された『56日間』（二〇二一年）を発表したのだが、その第五作を強く記憶されている方も多かろう。新型コロナウィルスによりロックダウンされたダブリンを舞台に、一組の男女の過去と現在を巧みに綴《つづ》った強烈なサスペンス劇だったからだ。

そんな著者の第四作『ナッシング・マン』について、著者のウェブサイトには、高評価を示す数字などがずらりと並んでいる。

アイリッシュ・タイムスのベストセラー一位。英国アマゾン・キンドルのベストセラー一位。米国アマゾン・エディターのお薦め（An Amazon Editors' Pick）。英国推理作家協会イアン・フレミング・スティール・ダガー賞最終候補。アイルランド国営郵便サービス年間最優秀犯罪小説賞（An Post Irish Crime Fiction Book of the Year）最終候補。ストランド誌の二〇二〇年トップ12ミステリ選出。

こうした具合に高く評価された『ナッシング・マン』がどんな小説なのか、紹介していくとしよう。

■ナッシング・マン

紹介していくとは書いたものの、あまりあらすじは語らない方がよい小説である。なので、最低限の情報にとどめておく。

まず、本書の視点人物はジム・ドイルという六十三歳の男だ。二〇一九年の今、ショッピング・モールの警備員を務めている。彼には秘密があった。彼は二〇〇〇年から〇一年にかけて、女性への強姦《ごうかん》などの犯罪を実行し、さらにそのうちの二人の命を奪った。女性だけにとどまらず、その家族をも殺害した。子供も含めてだ。それから十八年、彼は逮捕されることもなく、それこそ疑われることとさえなく、生活してきた。そんな彼の平穏な日々に、一冊の本が割り込んできた。『ナッシング・マン　生き残った者による真実を求める調査』という新刊書籍だ。ナッシング・マンとは、ジムのかつての一連の犯行において、警察が犯人について何もわかっていないといってマスコミがつけたあだ名だ。その名前を冠した本の著者はイヴ・ブラックという。ジムの五番目の、そして最後の犯行において、両親と妹が殺されるなか唯一《ゆいいつ》生き残った人物だった。イヴは当時十二歳だった……。

　というわけで改めて書く。本書の視点人物は、ジム・ドイルだ。連続殺人犯である彼が、殺人を止《や》めてから十八年後に、その罪を暴《あば》かれる恐怖を感じる小説なのである。ジムはイヴの書籍になにが書かれているかが気になり、購入し、密《ひそ》かに読み進む。そんな彼が読む「ナッシング・マン」は、作中作としてまるごと本書に収録されている（本稿では、以降、作中作を「ナッシング・マン」と表記する）。結果として、読者はジムと同じ情報を得ながら、本書を読み進むことになる。これが実にスリリングだ。まずはジムの立場で、イヴがなにをどこまで知っているのか、という疑心暗鬼と緊張感を強烈に味わう（読者自身は一連の事件の犯人ではないが、ジムが主人公であり視点人物であり、その感情が生々しく描かれているが故《ゆえ》に、追い詰められる息苦しさを感じてしまうのだ）。そのうえでイヴの著書を通じて、当時の事件のリアルを知り、そして彼女が取材などを通じて情報を集め犯人に迫っていくという、こちらは正統派の探偵小説の刺激を味わえる。この二つの刺激が響き合う様は、最強としかいいようがない。

しかも、単調ではない。ジムの視点の物語と作中作「ナッシング・マン」が切り替わりながら進んでいくというスタイルを軸としつつ、そこに様々な変化が、それも予想だにしなかった変化が加わってくるのだ。その変化が読者に及ぼす効果（およびその効果を生むための伏線）について語り始めると一晩では済まないというくらい語りたいことが多いのだが、そこは本稿では割愛する。仕掛けあり、思わぬ告発あり、余韻あり。最後の最後まで、おっかなさと表裏一体の刺激で愉《たの》しませてくれることを明記しておくにとどめよう。それほどに終盤の展開が新鮮なのだ。ヒントすら与えることを避けたい。是非とも本書でそれを味わっていただきたい。

というわけで、内容そのものではなく、本書の補足情報を少々。キャサリン・ライアン・ハワードは、巻末の謝辞において本書を着想した経緯について、実在の人物や書籍などに言及しながら語っている。それらについて紹介しておこう。

ジョセフ・ジェームズ・ディアンジェロとは、一九七〇年代から八〇年代にかけて、アメリカのカリフォルニアで殺人や強姦や強盗を繰り返した男である。そう、本書のジムのような人物だ。ディアンジェロ逮捕に続いて記されているミシェル・マクナマラの『黄金州の殺人鬼：凶悪犯を追いつめた執念の捜査録』は、のちにディアンジェロが犯人と判明する一連の事件について、著者が十年にわたる独自取材で犯人像を絞り込んでいった記録である。当初、複数の犯人による別々の事件と思われていたものが、実は一人の犯人が起こした連続強姦殺人だと判《わか》ったのは、著者の功績が大だったという。だがミシェル・マクナマラは、その犯人が誰なのかが判明する前、二〇一六年に四十六歳で亡《な》くなってしまっていた。この書籍は、彼女の死後に夫がライターを雇い、完成させたのだという。刊行は二〇一八年の二月。そしてディアンジェロの逮捕はそれからわずか二ヶ月後の四月だった（ディアンジェロはＤＮＡ鑑定によって犯人と特定された）。そしてそれから一週間もたたないうちに、キャサリン・ライアン・ハワードが本書の着想を得たというわけだ。ちなみに〈イヴィル・ハズ・ア・ネーム〉は、ディアンジェロの逮捕後に発表されたオーディオ・ブックである。前述のＤＮＡ鑑定での逮捕を導いたポール・ホールズ元刑事も語り手として参加している。

謝辞で言及されたもう一冊、レイチェル・モンローの *Savage Appetites: Four True Stories of Women, Crime, and Obsession*（二〇一九年）は未訳で、実際の犯罪に結びつけるかたちで、四人の女性の四つの姿、探偵、被害者、擁護者、殺人者を掘り下げているという。ディアンジェロとはまた別の観点の一冊として、おそらくはジムではなくイヴ寄りの観点の一冊として紹介しているのだろう。

■キャサリン・ライアン・ハワード

さて、本書の舞台はアイルランド南部のコークである。同国では、首都ダブリンに次いで大きな都市だ。ここはキャサリン・ライアン・ハワードの生まれ故郷でもある。デビュー作『遭難信号』の主人公アダム・ダンもコークに住んでいた。また、第六作 *Run Time*（二〇二二年）もこの地域（西コーク）を舞台としている。キャサリン・ライアン・ハワードは、自分の馴染《なじ》んだ土地を活《い》かして小説を書いているようだ。

ちなみに第五作の『56日間』は、彼女が現在住んでいるダブリンでの物語だ。この作品は、実際に彼女自身がダブリンでロックダウンを経験している最中に思いついたそうで、これまた馴染みの土地の物語といえよう。

第二作 *The Liar's Girl*（二〇一八年）もダブリンが中心なのだが、このアメリカ探偵作家クラブ賞最優秀長篇賞の最終候補ともなった小説で着目したいのは、五人を殺したカナル・キラーなる連続殺人犯が登場していることである。そんなダブリンのカナル・キラーは、本書『ナッシング・マン』にも、作中作「ナッシング・マン」にも登場している。しかも、*The Liar's Girl* と「ナッシング・マン」でカナル・キラーの被害者に関して言及されている大学名も、セント・ジョンズ大学で同じなのだ。つまり、自分の小説を、作中作のなかでの史実として利用したのである。残忍な物語のなかで、こっそりとお茶目だ。どうやら、キャサリン・ライアン・ハワードは、こうしたお遊びが好きなようである（『56日間』における『遭難信号』および『ナッシング・マン』との関連については、同書の川出正樹の解説を参照されたい）。ついでにいえば、作中作「ナッシング・マン」の巻末の謝辞にも注目したい。数多くの名前が列挙されているが、そのなかに、キャサリン・ライアン・ハワードという名前もある。つまりは、そういうことだ。翻訳が進むにつれ、こうしたつながりや遊びがさらに発見されていくのではなかろうか。それもまた愉しみである。

また、他の作品も翻訳して欲しいと望むのは、著者の技——複数の視点での物語を編み上げて、様々な味わいの刺激で読者を魅了しつつ、全体として驚嘆に満ちた展開を愉しませる技——をしっかりと味わってみたいという想《おも》いがあるからだ。例えば、『遭難信号』は、急に行方不明になった恋人を探すアダム・ダンの視点を中心に、豪華客船の客室係や、ある少年の視点を交えつつ進む物語だ。そして第二作 *The Liar's Girl* は、こんな物語である。

カナル・キラーであることを告白して刑を受け、十年になるウィル・ハーリー。獄中（正確には治療目的で精神科病院に入っており、近々刑務所に移る予定）の彼は、模倣犯と思われる事件がダブリンの大運河で発生した際、警察に連絡を取り、役立ちそうな情報を持っていると告げた。だが彼は同時に、それを警察には明かさないという。当時付き合っていたアリソンになら明かすと……。

The Liar's Girl は、ウィルとアリソンの視点で構成された小説である。まずウィルの現在の視点、その後、アリソンの現在の視点に過去の視点が入り交じるかたちで進み、そして——。アリソンの比重が大きいのは、『遭難信号』においてのアダム・ダンの比重に似ている。

第三作 *Rewind*（二〇一九年）は、コテージの管理人であるアンドリューが、客の女性ナタリーを、客室の隠しカメラで密かに録画しているという物語だ。カメラに映った殺人、そして破壊された隠しカメラ。殺人者は誰で、どうやって隠しカメラの存在に気付いたのか。この物語をキャサリン・ライアン・ハワードは、人気インスタグラマーであるナタリーの視点とアンドリューの視点、さらに、ナタリーが失踪《しっそう》して一週間が経過するまで、夫がそれを警察に告げなかった不自然さに気付いたニュースサイトの取材記者の視点を中心に語る。それも、再生、一時停止、早送り、巻き戻しなど、ビデオデッキ（あるいは動画再生ソフト）の操作を示す言葉をそれぞれの章のタイトルに冠して、停止という最終章に向けて進めていくのだ（読みたくなったでしょう）。

　第四作の本書、第五作『56日間』での技法についてはみなさま既にご存じのとおり。第六作 *Run Time* は、女優として再度脚光を浴びたいと願うアデルが、ホラー映画 Final Draft の撮影に挑むという物語で、プロローグ、アクトⅠ、アクトⅡ、アクトⅢという大人しい章立ての一冊だ。各アクトのなかも、1、2、3と進んでいく構成なのだが、やはりこの著者である。その大人しい構成に、Final Draft の脚本が割り込んでくるのだ。脚本と現実がどう絡《から》み合うのか、これもまた読書欲をそそる一作である。

　The Liar's Girl も、*Rewind* も、*Run Time* も翻訳を切望するのだが、次に訳されるのは、どうやら第七作であり現時点での最新作である *The Trap*（二〇二三年）になるらしい。キャサリン・ライアン・ハワードが描く〝罠《わな》〟。それだけでそそられる。

The Trap は、アイルランド東部のウィックロー（ダブリンのやや南）を舞台に連続女性失踪事件を描いた一作で、実際に一九八〇年代から九〇年代にかけてアイルランドで発生した未解決事件に着想を得た作品でもあるとのこと。この作品は、失踪した妹ニッキの情報を探し求めるルーシーの視点を中心に、ニッキ視点の記述を含む様々な立場の人々の情報を配置するかたちで物語が進んでいく。連続女性失踪事件の犯人である〝わたし〟の視点も交えており、さすがキャサリン・ライアン・ハワードである。いまから愉しみだ。

　彼女は、前述のカナル・キラーを題材とした *The Liar's Girl* に関する The Irish Echo 紙のインタビュー（https://www.irishecho.com/2019/3/the-canal-killer-gets-a-copycat）において、人生を変えた本として、マイクル・クライトンの『ジュラシック・パーク』を挙げている。十一歳でこの小説を読み、こんなにも素晴らしい物語が誰かの頭のなかでゼロから作り上げられたとは信じられなかったという。そして、そういう仕事に就きたいと思ったというのだ。クライトンのおかげで、我々は『ナッシング・マン』を読めているのである。また、この発言のなかで彼女は〝ゼロから作り上げる（made up from scratch）〟という表現を用いているが、確かに彼女自身の小説も、ゼロから作り上げた独自で新鮮な刺激で、毎回読者を愉しませてくれる。あらためてクライトンに感謝だ。

　そうしたきっかけで作家を目指し、そして実際に作家になったキャサリン・ライアン・ハワードは、*The Trap* に関する作家ダニエル・ジラールとの対談（https://www.youtube.com/watch?v=z201F3FVLU4）によれば、アイディアを表計算ソフトのExcelのスプレッドシートを用いて整理しているという。まずExcelシートを用いてストーリーを作り、プロットの要所を埋めていくのだそうだ。そのExcelシートは、時間とともに密度が増していき、また、カラフルになっていく。そんなExcelシートとテキストを行ったり来たりしながら、作品を完成させるとのこと。つまり、最終的にすべてのテキストはExcelでの設計に基づくものとなるのだ。読者への情報の提供のタイミングや順序が絶妙なのは、こうした作り方だからなのだろう。著者はExcelが大好きだとのことである。

　とはいえ、執筆作業そのものは、規則正しく計算尽くというスタイルではなさそうだ。小説執筆の初期段階ではNetflixを見たりして過ごし、〆切《しめきり》が近付いてくると、一日に十時間、毎日書くのだという。夏休みの宿題を最終日にやるタイプ、というわけだ。ちなみにそうやって毎日長時間執筆するのも好きだとのことなので、それはそれで自分のリズムなのだろう。

そしてこの対談には、もう一つ注目すべき発言があった。「わたしのお気に入りの作品は『ナッシング・マン』である」との発言だ。それを強調したわけではなく、さらりと触れただけだが、それでも最新作を中心とした対談だけに、著者の本書への思い入れの深さが伝わってくる。

今、読者のあなたが手にしている『ナッシング・マン』は、そんな一冊なのである。

（令和五年十一月、ミステリ評論家）

本書は本邦初訳の新潮文庫オリジナル作品です。

Title : THE NOTHING MAN
Author : Catherine Ryan Howard
Copyright © 2020 by Catherine Ryan Howard
Japanese translation rights arranged
with David Higham Associates Limited
through Japan UNI Agency, Inc., Tokyo

ナッシング・マン

新潮文庫　ハ－59－2

Published 2024 in Japan
by Shinchosha Company

令和六年一月一日発行

訳者　高《たか》山《やま》祥《しょう》子《こ》
発行者　佐藤隆信
発行所　株式会社新潮社

郵便番号　一六二―八七一一
東京都新宿区矢来町七一
電話　編集部(〇三)三二六六―五四四〇
　　　読者係(〇三)三二六六―五一一一
https://www.shinchosha.co.jp

価格はカバーに表示してあります。

乱丁・落丁本は、ご面倒ですが小社読者係宛ご送付ください。送料小社負担にてお取替えいたします。

印刷・株式会社光邦　製本・株式会社大進堂
© Shôko Takayama 2024 Printed in Japan

ISBN978-4-10-240222-1 C0197